KB267893

Mr.
마조

박안나 퓨전 판타지 소설
FUSION FANTASY STORY

Mr. 마조 5

박안나 퓨전 판타지 소설

초판 1쇄 찍은 날 § 2011년 1월 10일
초판 1쇄 펴낸 날 § 2011년 1월 17일

지은이 § 박안나
펴낸이 § 서경석

편집팀장 § 서지현
편집 § 주소영 · 어정원

펴낸곳 § 도서출판 청어람
등록번호 § 제1081-1-89호
등록일자 § 1999. 5. 31
어람번호 § 제1-1216호

주소 § 경기도 부천시 원미구 심곡2동 163-2 서경B/D 3F (우) 420-822
전화 § 032-656-4452 팩스 § 032-656-4453
http://www.chungeoram.com
E-mail § chungeoram@chungeoram.com

ⓒ 박안나, 2010

ISBN 978-89-251-2405-6 04810
ISBN 978-89-251-2150-5 (세트)

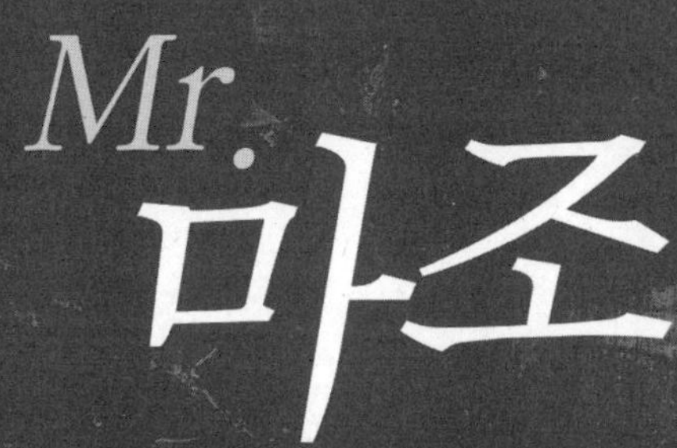

Mr. 마조

FUSION FANTASTIC STORY

박안나 퓨전 판타지 소설

[완결]

CONTENTS

CHAPTER 01
올빼미가 울자 아침이 왔다

　겨울의 오후는 너무나 짧아서 괜스레 사람을 바쁘게 만든다. 해가 지기 전에 오늘 해야 할 일을 대충이라도 정리해 놔야 할 것 같은 조바심이 인다. 추위에 움츠려진 어깨를 펴기보다는 서둘러 따뜻한 곳에라도 가기 위해 종종거리는 걸음에선 조급함이 묻어 있다. 안정을 찾는 마음이나 따뜻함을 추구하는 몸이나 이래저래 바쁘긴 매한가지다.

　목에 두툼하게 두른 머플러에 턱과 코를 묻고 가는 사람들의 시선이 자연스럽게 밑을 향해 있다. 그래서인지 거리를 오가는 사람들끼리 어깨를 부딪치는 일들이 많았다. 누가 먼저 잘못을 했는지 모르겠지만 자신의 어깨에 부딪친 상대에게 인상을 쓰거나 미안하다며 먼저 사과하거나, 사람들의 반응은 모두 제각각이었다.

거리를 활보하는 많은 사람들과 비슷한 상황에서 그들이 보이는 수많은 다양한 반응과 행동들. 세련된 도시의 구조물들만큼이나 흥미를 돋우는 장면들이었다.

어느 사람들에게는 일상의 단면이지만 다른 누구에게는 충분히 예술적인 소재가 될 수 있는 모양이다. 사람들 사이에 교묘히 자리 잡고 서서 커다란 카메라를 들고 사진을 찍는 누군가에게는 말이다.

그는 코끝을 베는 칼바람에도 옷깃을 여미기보다는 손에 들고 있는 카메라의 셔터를 누르기 바빠 보였다. 찰칵거리는 소리는 개인의 사생활을 중요시하는 현대인들의 날카로운 신경을 자극했다.

하지만 전문가용의 값비싼 카메라를 들고 서 있는 남자의 모습과 자세는 제법 그럴싸해 보인다. 물 흐르듯 자연스럽게 사람들과 섞여 있는 모습이 일견 평범한 듯하지만 누가 봐도 전문 사진작가의 포스가 느껴지는 남자였다. 그래서일까, 내 얼굴 함부로 찍지 말라고 싫은 소리를 하려던 사람들은 예술혼을 보이는 사진작가의 작업을 결국 방해할 수가 없었다.

사진은 순간의 예술이라 하지만 시간의 기록이기도 하다. 이 순간, 도시의 역사이며 한 시대의 증거품으로 가치가 있다. 그래서 남자는 사진을 찍는 게 좋았다. 그는 기록을 남기고 그것이 역사가 되는 순간을 즐겼다. 그 과정에서 혹자들이 그를 두고 예술가라 부른다면 할 수 없는 일이지만 그가 바라는 진정은 아니었다.

남자의 카메라 렌즈에 비치는 사각의 틀 안에 잡힌 하늘이 어느새 짙은 회색 빛깔로 변해 있었다. 남자는 언뜻 시간을 확인했다. 아무리 해가 짧은 겨울이라지만 아직 해가 넘어가기에는 일러도 너무 일렀다. 다시 카메라를 들어 렌즈 속의 하늘을 보니 구름은 보이지 않았다.

하늘이 어두워진 원인이 먹구름이 아니라면 무엇 때문일까. 남자는 대낮에 이런 현상을 겪어본 적이 있었다. 언젠가 개기월식이 있었을 적에도 이와 비슷했다. 하지만 이렇듯 순식간에, 세상을 흐릿한 어둠에 묻어버릴 정도로는 아니었다. 무엇보다 개기월식이 있다면 남자가 모를 리가 없다. 그 좋은 풍경을 찍을 절호의 기회를 놓칠 리가 있나.

남자는 카메라를 이리저리 들이대면서 하늘 어딘가에 있을 태양을 찾았다. 하지만 어디에도 보이지 않았다. 빌딩 숲에 아직 태양이 내려앉을 시간이 아니었기에 빌딩 사이사이로 숨어 있을 거라는 짐작도 무리였다.

저녁처럼 어두운 것은 아니나 개기월식보다 더욱 깜깜한 하늘에 사람들도 하나씩 당황해서 걸음을 멈추기 시작했다. 번화한 거리에 있는 수많은 사람들이 일제히 서서 동시에 하늘을 올려다보는 모습은 영화의 한 장면과도 같았다. 그것을 잡아낸 남자는 하늘을 향하던 카메라를 사람들에게로 돌렸다.

멍하니 하늘만 바라로는 사람, 인상을 찡그리면서 불안하게 눈동자를 굴리는 사람, 재미난 거라도 발견한 듯 웃으면서 동행에게 무언가를 이야기하는 사람, 가지고 있는 기기로 하늘을 찍는 사람, 눈은 하늘에 향했지만 바삐 휴대폰을 들고 누군가에게 전화를 거는 사람 등등.

사람의 수만큼이나 다양한 표정들에 남자는 흥미를 가지며 즐거이 셔터를 누르기에 바빴다. 구름 한 점 없던 대낮의 하늘이 어둠에 묻힌 거나, 어디 사라졌는지 보이지 않는 태양의 행방 따위 지금의 그에게는 그리 중요한 문제가 아니었다.

남자가 뭔가 이상하다고 느끼기 시작한 것은 얼마 되지 않아서다.

이상하게 불안을 야기하는 것은 원인이 불분명한 이상기변 때문이 아니라 그가 열심히 찍고 있던 사람들 사이에서 일어났다. 남자는 본능적으로 사진을 찍고 있던 카메라의 모드를 동영상으로 바꾸고 이상하다 여긴 지점을 줌인(Zoom In)했다.

그리고 남자는 사신을 보았다.

전국 각지에서 144명의 살인자가 나타났다. 그들은 모두 한날한시에 나타나 거리의 사람들을 무분별하게 살해했다. 그들의 공통점은 이전의 살인자들과 마찬가지로 모두 약에 중독되어 있었고, 한 손에 사신처럼 커다란 낫을 들고 있었다는 것이다. 날의 길이만도 1미터가 넘는 낫을 휘두르며 무작정 사람을 베었으니 그 결과는 실로 끔찍하고 처참했다.

악재가 겹친 것인지 그날은 날씨마저 이상했다. 구름 한 점 없이 맑던 하늘이 갑자기 어두컴컴해지면서 태양이 어디론가 잠시 실종해 버린 듯 암흑에 휩싸인 것이다. 실상 태양이 사라진 것도 아니고, 위성으로도 이상기변의 원인을 찾을 수가 없었다. 다만 갑작스런 어둠의 그림자에 놀라 원인을 궁금해하거나 당황한 이들의 옆으로 조용히 사신이 찾아왔을 뿐이다.

낫을 든 사신이 가까이 다가와 자신의 목숨을 노리고 있는데도, 하늘을 올려다보느라 주위를 둘러보지 않은 이들은 살해당하는 순간까지 자신의 주변에서 무슨 일이 일어나고 있는지 알지 못했다. 그랬기에 피해는 클 수밖에 없었다. 반면 상황에 비해, 결과를 정리해보면 의외이다 싶을 정도로 수치가 높은 편은 아니었다.

144명의 살인자 중에 막상 성공한 이들은 52명밖에 되지 않았기 때문이다. 그들에 의한 피해 상황이 결코 만만한 것은 아니다. 하지만 144명이 모두 성공했을 상황을 상상한다면 비교가 되지 않는 기록이었다.

그럴 수 있었던 이유가 거리 곳곳에 잠복 중이던 경찰병력 덕분이었다. 적재적소에 배치된 이들 대부분은 이상기변에도 불구하고 자신들의 임무를 놓치지 않았고, 최선의 결과로 책임을 다했다. 그들을 총지휘한 곳이 '그곳' 이라는 이야기가 있긴 하지만 정확한 정황이야 일반인들로서는 알 길 없는 속사정일 따름이다. 다만 거대 참사로 번질 수 있는 끔찍한 일이 이 정도에서 마무리된 것만도 한숨 돌릴 일이었다.

그러나 과연 이것으로 끝일까.

길거리의 아무나 붙잡고 물어봐도 열이면 열, 모두가 고개를 저을 것이다. 이 일의 배후에 개인이든 거대 조직이 있든 간에 그들은 이 정도에서 끝을 내려고 이런 짓을 시작하지는 않았을 것이기 때문이다. 목적이 무엇인지는 모르나 이제 겨우 시작일 거라는 소름 끼치는 추측은 모두가 같았다.

‘그곳’에서는 무기로 사용한 낫들을 수거해 출처와 성분을
조사하는데 심혈을 기울였지만, 모두가 다 그런 것은 아니었다.

“이거 정말 잘 만들었는데.”

진은 버튼 하나로 기다란 막대에서 날이 튀어나오는 낫을 들
고서 마구잡이로 휘적거려 보았다. 공기를 가르는 소리나 낫이
지나간 자리에 부는 날카로운 바람이나 모두가 섬뜩했다. 날의
길이만도 1미터가 넘어 제법 무거울 만도 한데 진은 너무도 가
볍게 낫을 휘두르고 있었다.

“안 무겁냐?”

박후의 물음에 진은 대답하기보다는 손에 들고 있는 낫을 그
에게 건넸다. 손에 쥔 낫을 몇 번 던졌다 잡았다 해본 그는 미간
에 골을 새기며 진이 했던 것처럼 휘둘러 보기도 했다. 힘이나
특별한 기술이 없더라도 누구나 쉽게 들고 움직일 수 있도록 잘
만들어진 물건이었다. 날은 또 어찌나 날카로운지 종이를 위에
올려놓기만 해도 쓱싹 잘려 나갔다.

“이런 걸 144개나 만들었다는 말이지.”

“3국이 그걸 만들었을 공장을 알아보고 있는데, 쉽게 나오지
는 않을 것 같죠?”

“공장을 이용했다면 오히려 다행이지. 만약 이런 걸 자체 생
산라인을 돌려서 만들었다면, 상상하기도 싫군.”

“그런데 어째 나는 후자일 것 같은 불길한 기분이 들까요?”

“그거야 네가 운이라곤 쥐뿔도 없이 재수없는 녀석이라서 그
렇지.”

박후는 들고 있던 낫을 던지듯 진에게 건네며 무심히 비수를

꽂았다. 박정한 남자 같으니라고, 입술을 삐죽이며 작게 험담하면서도 진은 박후의 말에 대놓고 반박할 수가 없었다. 정말 불행의 꼬리표가 왜 그에게만 붙어 다니는지도 모르기 때문이다.

사건이 있었던 날, 진도 현장에 있었다. 마조의 집에 사는 귀신이 알려준 상양 그림과 지도를 대조해서 선을 연결하는 장소 곳곳에 며칠 동안 돌아가면서 잠복을 했던 것이다. 그림을 완성하는 선이 꼭 일치하리라는 보장이 없었기에 구역은 광범위했고, 현장에 투입된 인력만도 어마어마했다. 그 많은 수가 의심을 사지 않고 행인처럼 보이기 위해 쏟아부은 노력은 이루 말로 다 할 수 없을 것이다.

사실 마음속에 의심이 전혀 없었다면 거짓일 것이다. 귀신의 말이 옳은지에 대한 확신도 없었고, 하루하루 지날수록 초조하고 조급증이 일었던 것도 사실이다. 슬슬 이거 괜한 헛수고를 하는 게 아닌지 스스로가 의심스러울 때 드디어 일이 터졌다. 그것도 하필 월식이라도 일어난 듯 어두컴컴해진 하늘을 진이 목까지 쭉 올리고 쳐다보고 있을 때 말이다.

정말 찰나의 실수였으며, 앞으로 얼마 동안 얼굴 들고 다닐 수 없을 정도로 부끄러운 태만이었다. 그런데 다행인지 불행인지, 갑자기 등장한 살인자가 낫을 들고 제일 먼저 목표물로 삼은 게 바로 진이었다.

만약 진이 평범한 일반인이었다면 그 자리에서 허리가 반 토막이 되어 길바닥에 굴렀을지도 몰랐다. 그를 찾아온 사신은 현역 K1 선수로, 2미터에 육박한 키에 남아도는 힘과 근육질밖에는 없던 남자였기 때문이다.

처음의 실수가 있었다 하더라도 상대가 이렇다 보니 몸싸움이 쉽지 않았다. 낫은 어찌해서 뺏을 수 있었지만 그 후로 얼마 동안 진은 K1 선수의 기술들을 골고루 몸으로 당해보는 진귀한 경험까지 해보았다. 당연지사 현재 그의 몰골은 왼쪽 눈엔 검붉은 훈장을, 입술에는 애처로운 피딱지를, 온몸에는 친근한 파스를 덕지덕지 붙이고 있었다.

160cm도 안 되는 가냘프다 못해 병약한 50대 아줌마와 대치했다는 마모 씨와는 너무도 비교되는 상황이다. 행운의 여신은 마모 씨에게만 키스를 날렸다.

"행운의 여신님 취향은 로리콤 변태였던 게야."

J의 정체가 소녀라는 게 밝혀진 후로 진은 마조를 줄곧 변태 취급해 왔다. 이런 짓, 저런 짓, 온갖 짓들을 무지라는 변명 아래 해온 마조를 처단하자 외쳤지만, 무시당했다. 모두들 마조의 지금껏 행동들이 병신 같지만 재밌다고 웃기에 바빴다. 진지하게 분노하는 것은 진 혼자였다.

J가 소녀라는데, 소녀가 맞는다는데, 그동안 소녀를 구박한 마조는 병신 인증한 거 말고는 어떠한 벌도 받지 않았다. 물론 가끔 가다 뭐라 형용하기 어려운 시선으로 마조를 노려보는 여성 요원들 앞에 놓이기는 했지만, 실은 그것마저 많이 부러운 진이었다.

많이 먹는다고, 돼지 캐릭터 꼬돈이를 좋아한다는 걸로, 무식하게 힘만 세다며 감히 소녀를 함부로 구박하고 막 대한 주제에 말이다. 그런데도 소녀는 확고하게 로리콤 변태를 더 좋아했다. 세상은 여러모로 공평하지가 않다. 한 손에는 행운의 여신, 다른 손에는 소녀라며 열심히 툴툴거리는 진은 그저 패배자일 뿐이었다.

"꼬마 아가씨는 요즘 잘 있나? 등에 있던 인장이 더 뚜렷해졌다며?"

며칠 동안 외부로 돌다가 오늘 오전에야 본부로 출근한 박후는 뒤늦은 이야기를 꺼내 진을 더욱 심란하게 만들었다.

"뭐 그렇죠. 그것 때문에 정보실도 난리고 일재 씨도 난리고 마조도 난리고, 내 마음도 난리 났다 아닙니까."

진은 한숨을 푹푹 내쉬며 흉흉하게 날이 빛나고 있는 낮을 아무렇게나 탁자 위에다가 던져 놨다. 현재 J는 정보실에서 보호 중이었다. 명목상으로는 보호지만 이건 감시나 마찬가지다.

J가 소녀라는 게 밝혀진 그날, 마조가 J의 상의를 벗겨서 보여 주려던 것이 있었다.

소녀의 옷을 홀라당 벗길 수는 없어서 여성 요원들이 따로 데리고 가 확인하고 찍은 사진에 의하면, 그것은 척추를 따라 양 견갑골 사이에 자리 잡은 지름 10㎝ 정도 되는 문양이었다. 처음에는 흐릿한 것이 점인가 싶었지만 완벽한 구형 안에 새겨진 문양은 분명 문제의 상양과 똑같았다. 분명 점은 아니었지만 또한 인위적으로 몸에 새긴 문신도 아니었다. 더욱이 그것은 마조의 증언에 의하면 그가 처음 보았을 때보다 조금 더 진하고 뚜렷한 모양을 하고 있다고 했다.

"그러니까 너는 저걸 예전부터 봐왔다는 얘기지?"

　진의 물음에 마조는 담담하게 목욕은 시켜줬다고 대답하고, 바로 병신이 되었다. 그렇게까지 했는데도 몰랐다는 게 말이 되는가 말이다. 하여튼 그날부터 J는 정보실에 감금 아닌 감금을 당한 상태였다.

　그리고 144명의 사신이 나타난 날, J의 등에 있는 문양이 다시 한 번 진해졌다. 이로 인해 이번 사건이 J와 어떤 식으로든 연관되었다는 걸 부정할 수가 없게 되었다. 과학적인 수사, 논리적이고 이성적인 증거와 자료, 같은 거 이미 귀신이 그린 상양의 그림 가지고 잠복근무를 했을 때부터 버렸다지만 이건 정말 상식 밖의 일이다.

　"그래서 정보실 인간들은 뭐래?"

　"그 인간들이라고 별수있나요. 외부 전문가를 불러서 연구하고 급기야는 푸닥거리 비슷한 것까지 했지만 아무것도 못 알아낸 상태죠."

　이쯤 되니 이제는 자존심이고 뭐고 없다고 어제는 무당까지 데려와서 굿을 했었다. 꽹과리와 북이 만들어낸 소음과 화려하고 고운 한복을 차려입은 이들이 추는 윤무는 시끄럽고 현란하면서 광기가 흘렀다. 색색의 종잇조각들이 붙은 나뭇가지를 흔들면서 끊임없이 쏟아내는 알아들을 수 없는 주술들. 귀신에게 조언을 듣고, 무당에게 의지하고, 그 자리에 있던 요원들은 어쩌다가 우리가 이렇게 되었나 싶어서 깊은 자괴감에 빠질 수밖에 없었다.

　처음에는 호기심 어린 시선으로 굿을 구경하던 J는 이내 흥미를 잃고는 대뜸 마조에게 조용히, 하지만 주위에 있는 모든 사람들이 들을 수 있는 목소리로 중얼거렸다.

"마조, 재들 미쳤나 바."

　모처럼 J가 옳은 소리를 했다고 마조에게 칭찬을 들은 날이었다. 또한 그 일을 추진한 정보실의 몇몇이 결국 시말서를 써야만 한 날이기도 했다.
　"자들, 여기 주목!"
　3국의 운영이 효진과 회의실에 들어오면서 외치는 소리에 진과 박후가 뭔 일이냐는 표정으로 둘을 보았다. 운영은 회의실에 두 사람만 있는 걸 보고는 조금은 머쓱한 표정으로 물었다.
　"어, 둘만 있습니까?"
　"외근 아니면 정보실에. 다 바쁜 사람들이잖아."
　할 일이 없어 한가한 진의 대답에 운영이 메모리칩 하나를 흔들어 보이면서 말했다.
　"재미있는 영상을 하나 얻었지 뭡니까."
　유난히 반짝반짝 눈을 빛내며 말하는 운영의 모습에 박후가 눈을 게슴츠레 뜨며 진지하게 조언했다.
　"그런 거 끊을 나이가 되지 않았나. 이제 벗어나야지."
　"그런 거 아닙니다."
　운영이 순진하게 난색을 보이자 효진이 쿡쿡거리며 그에게서 메모리칩을 받아 영상을 켰다. 벽에 걸린 모니터에 바로 화면이 뜨자 회의실에 있는 네 명의 시선이 자연스럽게 그쪽으로 모아졌다.

영상은 전체적으로 어두웠지만 좋은 카메라로 찍은 덕분에 사물은 확실하게 구분이 되었다. 어두컴컴한 거리에 멈춰 서 있는 사람들. 그들의 표정은 모두 제각각이었지만 하늘을 향해 고개를 들고 서 있는 모양은 같았다. 일시정지라도 된 듯한 화면 속에서 이내 무언가 꿈틀거리며 움직이는 게 보이기 시작했다. 멈춰 서 있는 사람들 사이로 불쑥 나타난 것은 왜소한 체격의 한 남자였다.

휘청거리는 걸음걸이가 무척이나 불안해 보이는 그의 손에는 낫이 쥐어져 있었다.

화면은 점점 남자의 얼굴을 클로즈업했다. 눈동자는 풀려 있고 살짝 벌어진 입에서는 계속 침이 흘러나오고 있는, 전형적인 약물 중독자의 얼굴이다. 하지만 가장 인상적인 것은 희열에 가득 찬 남자의 표정이다. 무기력하고 의지력 하나 없어 보이는데도 지금 남자의 얼굴은 천국을 걷고 있는 듯 행복하고 마냥 천진해 보였다.

문득 걸음을 멈춘 남자는 잠시 고개를 갸웃거리더니 헤벌쭉 웃으며 어느 여자에게로 가까이 걸어갔다. 드디어 장난감을 찾아 기뻐하는 아이처럼 순수한 기쁨이 흐르는 얼굴이다. 그리고 남자의 살육은 예고없이 갑자기 시작됐다.

뜻밖의 상황에 카메라가 잠시 흔들리고, 영상을 찍고 있는 남자로 추측되는 이의 비명 소리가 들렸다. 이리저리 중심을 잡지 못한 화면은 이내 다시 남자를 비췄고, 그가 두 번째 희생자를 찾아 낫을 치켜들 때에 근처에서 잠복 중이던 경찰들에 의해 붙잡혔다. 그 과정에서 두 번째 피해자는 크게 다쳤지만 무사히 목숨은 건질 수 있었다.

화면은 금세 난장판이 되어버린 거리를 비추고 있었다. 비명과 도망치는 사람들이 어지러이 엉켜드는 장면들. 다시 그날의 일들을 떠올린 요원들의 얼굴은 좋지가 않았다. 그들 역시 같은 시각 서로 다른 장소에 있었지만 모두들 똑같은 일을 당했기에 말하지 않아도 느끼는 감정은 같았다.

얽히고설킨 사람들은 시간이 가면서 점점 사라지고 화면에는 경찰들에 의해 끌려가는 남자의 모습이 방해물 없이 찍히고 있었다. 군데군데 모여서 구경하는 사람들이 카메라에 잡히기도 했다. 많지 않은 경찰 병력 대부분이 범인을 제압하고 있던 터라 겨우 한 명만이 두 번째 피해자의 응급처리를 도맡고 있었다. 자리에 있는 그 누구도 처음에 살해당한 여자의 시신을 돌볼 경향이 전혀 없어 보였다.

이미 죽어버린 이는 살아 있는 피해자와 살인범보다 중요하지 않았던 것이다. 어느 누구도 그녀에게 신경 쓰지 않는 가운데 구경꾼들 사이로 한 사람이 조용히 걸어나왔다. 그는 길바닥에 한쪽 무릎을 꿇고 앉아서 살해당한 여자의 얼굴에 장갑 낀 손을 올렸다. 그의 손이 훑고 지나가자 부릅뜬 두 눈이 살포시 감겨졌다. 일반인이 사건 현장에 다가와 시신의 눈을 감겨주고 있는데도 주위에 있는 경찰들 중 어느 누구도 그를 신경 쓰지 않는 듯 보였다. 아니, 아예 그가 근처에 있다는 것조차 감지하지 못한 듯했다.

무엇보다 가장 뜻밖인 것은 살해당한 시신의 눈을 감겨주는 자애롭지만 대범한 행동을 한 주역이, 여기 회의실에 있는 요원들이 모두 알고 있는 인물이라는 점이다. 어디 그뿐이랴, 그라면 '그곳'의 모든 이들이 알고 있었다.

"양승."

끙, 앓는 소리로 진이 내뱉은 이름에 박후는 자리에 일어나 파트너인 목하에게 전화를 걸었다.

"저 영상은 어디서 얻은 거야?"

"제보가 들어왔어. 취미로 사진을 찍는 사람인데 그날 우연히 저걸 찍은 모양이야. 언론에 뿌리면 한몫 단단히 챙겼을 텐데 꽤나 양식이 있는 사람이라 고민도 않고 우리에게 보내기로 했나 봐. 영상은 연락받고 나와 효진이 직접 가서 받아온 거야."

"원본이나 복사본이 따로 있지는 않고?"

일단 영상을 '그곳'에 제보해 준 것은 고맙지만 나중에라도 언론에 뿌리지 않을 거란 보장은 없다. 이런 게 퍼지면 사회적으로 좋을 거 하나 없었기에 진의 걱정은 쓸데없는 설레발이 아니었다.

"사실은 이거 찍은 사람이 우리 사촌 형의 사돈에 팔촌의 친구거든. 사촌 형의 사돈에 팔촌이 보증하기론 꽤나 믿을 만한 사람이라고 하고, 내가 직접 만나보기에도 괜찮은 사람이더라."

왠지 믿음이 점점 흐려지는 설명이었다.

"혹시 사촌 형에 그 사돈과 팔촌도 저 영상을 본 것은 아니겠지?"

"내가 괜히 양식있는 사람이라고 했겠냐."

계속되는 불신에 운영이 짜증을 내자 진이 그제야 수긍하며 마조에게 연락했다. 재미난 영상이 있다고 보러 오라는 소리에,

대뜸 거절하며 너나 잘 보라는 마조에게 다시 설명해야 하는 것
도 일이었다. 5분도 지나지 않아 회의실로 달려온 마조에게 진
은 영상을 틀어주면서 자랑하듯 말했다.

"이거 양식있는 사람이 찍은 거래."

옆에서 운영은 이게 자신의 사촌 형의 사돈에 팔촌의 친구가
찍은 거라고 덧붙이는 걸 잊지 않았다.

조금의 시간을 두고 하나둘씩 회의실을 찾아와 차례로 영상
을 본 요원들의 반응은 모두가 한결같았다.

"양승!"

그의 이름만 되뇌면서 아연히 마조와 진을 바라봤다. 그렇게
본다고 해서 둘에게서 제대로 된 대답이 나올 리가 만무한데도
말이다.

"대체 저 인간은 뭐 하는 작자야?"

"결국 올해 발발한 굵직한 사건들의 배후에 저 인간이 있었
다는 이야기잖아."

"아직 속단하기는 일러. 정말 우연히 저 자리에 있다가 측은
지심이 생겼을지 누가 알아."

"까마귀 날자 배 떨어졌다? 퍽이나!"

의견은 분분했지만 크게 둘로 나뉘졌다. 양승이 저 자리에 있
었던 것은 그야말로 우연이다와 이 모든 사건의 배후에는 그가
있었다로. 하지만 후자 쪽에 기울어지는 것은 어쩔 수가 없었
다. 지금까지 있었던 미스터리한 모든 일들에 상식과 과학을 빼
고 그 자리에 양승을 넣으면 너무도 잘 설명이 되기 때문이다.

“저 새끼가 원하는 게 대체 뭐야?”

이미 양승에게 악의를 품은 응백이 이를 갈듯 말하자 진이 단호한 목소리로 대답했다.

“뭐긴 뭐겠어요, 우리 J죠! 내가 한때 그 얼굴에 살짝 넘어가 호감을 가진 적이 있지만, 이제는 흥이다! 간악한 놈인지 년인지!”

“지금까지 양승이 개입한 사건들을 정리해 보면 결국은 돈이었지?”

진의 감정 어린 대답을 살며시 무시한 다윤은 마조를 돌아보며 물었다.

“뭐 결국은 그렇죠. 박건하로 하여금 낙원을 만들게 한 거나 아직 확증은 없지만 양승이 문성제약 주식 건에 개입한 게 분명하다면, 결국에는 막대한 자본이 그에게로 흘러들어 갔을 겁니다. 만약 이번 사건도 양승과 관련이 있다면 두 가지로 볼 수가 있을 겁니다. 어떤 경로로든 이 일로 인해 막대한 이익이 그를 기다리고 있다거나, 아니면 지금까지의 모든 게 이번 일을 위한 준비였을 따름이거나.”

마조는 회의실 한쪽에 뒹굴고 있는 낫을 턱짓으로 가리켰다. 자체 생산라인을 갖추었든 따로 주문제작을 한 것이든, 저만한 고품질의 무기를 백여 개가 넘게 만들어내려면 돈이 필요하다. 그뿐인가, 범행의 주도적 역할을 맡고 있는 약만 해도 돈이 없으면 애초에 시도조차 못할 일이다.

증거가 없어서 확신을 못하는 따름이지 양승 자체와 지금까지 그의 행보를 보면 이번 사건과 의외로 아귀가 맞는다. 문제는 이번 사건의 진정한 목적이 무엇인가와 그 안에서 J의 역할이다.

"상양이 완성되면 J가 각성이라도 하는 걸까?"

"J가 무슨 신의 자식이라 돼, 각성을 하게?"

웅백의 혼잣말을 들은 다윤이 어처구니없다는 반응을 보였다.

"그렇다면 J의 등에 있는 상양은 어떻게 설명할 건데? 아니, 애초에 이번 일 자체가 논리적으로 설명할 수가 없잖아. 이런 마당에 신의 자식이라고 없으리라는 법 있어?"

"그보다는 영매 기질이 있는 게 아닐까? 영화에서 보면 뛰어난 영매를 얻기 위해선 피나는 사투를 마다하지 않잖아. 누가 알아, 상양의 문양이 완성되면 J의 몸에 귀신이라도 쓰일지."

웅백과 다윤의 대화에 끼어든 목하가 진지하게 자신의 의견을 피력했다. 그도 그럴 게 지도상에서 상양의 그림이 완성되는 만큼 J의 등에 있는 상양도 완성이 된다면 이야기는 뻔하다. J의 부모와 친척들의 죽음에 사이비 종교 단체가 관련되었을 거라는 추측이 있어왔기에 새삼 이상한 결론도 아니다.

"그건 아닐 겁니다."

"마조, 너는 빠져. 사심이 너무 많아서 객관적이지 못하잖아."

"객관성을 잃은 건 오히려 목하 선뱁니다. 어제 무당들과 수광 선배가 했던 말은 그새 잊으셨나 봅니다."

예전 연꽃천사나 어제 굿을 했던 무당들이나 J를 보고 하나같이 비슷한 반응을 보였다. 모두들 J를 껄끄러워하며 자신들이 모시는 신이 J를 피하거나 무서워한다고 했다. 굿을 구경하러 온 5국의 수광은 무당과 J를 번갈아 보더니 누가 누굴 잡겠다고 설치는지 모르겠다고 되레 비웃었다.

수광이 말하기를, J는 절대 신내림과는 상관이 없는 체질이며 오히려 귀신들이 꺼리며 도망 다니기 바쁜 몸이라 했다. 바퀴벌레보다 강한 생명력과 행운이 따르기 때문에 정작 J 본인은 괜찮을 거라고 말이다.

"하긴… 그랬었지."

어제 일인데도 까마득히 잊고 있었다는 표정으로 목하가 어색하게 고개를 끄덕이며 말을 흐렸다. 뛰어난 영매라면 잡귀들이 좋아서 달라붙지 피하거나 무서워하지는 않을 터였다.

"역시 신의 자식?"

"악마의 자식일지도……."

내뱉으면 다라는 식으로 무책임하게 말하는 응백과 다윤을 한차례 노려봐 준 마조는 냉랭한 목소리로 화제를 돌렸다.

"지금 우리가 여기서 J를 두고 왈가왈부한다고 뭐가 달라지거나 진실을 알 수 있는 것도 아니지 않습니까. 쓸데없는 것에 괜한 시간 낭비하지 말았으면 좋겠습니다."

J에 관해서는 농담도 통하지 않는 간간한 보호자 덕에 쓸데없는 것에 시간낭비한 사람이 된 다윤은 잠시 그를 흘겨보다 중얼거렸다.

"여자애인 것도 몰랐으면서."

정작 중요한 부분에서 무관심했던 주제에 위한 척은. 하지만 융은 다윤과 생각이 달랐다.

"정작 여자애라는 걸 '도중'에 알게 되었다면 그건 그것 나름 으로 더 큰일이었을걸."

"그건 범죄지."

"그러니까, 적어도 범죄는 저지르지 않은 마조 씨잖아."

"칭찬해 줄까?"

"됐습니다."

매번 변태 로리콤이라고 화를 내는 진보다는 낫지만 질 낮은 농담으로 치자면 이쪽도 만만치 않다. 성별을 좀 착각할 수도 있는 거지. 사전 지식이 없는 채로 J를 보면 그게 어딜 봐서 여 자애로 알겠느냔 말이다. 착각은 실수이지 무관심이 아니다.

"칭찬해 줄 필요 절대 없습니다. 성별만 확인 못했을 뿐 이런 짓 저런 짓, 다 했는걸요. 범죄자는 아닐지 몰라도 변태는 분명 하다고요!"

하나밖에 없는 파트너가 꼭 이런 식으로 얼굴을 먹칠하니 마 조는 인간관계에 회의를 느꼈다. 아닌 말로 하는 짓이 귀여워서 어여삐 여겼다. 특이하게 모가 나지 않고선 자기 좋다고 달라붙 는 귀여운 아이에게 모질게 굴 사람이 어디 있나.

진이 비난하는 과도한 스킨십에 대해서도 마조는 할 말이 많 았다. 당연히 여자애인 줄 몰랐기에 거리낌이 없었던 거지 만약 J가 여자애란 걸 처음부터 알았더라면 행동에 조심을 했을 것이 다.

내외하는 것도 아니고 손잡고, 부둥켜안고, 얼굴에 입 맞출 때마다 화들짝거리며 몸을 사렸다면 그게 오히려 더 이상하다. 어디까지나 나이 차 나는 귀여운 남동생 같았기에 얼싸안고 통통한 볼에다 입도 맞췄던 것뿐이다.

말이 많다거나 자기 변명을 하는 타입이 아니었기에 J가 여자애인 게 밝혀진 후에 마조는 딱히 어떠한 코멘트도 하지 않았다. 그저 남자애라서 남동생 같은 느낌이었다고 지나가듯 말한 게 다였다.

"남동생 같아서 그랬다는 변명은 안 통해. 나는 내 남동생하곤 손도 잡기 싫거든."

"그 말하는 댁도 기회가 있을 때마다 어떻게든 J를 만지지 못해서 안달이었잖아. J에게 맞아가면서도 손가락 하나라도 찔러보려던 게 누구더라? 너야말로 J에게 하는 것처럼 동생에게 애정을 주지 그래?"

"내 남동생하고 J가 어디 같아? 그놈이 J의 반만큼만 생겼어도 내가 물고 빨……."

결국 자가당착에 빠져 버린 진은 스스로 자멸하고 말았다. 탁상에 팔을 괴고 얼굴을 묻어버린 진이 못생긴 남동생을 둔 서러움을 연극적인 울음으로 표현했다. 사실 J가 허락해 주고 안 해주고의 차이만 있었을 뿐, 진이라고 마냥 마조에게 당당한 입장은 아니었다. 다만 진은 마조가 조금, 아니, 아주 많이 부러웠을 뿐이다. J가 소녀라는 걸 알기 전에 '합법적으로' 자신도 이런 짓 저런 짓을 해봤으면 좋았을 거라는 작은 소망 같은 거 말이다.

"변태 파트너십인가."

"끼리끼리 노는 거죠."

하나의 단어로 마조와 진을 엮어버린 다윤의 간단한 정의에 아희도 동조하다가 문득 궁금하다는 듯 마조에게 물었다.

"지금까지는 남자애인 줄 알아서 그랬다지만 J가 여자애라는 걸 아는 지금도 스킨십은 여전하잖아요. 그럼 안 되는 거 아닌가요?"

마조가 J를 회의실로 데려왔던 날, 그가 얼마나 J를 대놓고 귀여워했는지는 여기에 있는 모두가 보았었다. 늘 목석 같은 남자라 생각했었는데 J에게 하는 걸 보면 그렇지도 않아서 무척이나 놀랐었다. 자연스럽고 친밀하게 J를 어루만지는 손길이 너무 당당해서 아무도 이상하게 생각하지 못할 정도였다.

사실 여자애를, 그것도 미성년자인 J를 여러 사람 앞에서 옷을 벗기려 했다거나 노골적으로 주물럭댔던 점에선 마조를 성추행범이라고 몰아가도 그로선 변명의 여지가 없다. 그 모든 게 용서된 것이, 마조가 여태껏 J를 남자애로 알았다는 거다. 같은 성별의 동생 같은 아이를 많이 귀여워했던 거라면 꼭 이상한 눈으로 볼 필요는 없기 때문이다.

다만 문제는 그 후인데.

남자애인 줄 알았다면, 남자애라서 거리 두지 않고 마구 만져 댔다면 이제는 그만둬야지. 한데 그 후 마조의 행동에는 어떠한 변화도 없었다. 그날 이후로 J가 정보실에 있는 덕분에 오다가다 둘이 있는 모습을 여러 번 목격한 아희였다. 그녀가 볼 때마다 여전히 사이좋은 둘이었고, 하는 짓을 보면 전혀 형제처럼 보이지 않았다. 그렇다고 남매로 보이는 것은 더욱 아니다.

"내가 왜?"

"J는 여자애잖아요. 여자애에게 그러는 거 잘못하면 성추행

으로 오해받을 수 있다고요. 요즘이 어느 시댄데 조심하셔야 돼
요."

　정말 아무것도 모르겠다는 얼굴로 되묻는 마조에게 아희가
설명을 해주자 진이 고개를 벌떡 들고 맞다고 소리쳤다. 하지만
마조는 되레 아희를 이상한 눈으로 보았다.

　"남자애는 되고 여자애는 안 된다는 법이 어디 있지? 내가 착
각했었을 뿐 그사이에 J의 실제 성별이 바뀐 것도 아니잖아. 예
전에도 됐다면 지금도 괜찮다는 거야. 새삼 거리를 두고 내외하
는 게 더 이상해 보여."

　몸에 밴 버릇을 갑자기 고칠 수는 없었다. 처음부터 안 했다
면 모를까, 이미 자연스러운 스킨십이 두 사람에게는 또 다른
의사소통이었다. 이제 와서 거리를 두기에는 너무 늦었고 그러
고 싶지도 않았다.

　"하지만 자칫 잘못하면 꼭……."

　"대체 무슨 생각들을 하는 거야? 뇌가 썩었군."

　사상이 불결하고, 꼭 자기처럼 세상을 본다는 식으로 콧방귀
를 뀌는 마조 때문에 아희는 무지 억울했다. 아무리 봐도 그녀
가 이상한 게 아니라 마조가 수상한 것인데, 오히려 이쪽이 이
상한 상상이나 하는 저질이 되고 말았다. 여기서 더 반박해 봤
자 순수한 마조와 J의 사이를 색안경 끼고 보는 뇌가 썩은 좀비
취급을 당할 위기였다. 누군가 자기와 의견을 함께할 사람을 찾
기 위해 좌중을 훑어보았지만 모두들 재미있다는 표정일 뿐, 그
녀와 동참해 좀비가 될 생각은 없어 보였다.

　그러다 진과 눈이 마주친 순간, 아희는 깨달았다. 자기가 계

속 마조를 붙잡고 J와 너무 노골적으로 스킨십하지 말라고 타이
른다면 진과 같은 부류로 묶인다는 것을.

우리는 한 동지라고 애틋하게 바라보는 진의 시선을 외면한
채 아희는 앞에 놓인 서류철을 의미없이 정리하며 말했다.

"마조 선배 말이 맞네요. 예전에도 무리없이 쓰다듬고 만져
대… 하여튼 불순한 의도 없이 예전에도 그랬는데 지금 와서 달
라져야 할 이유가 없죠. 암요!"

순식간에 동지에서 배신자로 변한 자신을 노려보는 진의 눈
초리가 서늘했지만 아희는 꿋꿋이 무시했다. J의 일이야, 본인
이 불만없이 하루하루를 마조와 행복하게 지내는데 자기가 나
서서 십자가를 멜 이유는 없었다. 자기 팔자 자기가 만든다고 J
는 J대로, 아희는 아희대로 제 갈 길을 가면 된다. 그 길에 어떤
이유로든 진과 동참할 생각은 1나노미터도 없었다.

잠깐 샛길로 흘러가려던 회의는 아희가 마음을 다잡은 것으
로 다시 제자리로 돌아왔다.

J의 정체와 사건의 주범들이 최종적으로 J에게 원하는 것이
무언인가 하는 문제는, 마조의 말대로 아직은 어떤 결론도 시기
상조일 뿐이다. 퍼즐은 다 맞추어봐야 전체의 그림을 볼 수 있
는 것이다. 예상은 어디까지나 예상에서 끝난다.

영적인 영역에선 아예 무능력자인 요원들로서 자신들이 모르
는 무언가가 J에게 존재한다고 막연히 예상할 수밖에 없었다.
그 무언인가가 J의 부모와 친척들을 죽음으로 몰아넣었고, 지금
의 사태에 이르렀다면 그 종말에는 결국 J가 있을 것이다.

J가 이곳에서 철저하게 감시와 보호를 받고 있는 가장 큰 이

유다.

　이번 일로 인해 상양의 문양은 거의 완성이 되다시피 했다. 사건 지점을 선으로 이으면 완벽한 구형을 이루는 원 안에, 날개를 편 상양의 모습까지 무리없이 그려진다. 이제 남은 것은 눈 하나다.

　"그런데 이번에 겨우 52명만 살인에 성공했잖아. 그마저도 자살에 성공한 이는 하나도 없는 상태고. 그렇다면 살인과 자살에 실패한 이번 일이 저들에겐 성공한 미션이었을까, 실패한 미션이었을까?"

　목하의 질문에 누구도 선뜻 대답을 할 수가 없었다. 사건의 배후에 있는 이들에게 있어 상양의 문양을 완성하는 게 하나의 제례의식이라면 이번 사건이 그들에게 있어 성공한 작전인지 아닌지는 굉장히 중요한 논점이었다.

　실패한 미션이라면 그들은 또다시 이번과 같은 지역이나, 선을 완성하는 다른 가까운 지점에서 일을 저지를 것이다. 반면 성공한 미션이라면 그들은 상양의 문양을 완성하기 위해 남은 마지막 지역을 찾을 것이다. 결론이 어떻게 되냐에 따라 이쪽의 대비가 달라질 수밖에 없다.

　"J의 등에 있는 문양이 더욱 진해졌다면 성공한 것이 아닐까요? 저번 분신 때도 살인에 성공하지 못한 경우가 있었지만 다음 단계로 넘어왔지 않습니까."

　"하지만 그때는 자살에 모두 성공했잖아. 저들이 포인트를 살해가 아닌 자살로 둔다면 이번은 실패한 작전이겠지."

　마조의 의견에 융이 회의적인 입장을 보였지만 J의 등에 있는 문양이 더욱 진해졌다는 점은 무시 못할 상황이었다.

"그렇다면 이번에도 저번과 같이 인원을 배치하기로 하죠. 그리고 우리들은 상양의 눈이 되는 지점에서 그들을 기다리는 겁니다. 마침 눈깔이 있는 부분이 잠복하기도 쉬운 장소고, 좋네."

진이 지도 위, 상양의 눈이 되는 부분을 동그라미로 그렸다. 우연인지 의도된 것인지 몰라도, 아마 후자 쪽이 크겠지만 상양의 눈이라 추정되는 곳에는 원형의 거대한 공원이 하나 있었다. 공원의 정중앙에 위치한 호수의 수면 위로 일 년 내내 안개가 껴 있다 해서 지어진 공원의 이름은, 운락이었다.

"저, 하나 물어도 되겠습니까?"

이다가 손까지 들어 선배 격인 다른 요원들을 둘러보며 묻자 다윤이 간결하게 답했다.

"말해."

"만약에요, 만약에 이번이 실패한 미션이고 저들이 또다시 144명을 보내 상양의 문양을 다시 완성시키려고 한다면 우리는 어떻게 해야 하는 거죠?"

"뭘 하긴, 잡아서 수거해야지."

"그러니까 제 말은 저들이 성공할 때까지 계속 144명을 보내는 일을 반복하게 된다면 어떻게 되냐는 겁니다. 그전에 우리가 배후를 잡을 수 있다면 다행이지만 그렇지 못할 경우에 희생자는 계속 늘어날 텐데, 그들을 모두 제압해서 자살을 못하게 막는 게 과연 능사인지 의문이 들어서요."

마조가 지적한 것처럼 살인을 저지르지 않아도 다음 단계로

넘어간다면 그들의 살인은 막 돼, 굳이 자살까지 막을 필요가
있냐는 소리다. 순간 회의실에 적막이 흐르면서 약속이나 한 듯
한참 동안 누구도 입을 열지 않았다.

"어쩌겠어……."

먼저 입을 연 것은 목하였다. 그녀는 냉철한 표정과 차가운
눈동자로 좌중을 돌아보며 어깨를 으쓱해 보였다.

"산 사람은 살아야지."

어느 누구도 그녀의 말에 반박하지 않음으로써 결론은 너무
도 간단하게 나버렸다.

"하긴 그 약을 먹은 사람들은 하나같이 결국 뇌가 괴사되어
서 죽으니 우리가 막는다고 해서 결과가 달라지는 것도 아니잖
아."

융의 수긍이 옳았다. 약을 복용한 이들은 날짜의 차이는 있지
만 모든 이들이 결국은 죽었다. 이번 144명 모두 자살하지 못했
음에도 벌써 수십 명이 뇌가 괴사해 사망한 상태였다. 또한 나
머지는 그 과정을 거치고 있었다.

"저들이 이번을 실패로 간주하고 다시 144명을 보낸다면 이
번에도 낫을 들고 올까?"

"저들의 패턴이 어떻냐에 다르겠죠. 단계마다 다른 방식을
쓴 것처럼 단계와는 상관없이 매번 창의력을 발휘할지, 아니면
단계마다 정해진 방식이 있어서 꼭 그것을 지켜야 하는지는 저
들만이 알고 있을 겁니다."

"만약 또 낫을 들고 오면 자살보다 살인을 먼저 시도하는 경
향이 클 텐데……."

이번에 자살자가 나오지 않은 것은 그들이 살인을 우선으로 했기에, 미처 자살할 틈 없이 잡혔기 때문이다. 다음에도 낫을 들고 온다면 살인을 먼저 하고 자살을 시도할 텐데 그때까지 기다린다는 것도 어불성설이다.

"자살부터 할지 누가 알아. 그들에게 중요한 게 자살이라면 말이야. 그들도 언제까지 똑같은 단계에서 계속 실패하다가는 위험할 수 있으니 쉽게 끝낼 수도 있잖아."

박후의 의견에도 일리는 있었다. 하지만 그렇지 않을 경우에는 최대한 그들이 살인을 할 틈 없이 자살할 여유를 주는 게 관건이었다.

"그런데 지금까지 2배수로 인원이 늘어난 것을 감안하면 다음 단계는 288명인 건가요?"

"……."

문득 운영이 푸념 섞인 걱정을 늘어놓자 다시 모두의 입에서 말이 사라졌다. 숨 쉬는 소리마저 낮아져 적막한 분위기에 진은 신경질적으로 운영의 정강이를 툭 찼다. 어딜 가나 눈치없는 것들이 꼭 분위기 망친다고 투덜거리는 소리가 회의실에 퍼졌다.

회의는 늦게까지 진행되었지만 결론은 144명이든 288명이든, 어떤 상황이 되더라도 대처할 수 있게 인원을 배치하자는 것이었다. 그러기 위해서는 경찰과 '그곳'의 전투요원뿐만 아니라 사건담당이 아닌 요원들까지 차출해야 할 판이라 모든 게 촉박하다.

그러나 지구의 멸망이 다가와도 사과를 심을 사람은 심고, 휴가 떠날 사람은 내일의 날씨를 알아보는 게 먼저다.

“마조 왔져?”

정보실 사람들이 숙직실로 사용하고 있는 곳 하나를 이제는 제 방처럼 쓰고 있던 J가 마조를 보자마자 쪼르르 달려와 그에게 엉겼다. 마조의 허리에 두 팔을 두르고 그의 가슴에 얼굴을 비비며 친애의 정을 표현하다가 고개를 들어 함박 웃는다. 마조는 J의 웃는 입 모양이 예뻐서 손가락으로 그 위를 가볍게 덧그리며 물었다.

“심심하지는 않았어?”

정신과 클리닉에 다닐 때는 매일을 바쁘게 보내던 J였는데 이곳에 와서는 딱히 힐 일 없이 무료하게 지낼 수밖에 없었다. J가 좋아하는 책들과 새로 나온 꼬돈이 시리즈를 사다 주긴 했지만 그것도 이미 몇 번이나 읽고 또 읽은 상태다.

“그림 그렸어. 마조라고 생각하고 열씸히 그렸는데 볼래?”

수줍게 볼을 붉히며 J는 몇 시간 동안 마조를 떠올리며 그린 그림을 그에게 쑥 내밀었다. 아무 말 없이 그림을 감상하는 마조의 옆에 다가와 나란히 선 J는 어깨를 으쓱했다.

“마조랑 똑같지?”

“우리 J는 화가는 못 되겠다.”

자랑스럽게 묻는 J에게 이건 노력으로도 극복할 수 없는 수준이라며, 마조는 머릿속 어딘가에 있던 J의 장래 희망란에서 화가는 가위표로 짝짝 그었다.

“화가? 그거 모야, 먹는 거야?”

“그림을 그리는 걸 직업으로 삼는 사람을 말하는 거야. 자기가 그린 그림을 팔아서 돈을 벌지.”

"지이는 마조 그림 안 팔아."

"그래 팔지 마, 영원히! 초현실주의와 입체주의는 이미 한물 갔거든."

피카소보다 늦게 태어난 네 죄라며 마조는 J가 그려준 자신의 초상화를 사건 보고서들 사이에다가 슬머시 끼어 넣었다. 혹여 꿈에라도 나올까 무서운 괴기스러운 작품은 그렇게 모습을 감췄다. 대신 보고서들이 넘겨지는 사이로 선우연의 몽타주가 삐죽 빠져나와 바닥에 떨어졌다.

"웅? 심봉사 학생이다."

만날 배슬배슬 웃고 다니는 선우연이 마음에 안 들던 J는 어느 날 닥터 홍에게 '저놈아는 모하는 작자야?' 라고 물었다가 꿀밤을 맞은 아픈 기억이 있었다. 그때 들었던 답이 조금 길었지만 확실하게 머리에 남은 것은 클리닉에 봉사 활동하러 오는 학생이라는 거다. 문제는 J가 봉사라는 단어의 정확한 뜻을 모른다는 것이다. 그저 심청전에 나오는 무능력한 아비가 봉사라는 것만 안다.

"심봉사?"

바닥에 떨어진 몽타주를 줍던 마조가 인상을 찌푸렸다. 대체 어디서 나오는 소리인지 감을 잡지 못하는 거다.

"닥털 홍이 애는 봉사 학생이라고 했어. 아, 닥털 홍 보고 싶다."

미운 정도 정이라고 안 보니 은근히 보고 싶고 눈에 아른거렸다. 실상 닥터 홍의 성격이 터프하고 거침이 없어서 그렇지 내심 J를 생각하는 마음이 깊고 세심했다. 티격태격하며 쌓은 교류가 은근히 깊어진 모양이다. 그러나 마조의 신경을 잡은 것은 닥터 홍에 대한 J의 그리움이 아니었다.

"선우연, 이 아이를 알고 있는 거니?"

"아는 앤데. 애한테 안 좋은 냄새나."

"어디서? 어떻게 만나… 아, 닥터 홍이 봉사 학생이라고 했다면 클리닉에 오는 학생이야?"

"만날 와. 지이는 심봉사 보기 실은데."

고개를 끄덕이며 성의없이 대답한 J는 선우연의 몽타주를 노려보며 입을 삐죽였다. 원래도 좋아하지 않는 선우연이지만 마조가 열성적으로 그에게 관심을 보이니 마음에 들지가 않았다. 자기 딸이나 팔아먹는 심봉사 따위가 뭐가 좋다고 마조는 이리 꼬치꼬치 묻는 것일까. 그러다 머리에 번쩍하는 게 있었다.

일전에 닥터 홍이 마조는 나쁜 사람을 잡는 일을 한다고 했다. 나쁜 사람들을 잡아야지 J가 사는 세상이 조금은 더욱 좋아질 거라면서, 그가 바쁜 것은 모두가 J를 위한 일이라고 해서 무척이나 기뻤던 게 기억이 났다.

"심봉사 자블 꼬야?"

초롱초롱 빛나는 눈으로 마조를 올려다보는 J의 눈동자와 목소리에 기대감이 잔뜩 묻어났다. 흥분했는지 평소 잘하던 단어의 발음마저 꼬였다. 쌀과 딸을 바꿨으니 심봉사는 나쁜 놈임이 분명하다. 자기라면 마조와 쌀을 바꾸는 짓은 절대 상상도 못할 텐데 심봉사는 무지 독한 사람인 게 분명한 나쁜 놈이 맞다.

"일단은 잡아야겠지."

심증뿐이지만 선우연이 양승과 관계가 있다면 어떻게든 신병을 확보해야 할 중요인물이었다. 이렇게 가까운 곳에 있는 줄도 모르고 애먼 곳에서 헤맸었다. 마조는 J의 볼을 손가락으로 토닥여 주면서 참 잘했다고 칭찬해 주었다.

"지이는 절떼로 마조를 쌀하고 안 바꿀 꼬야. 마죠 그림도 안 팔고."

정작 칭찬의 본질은 이해하지 못하고 J는 혼자만의 망상으로 스스로에게 무한한 자부심을 느꼈다. 그런 J에게 마조는 조용히 코코아가 든 텀블러를 손에 쥐어줬다, 먹고 떨어지라고.

마조를 보자마자 닥터 홍은 반색을 하며 그를 반겼다. 어딜 가도 환대를 받은 적이 거의 없는 진이 어색해하며 마조의 뒤에 서서 힐끔힐끔 닥터 홍을 훔쳐봤다. J에게서 전해 들은 닥터 홍의 이미지는 과자로 어린아이들을 유혹하는 마녀이며, 손에 밀가루를 묻히고 아이들을 속이는 간악한 늑대였다. 그런데 웬걸, 막상 만나보니 인상 좋은 푸근한 미인이었다. 적어도 첫인상은.

"그렇지 않아도 미스터 마조에게 연락하려던 참이었어요. 이거 가져다가 J에게 주세요. 수업과 치료를 받지 못하는 동안 혼자서 학습이라도 해야죠."

십여 개가 넘는 책자를 건네주며 닥터 홍은 상큼하게 미소 지었다. 휴가 떠나는 직원에게 일감을 잔뜩 떠밀어주는 악덕사장도 이보단 너그러울 것 같았다.

"나중에 일일이 다 체크해서 점수 매기고 시험도 볼 거라고도 전해주시고요. 그런데 연락도 없이 웬일이세요. 혹시 J에게 무슨 일이라도 있나요?”

“오늘은 J의 일로 찾은 게 아닙니다. 혹시 이 소년을 아십니까?”

J의 말을 듣기는 했지만 그동안 클리닉을 들락거리면서 마조는 한 번도 선우연을 보지 못했다. 서로 시간대가 안 맞았을 수도 있고, 그쪽에서 마조를 피해 다녔거나 J가 잘못 볼 수도 있는 일이었다. 클리닉에 도착했을 때 오늘은 자원봉사자가 한 명도 없다는 이야기를 미리 들었던 터라 여유를 두고 닥터 홍의 진료실을 먼저 찾은 거다. 마조에게서 몽타주를 받은 닥터 홍은 눈을 동그랗게 뜨더니 고개를 끄덕였다.

“선우연 학생 아닌가요?”

“이름이 선우연이 맞습니까?”

몽타주의 소년이 선우연일 거라는 심증이 진실로 굳어지는 순간이다.

“맞아요. 우리 클리닉과 결연한 대학교 학생이에요. 복지 관련 수업 때문에 실습 차 왔다가 그 후로 혼자서 봉사활동을 오는 걸로 알고 있어요. 성실하고 착한 아이인데, 무슨 일이죠?”

‘그곳’의 요원이 사진도 아닌 몽타주를 들고 왔다면 결코 좋은 의미는 아닐 것이다. 특히 1국 요원과 선량한 학생 사이에는 어떠한 연관성도 찾을 수 없는 게 옳았다. 그러나 불길한 예감은 언제나 맞아떨어지듯 마조는 선우연이 주요 용의자 중 한 명이라는 언급과 함께 그의 연락처에 대해 물었다.

“자원봉사자들 자료는 서무과에 따로 보관해 놓은 게 있을 거예요. 클리닉이 주최하는 행사나 도움이 필요할 때 따로 연락하거나, 특별한 날마다 감사 카드를 보내기 때문에 적어도 연락처 정도는 항상 기록해 놓거든요."

닥터 홍의 이야기가 떨어지자마자 마조의 뒤에 서서 가만히 듣고만 있던 진이 조용히 진료실을 나갔다.

"그런데 요즘은 통 얼굴을 보지 못하고 있네요."

닥터 홍이 선우연에 대해 개인적인 호감을 가지고 있는 것은 사실이지만 그렇다고 해서 범죄까지 감싸줄 정도는 아니다. 용의자라는 게 꼭 유죄를 의미하는 것은 아니지만 무죄도 사건이 해결돼야 증명할 수 있다. 선우연이 무죄든 유죄든, 닥터 홍은 자신이 도와 사건이 잘 해결될 수 있다면 언제든지 적극적으로 도와줄 의사가 있었다.

"대략 언제부터 보이지 않던가요?"

"그게… 아! J가 당분간 오지 못하게 된 후부터인 것 같네요. 그전까지는 거의 매일이라고 할 수 있을 정도로 자주 왔었는데 말이죠. 요즘 분위기가 하도 뒤숭숭해서 선우연 학생 말고 다른 봉사자들도 발길이 뚝 끊어져서 별로 이상하게 생각하지 않았거든요."

그 밖에 닥터 홍이 개인적으로 알고 있는 선우연에 대한 정보 몇 가지와 결연한 대학과 실습 나온 수업에 대해 알아낸 마조는 악수를 청하면서 고마움을 표했다. 개인 대 개인으로 잘 만나다가도 '그곳'의 요원으로 찾아가면 꺼려하면서 반기지 않는 사람들이 부지기수다. 닥터 홍처럼 즐기면서 적극적으로 협조하는 경우는 거의 없다시피 했다.

“바쁜데 시간 내주시고 적극적으로 협조해 주셔서 고맙습니다.”

“내가 도움이 됐나요?”

“당연히 큰 도움이 됐습니다.”

“내가 보기엔 아닌 것 같은데.”

닥터 홍이 눈을 가늘게 뜨면서 농을 건네고 있을 때, 진이 진료실로 들어와 고개를 저었다.

“다른 자원봉사자들의 기록은 다 있는데 선우연 것은 없어. 서무과에서는 분명 작성했다는데 그것만 쏙 사라지고 없다는 거야.”

“우리나라 대학에 버젓이 잘 다니고 있는데도 자료가 누락된 걸 보면 병원의 자원봉사자 기록이야 아무것도 아니지.”

오린에게 선우연 찾기를 계속 시켜왔지만 국내 대학의 어디에서도 그런 학생은 없다는 답변만 받은 상태였다. 닥터 홍의 말대로라면 교양과목 실습까지 잘 다니고 있었는데도 말이다.

마조의 이야기를 듣다가 진료실에 들어선 진에게 시선을 돌린 닥터 홍의 눈살이 점점 찌푸려졌다. 진료실에 들어올 때부터 마조는 물론이거니와 진 본인조차 자신을 소개하지 않았기에 그냥 무시하고 있었지만 사실 처음부터 무지 신경 쓰이던 남자였다. 눈짓으로 저치는 뭐 하는 사람이냐고 묻자 마조는 자신의 파트너라고 간단히 답했다.

“혹시 저분은 저런 상태로 J와도 어울리나요?”

“매일 그렇다고 할 수 있습니다만, 왜……”

　진의 쥐 뜯어먹은 듯 정리되지 않은 수염과 머리칼은 물론 며칠을 입었는지 가늠되지 않는 후줄근한 옷차림, 몸에서 냄새가 나지 않은 게 신기할 정도로 추레한 몰골이었다. 신문지 한 장만 들고 길거리에 누우면 노숙자라 해도 손색이 없었다.

　“Oh, No! No! 저건 아니지!”

　손가락질하며 절규하는 닥터 홍의 외침에 진은 미간을 찌푸리다 손으로 자신을 가리키며 마조에게 물었다.

　“지금 나보고 저러는 거야?”

　“그러는 것 같은데.”

　“뭐 때문에?”

　정말 몰라서 묻는 진을 위아래로 훑어본 마조는 시큰둥한 목소리로 대답했다.

　“문화적인 충격을 받았나 보지.”

　“내가 그렇게 문화적으로 보여?”

　말을 말자며 슬며시 고개를 돌려 버린 마조 너머로 닥터 홍이 소리쳤다.

　“얼굴 지저분해. 옷차림 불량해. 걸음걸이는 껄렁하고 말투는 투박하고. 미스터 마조, 저런 사람과 어울리게 하니 J의 말투가 그 모양 그 꼴이었던 거죠. 아직 뇌가 백지처럼 맑은 J에게 환경이 얼마나 중요한지 모르지는 않겠죠. 아이는 부모를 보고 자란다는 말이 괜히 있는 줄 알아요!”

　정색하며 환경론에 집착하는 닥터 홍의 말은 크게 틀리지 않았다. 처음 만났을 적에 J의 뇌가 오죽이나 맑고 깨끗했어야지. 과연 뇌에 주름이 있는지조차 의심스러웠으니 말이다.

그렇지만 유감스럽게도 J는 진에게서 안 좋은 영향을 받기 전
에 이미 싹수는 노란 상태였다. 껄렁하고 불량한 진마저 상대가
안 될 정도로 독야청청한 J가 누구의 영향을 받고 말고 할 인물
은 아니었던 것이다. 뇌는 구김 한 점 없는 백지였지만 타고난
성정은 개성만점의 안하무인이었다.

"닥터, 뭔가 오해를 하신 모양인데 J는 원래 성격이나 말투가
그 모양 그 꼴이었거든요!"

억울하다 항의하며 진은 도와달라는 듯 마조의 옆구리를 툭
툭 쳤다. 하나 마조는 굳이 닥터 홍의 오해를 정정해 주고픈 생
각이 없었다. 환경론을 지지하기는커녕 되레 부정적인 입장이
지만, 우리 애는 착한데 아이 친구가 문제다 주장하는 학부모의
심정이 되면 사상이고 뭐고 소용이 없게 된다.

현실을 알아도 차마 인정은 하고 싶지 않은 마음. J가 원래 껄
렁하고 불량한 게 아니라 주위에 안 좋은 사례가 있어서 저리된
것뿐이라고 변명하고픈 마음. 자식의 치부는 마냥 감추고 덮어
주고 싶은 부모의 마음 등등. 이 모든 게 한데 어우러져 마조로
하여금 침묵하게 만들었다.

"지금은 말투와 행동거지만 따라 할 뿐이지만 나중에는 안
씻는 것까지 따라 할 수 있다고요."

"이보세요, 저 오늘 세수하고 양치도 했거든요."

"그럼 목욕은 언제 했는데요?"

"당연히 하나, 둘, 셋, 네……."

손가락을 하나씩 접어가며 날을 세던 진은 다섯 손가락이 한
번 왔다 갔다 하고 열하나를 셀 때부터 점점 목소리가 작아졌

다. 결국 손을 휘휘 흔들면서 이런 게 다 무슨 소용이냐고 툴툴
거렸다. 사람이 하루에 한 번 세수하고, 두 번 양치질하면 깨끗
한 거 아니냐고 당당하게 항변까지 했다.

"몰라, 몰라! 그리고 닥터, J는 애초에 나 같은 건 안중에도 없
었단 말입니다. 나한테 조금이라도 관심이 있어야 내가 하는 걸
따라 하지."

가장 억울한 게 바로 이거다. J에게 있어 진이란 인간의 존재
가치는 우주 먼지 한 톨만도 없었기에 무슨 영향이고 자시고 할
것도 없었던 것이다.

"나도 좀 영향력있는 사람이 되고 싶다고!"

타임지에서 선정하는 영향력있는 100인에서 탈락한 것도 아
니면서 처절하게 아쉬워했다. 흥분을 가라앉히지 못하는 진의
목덜미를 가볍게 잡은 마조는 닥터 홍에게 가볍게 목례만 하고
진료실을 빠져나왔다. 뒤에서 J의 장래와 사교를 위해서는 주위
환경에 신경 좀 쓰라는 닥터 홍의 볼멘소리에 진은 또 흥분하며
'그러니까 나는 아니라니까!' 라고 소리쳤다.

"조용히 좀 해. 간판에는 클리닉이라고 쓰여 있지만 이곳도
엄연히 병원이라고."

"그래도 억울한 걸 어떡해!"

진은 끝끝내 자신의 편을 들어주지 않은 마조에게도 원한이
맺히려는지 희번덕거리는 눈으로 쏘아봤다. 이곳이 병원이고
뭐고 무에 상관이냐는 비매너에 다른 이들의 불만이나 경고를
살 만한 행동이었지만, 어느 누구도 그를 신경 쓰지 않았다. 왜
냐하면 이곳은 정신과 병원이었기 때문이다. 이런 사람도, 저런

사람도 흔하게 볼 수 있는 곳이 바로 이곳이다.

"그러게 좀 평소에 깨끗하게 하고 다녀."

마조는 진의 목덜미를 놓아주면서 오른손을 손수건으로 쓱쓱 닦아내며 혀를 찼다. 하지만 내심 닥터 홍에게 J의 불량한 성정에 대한 변명거리로 진을 내세울 수 있게 되어서 조금은 기쁘기도 했다.

"선우연이 다닌다는 대학교나 찾아가 보자."

길게 가지고 있어봤자 하나 유리할 것이 없는 주제였기에 마조는 엘리베이터에 올라타면서 화제를 돌렸다. 그를 뒤따라가면서 진은 불만스럽게 툴툴거렸다.

"나는 왠지 그곳에 가봤자 아무 물증도 못 찾는다에 백 원 걸지."

"물증은 없겠지만 선우연을 아는 사람 한둘 정도는 있다에 백 원."

일상적인 교류와 학교생활을 계속 유지하면서 서류상의 모든 기록이 누적된 선우연이지만 그를 알고 있는 사람들은 있게 마련이다. 같이 수업을 듣고, 그를 가르치는 교수들이 있을 테니 아무리 기록을 지워댄들 사람들의 기억까지 모두 없앨 수는 없을 터였다. 다만 기록이 없다면 선우연의 거처를 알아낼 수 없을 테고, 그러자면 선우연이 등교할 때까지 잠복하는 수밖에는 없다.

"뭐 귀찮은 거야 오린을 시키면 되겠지."

"저런 사악한 녀석을 J는 뭐가 좋다고."

"오린에 대해서는 네가 그런 소리할 입장이 아니지 않나?"

"사자가 새끼를 절벽에다 떨어뜨리는 것과 스트레스받은 토끼가 새끼를 죽이는 것과는 구별해 줘."

"그래서 네가 사자라는 거야, 토끼라는 거야."

"그거야 당연히… 토끼지."

몸은 더러워도 양심은 깨끗하다며 척 봐도 그래 보이지 않느냐고 묻는 진에게 마조는 아주 작은 목소리로 대답했다.

"너는 척 봐도 조루로 보여."

다행인지 몰라도 마조의 대답을 조류라 잘못 들은 진이 어디서 감히 포유류에게 새대가리를 들이미냐고 짜증을 부렸다. 진실은 언제나 저 멀리에 있는 법이다.

역시나 선우연에 대한 기록은 어디에도 없었다. 하지만 선우연이 들었다는 수업의 교수는 그를 똑똑히 기억하고 있었다. 무슨 과, 몇 학번인지까지 말이다. 워낙에 성실하고 우수한 학생이었기에 잊으려야 잊을 수가 없었다는 점이 희극적이었다.

"한데 선우 군에게 무슨 일이라도 있습니까?"

"중요한 사건의 증인으로 지목을 받은 상태입니다. 저희도 이 학생의 이름과 얼굴만 겨우 아는 정도인데, 사건 용의자 쪽에서도 지금 이 학생을 찾으려 혈안이 되었다더군요. 그러니 각별히 부탁드리는 건데 이 학생의 안전을 위해선 절대 소문이 나서는 안 됩니다."

교수에게는 닥터 홍에게 했던 것처럼 진실을 말하지 않았다. 행여나 소문이 나서 선우연이 잠적할 수도 있는 일이고, 아직은 무죄도 유죄도 아닌 입장에서 굳이 나쁜 소문이 돌게 만들 필요

도 없었다. 닥터 홍이야 어느 정도 믿는 부분이 있었지만 지금
상대는 그렇지 못했기에 적절한 거짓말이 필요했다.

"그럼 어떻게든 선우 군에게 연락을 취해야겠군요."

"아니, 그러시지 않는 게 좋습니다. 저들은 매우 위험한 이들
입니다. 괜히 교수님까지 이 일에 얽혀 들어갈 수도 있습니다.
저들은 자신들의 일을 방해한다면 상대가 민간인이든 어린아이
이든 가차없는 잔인한 놈들이죠. 그냥 모른 척하시는 게 교수님
께는 좋습니다."

진은 책상 한쪽에 놓인 교수의 가족사진에 슬쩍 시선을 두면
서 을씨년스럽게 목소리를 깔았다. 진의 시선 끝에, 마흔이 넘
어 겨우 얻은 어린 딸과 찍은 화목한 가족사진을 발견한 교수는
사색이 되어서 액자를 책상 서랍에다 감추었다.

"선우 군의 학과를 알려주신 것만도 교수님은 최선을 다하신
겁니다."

고마움을 표하기 위한 마조의 인사치레는 오히려 교수의 불
안을 증폭시켰다. 괜한 일에 말려든 게 아닌지 겁을 먹은 교수
에게 인사하고 교수실을 나오면서 진은 마조에게 작게 속삭였
다.

"이쯤 해뒀으니 괜한 오지랖은 안 피우겠지?"

"일단은 그래 보인다."

천천히 닫히는 문 너머로 보이는, 두 손으로 머리를 감싸는
교수의 마지막 모습에 마조는 고개를 끄덕였다.

"그나저나 세상 참 재미있게 돌아가. 이 대학 종교학과라면
김정인 교수님이 학과장으로 있지?"

지금은 상양이라 밝혀진 문양 때문에 김정인 교수의 조언을 듣기 위해 찾은 게 엊그제 같은데, 오늘은 또 다른 문제로 그를 찾게 되었다. 서로 다른 가지를 따라 찾아왔는데 알고 보니 하나의 뿌리를 가진 나무인 격이었다.

"설마 우리가 전에 찾아왔을 때 그쪽에서 우릴 보지는 않았겠지?"

"그거야 김정인 교수를 만나보면 알겠지."

J가 정신과 클리닉을 다니지 않게 된 후로 선우연 역시 그곳에 나타나지 않는다 했다. 언뜻 뒤숭숭한 사회 분위기 때문에 대외활동을 자제하는 것으로 볼 수 있지만 그 속내까지 어찌 알겠는가. 정신과 클리닉만큼 접근하기 쉬운 장소도 없지만, J가 그곳에 다니기 전부터 봉사활동을 다닌 것으로 보면 우연이 겹친 필연일 수도 있는 일이다.

지금까지 선우연의 모든 행보가 J와 관련이 있다면 오늘 김정인 교수를 찾아가도 그들은 아무것도 얻지 못할 가능성이 컸다.

그리고 그들은 거의 얻은 게 없었다.

"겨울방학이요?"

"어허, 몇 번을 말해야 알아듣겠나. 선우 군은 어제 기말 마지막 시험을 보고 오늘부터 방학이라네. 어제 오후에 찾아와서 인사하고 갔지."

"방학이래도 학교에는 나올 거 아닙니까?"

재차 물어보는 마조에게 김정인 교수는 어깨를 으쓱하며 심상하게 대답했다.

"올 겨울에는 큰맘 먹고 여행을 가기로 했다더군."

"어디로요?"

"배낭여행이라 발길 닿는 대로 다녀오겠다지 뭔가. 청춘이라 가능한 일이지. 요즘 잔인한 사건들이 계속 일어나니 몸조심하라고 했더니, 그렇지 않아도 그것 때문에 걱정이기는 하지만 이번 겨울이 아니면 시간 내기 어려울 것 같다는데 내가 뭐라고 하겠나. 그런데 자네들이 선우 군은 왜 찾는 거지?"

선우연을 찾는다는 말에 자신이 아끼는 애제자라는 자랑에서부터, 평소 수업 자세와 이번 시험은 얼마나 잘 봤는지에 대해 줄줄이 이야기한 후에야 김정인 교수는 이유를 물었다. 참으로 빨리 묻는다고 속으로 빈정거리면서 마조는 아까 교양과목 교수에게 했던 이야기를 똑같이 했다.

선우연을 아끼는 게 분명한 김정인 교수에게는 특히 진실을 말할 수가 없었다. 애제자에 대한 그의 기대를 무너뜨리는 게 미안해서가 아니라, 믿을 수가 없기 때문이다. 단순히 애제자로서 아끼는 것인지, 교수 역시 선우연과 이번 일에 얽혀 있는 것인지 아직은 모르는 일이다. 후자라면 당연한 일이지만 전자라도 믿을 수가 없다. 닥터 홍처럼 공과 사를 확실히 구별하는 경우는 드물다. 개인적인 감정과 친분에 얽매여서 공공의 적에게 인정을 베푸는 이들이 어디 한둘인가.

"그 말은 지금 선우 군이 위험하다는 소린가?"

아니나 다를까, 제자를 끔찍이도 아끼는 교수는 안절부절못하면서 선우연의 연락처를 찾기 위해 분주했다. 어쩔 수 없이 다시 아까와 같은 반 협박을 할 수밖에 없었다. 진의 감정 잡힌 훌륭한 연기에 역시나 김정인 교수도 멈칫하며 눈만 깜박였다. 애제자를 무척이나 아낀 데도 자기 자신과 가족만큼은 아닌 법이다.

"선우 군과 연락할 수 있는 방법만 저희에게 알려주시면 됩니다. 그 후로는 저희가 알아서 하겠습니다. 만약 선우 군에게 연락이 오면 평소와 같이 행동하시고 저희에게 바로 연락주시는 게 그를 돕는 일입니다. 섣불리 나섰다가는 그도 교수님도 위험해질 수가 있습니다."

"…그럼 내가 어떻게 해야 하는 건가?"

머뭇거리는 것도 잠시, 선우연에 대한 걱정을 어쩌지 못하며 김정인 교수는 침착하게 상황을 받아들이고 있었다.

"혹시 알고 있는 선우연의 개인 연락처가 있으십니까?"

교수실을 찾기 전에 학적부와 과실에는 선우연의 기록이 없음을 이미 확인한 바였다. 계속 애제자라며 자랑을 하였으니 적어도 휴대폰 번호는 알고 있을 터였다. 하지만 유감스럽게도 교수의 휴대폰에 저장된 선우연의 번호는 없는 번호라는 안내가 떴다. 진은 입술을 바르르 떨면서 김정인 교수에게 말했다.

"없는 번호란데요?"

"그럴 리가 없네. 오늘 오전에 여행을 떠난다고 휴대폰으로 전화통화까지 했단 말일세."

믿지 못하겠으면 직접 보라면서 통화 기록까지 보여주었다.

"선우 군이 마음을 단단히 먹었나 봅니다. 여행에 휴대폰은 가끔 짐이 되기도 하죠."

　점점 굳어지려는 얼굴로 애써 아무렇지 않은 척 웃으며 마조는 휴대폰 말고 다른 연락처나 주소는 없냐고 물었다.
　"잠깐····아, 여기 있군,"
　김정인 교수는 다이어리를 뒤져 선우연의 집 주소를 찾아 마조와 진에게 보여주었다. 그걸 보는 순간 두 남자의 얼굴 표정은 똑같은 모양으로 굳어졌다. 다이어리에 적힌 주소는 박건하가 만든 모임 '낙원'의 본거지로, 전에 폭파된 저택의 주소였다.
　"이것뿐입니까?"
　"이것 말고 뭐가 있겠나."
　사실 교수가 제자의 주소를 따로 적어둔 것만 해도 흔한 일은 아니었다.
　"혹시 선우 군과 친한 친구들이 누군지 아십니까?"
　"글쎄. 그것까지는 잘 모르겠군. 그런 건 나보다는 조교나 과대표에게 물어보는 게 더 나을 거네."
　선우연에 관한 이야기가 어느 정도 정리가 되자 김정인 교수는 최근 사건들과 문제의 문양에 대해 궁금증을 내비쳤다. 전에 마조와 진이 그를 찾은 후에 개인적으로도 알아본 모양이지만 결론은 아무것도 찾지 못했다. 그래서 혹여 '그곳'에서는 알아냈는지 몹시 궁금해했다.
　그러나 김정인 교수가 선우연과 관련이 있는 이상 이쪽에서 알아낸 패를 쉽게 보여줄 수는 없는 일이었다. 아직 진척이 없다면서 나중에라도 알아낸 것이 있으면 연락을 주라고 되레 부탁했다.

시험 감독을 갔다는 조교를 기다려 선우연에 대해 물어봤지만, 그 역시 이제는 필요없는 휴대전화 번호만 알고 있을 따름이었다. 그리고 선우연의 교우 관계에 대해서는 조교나 과대표나 비슷한 말을 했다.

"연은 누구하고나 다 친해요. 그런데 딱히 특정한 누구와 가까이 지내는 걸 본 적이 없는 것 같네요. 동기 대부분이 연을 좋아하지만 연과 개인적으로 따로 만나거나 어울리는 친구들도 없고요. 말하고 보니 정말 이상하네. 그런데도 지금까지 그게 이상하다는 생각을 한 번도 해본 적이 없으니."

말을 하면 할수록 자신들도 이상하다며 눈을 깜박이는 사람들에게 알아낼 정보는 거의 없었다. 이제는 소용이 없는 휴대전화 번호와 폭파되어 사라진 집 주소 말고는.

그래도 전혀 얻은 게 없지는 않았다. 통신사에 휴대전화가 누구의 명의로 되어 있고, 지금까지의 통화목록을 알아낼 수도 있을 것이다. 그리고 무엇보다 선우연이 양승과 관련되었다는 걸 분명히 할 수가 있었다. 박건하와는 아무 상관이 없는 선우연이 그의 저택을 자신의 주소로 사용한다는 걸 보면 말이다. 마조는 양승에게 끝까지 이용당하는 박건하를 생각하니 여러모로 뒷맛이 썼다.

"이런 걸 물증이라고 해야 돼, 아니라고 해야 돼?"

"물증 맞잖아."

"백 원 줄까?"

김정인 교수를 찾아가기 전에 했던 내기를 상기하며 진이 마조에게 백 원을 내밀었다. 액수가 적다 보니 진상 부리지 않고 대번에 승복하면서 공정한 척을 한다.

"됐다. 과자 사먹는 데나 보태라."

"진짜? 진짜, 진짜?"

요즘에 백 원으로 사먹을 과자는커녕 보탠다고 해도 한참을 모자랄 텐데 진은 진심으로 기뻐하다가, 그 귀한 동전을 놓치고 말았다.

"안 돼! 내 백 원~!"

데구루루 굴러가는 동전의 뒤를 따라가는 파트너의 뒷모습에 마조는 한숨밖에 나오지 않았다.

"두 분은 여전하시군요."

등 뒤에서 갑작스레 들리는 목소리에 마조는 머리카락이 쭈뼛 서는 걸 느끼며 천천히 뒤를 돌아보았다. 여전한 것은 마조와 진이 아닌, 바로 양승 그였다.

변함없이 성별이 모호하지만 드레시하고 아름다운 모습으로 느긋이 서 있던 양승은 마조와 눈이 마주치자 화사하게 웃으며 고개를 까닥였다. 두 손은 뒤로하고 있었기에 확인할 수는 없었지만 그는 분명 지금도 손장갑을 끼고 있을 것 같았다.

"오랜만이군."

"전에 우연히 길에서 만난 것을 치자면 그렇게 오래는 아닌 거죠."

"그게 과연 우연이었다?"

"기대에 어긋났을지 모르겠지만 우연 맞습니다. 제법 놀랐었고 꽤나 긴장했었답니다."

"그리 보이지 않던데. 인사까지 하고 유유히 사라지는 게 제법 멋있었어. 덕분에 그날 당신 찾으려 서리맞은 개처럼 엄청 뛰어다녀야 했다고."

간만에 만난 친구처럼 둘은 여상하게 대화를 나누었다. 하지만 마조를 둘러싸고 있는 공기나 양승의 몸에서 발산하는 기운이나, 차갑고 예리한 것이 당장에라도 폭발할 것처럼 불안하게 떨리고 있었다.

시선만 돌린 채로 슬쩍 진을 찾았다. 진은 허리를 숙인 채로 땅바닥을 보며 계속 앞쪽으로 걸어가고 있었다, 마치 땅바닥을 구르는 동전의 뒤를 쫓는 것처럼.

"파트너가 무척이나 근검하신 분인 듯합니다."

조금은 비웃음이 깃든 양승의 칭찬에 얼굴이 화끈거렸지만 마조는 냉소를 지으며 말했다.

"동전이 저렇게 오래 굴러갈 수는 없을 텐데?"

"사람이란 집착하는 대로 보이게 마련이죠. 저분이 돌아오면 돌려주세요."

양승은 마조에게 백 원짜리 동전을 건네주었다. 주인처럼 작고 꼬질꼬질한 동전은 방금 전에 진이 놓친 그 백 원짜리가 맞았다.

"여전히 놀라운 능력을 가지고 있군. 이왕이면 좋은 데다 쓰지. 능력을 허비하는 것만큼 안타까운 일은 없는데 말이야."

"능력을 허비해서 사라지게만 할 수 있다면 나는 무엇이든 할 수 있는 사람입니다."

"……?"

무슨 말인가 싶어 마조가 날카롭게 양승을 살펴보자 그는 가볍게 어깨를 으쓱이며 본론을 내뱉었다. 마치 화제를 얼른 바꾸고 싶은 사람처럼 말이다.

"여기까지 찾아오셨는데 헛걸음하셔서 어찌합니까."

"마냥 헛걸음은 아니었어."

"서비스가 끝난 휴대전화 번호와 철거한 저택의 주소가 말입니까."

"대체 네가 모르는 게 뭐가 있지?"

"아직은 모르는 것보다 아는 게 더 적습니다."

"다행이군. 하마터면 좌절할 뻔했거든."

"그러셔야죠. 아직 좌절하기는 한참 멀었으니까요."

"네가 하는 말의 의도를 모르겠군."

마조의 날선 반응과 목소리에도 불구하고 내내 잔잔한 호수처럼 청명한 분위기를 유지하던 양승이 설핏 웃으며 하늘을 올려다보았다.

"아마도 당신이 우리의 의도를 알게 되는 날은 평생 오지 않을 겁니다."

"……"

"그러기 전에 분명 죽을 테니까요."

양승의 말은 꼭 이루어질 미래를 예언하는 것처럼 들렸다. 그만큼 확신에 차 있고 자신감에 넘쳤다.

"너무 사람 목숨을 쉽게 생각하는군. 사람이 사람에게 인정을 가져야지, 독을 품으면 될까."

"그러는 당신은 사람에게 얼마만큼의 인정을 품고 있습니까?"

　양승의 되묻는 말에 마조는 쉬이 대답할 수가 없었다. 그가 사람에게 바라고, 그 역시 사람에게 행하는 모든 행동들에는 인정보다는 도리가 더 많이 깃들어 있기 때문이다. 도리는 지키되 따뜻한 인정을 품은 경우는 거의 없었다.

　"내 가치관이 착한 사람이 될 필요는 없다, 다만 인간의 도리는 지키며 살자다. 적어도 도리를 지킬 만큼의 인정은 가지고 있다는 소리겠지."

　"유감스럽게도 나는 태어난 순간부터 인간의 인정은 물론, 도리마저 품지 못했습니다. 그런 나에게 인간의 인정이며 도리를 찾는 건 어불성설이겠지요."

　"노력해 봐. 노력하면 뭐든 할 수 있어."

　J가 화가가 되는 것만 빼고. 마조는 이 와중에도 이런 생각이나 하는 자신이 너무 어처구니가 없어서 실소를 짓고 말았다.

　그런 마조를 이상한 생물 보듯 한참 바라보던 양승은 무감정한 눈동자와 목소리로 입을 열었다.

　"노력은 당신이 해야 할 겁니다."

　"무슨 노력?"

　"어떻게든 사람들을 살려보려는 노력. 어떻게든 죽지 않기 위해 발버둥거리는 노력. 어떻게든 J가 죽지 않도록 처절하게 몸부림치는 노력."

　양승이 하나씩 건네는 문구에 마조의 눈에 살기가 깃들면서 두 주먹을 꽉 쥐었다. 당장에라도 덤빌 수 있게 자세를 잡는 마조에게 비소를 날리며 양승은 말했다.

　"그럼에도 죽을 수밖에 없는 사람들. 그럼에도 죽을 수밖에 없는 당신. 그럼에도 죽을 수밖에 없는 J. 당신이 아무리 발버둥 치고 노력해 봤자 이중 어느 것 하나 변하는 게 없을 겁니다. 내가 인간으로서 인정과 도리를 가지게 되는 날이 절대 오지 않을 것처럼.”

비웃음이 섞인 예언은 이상하게도 비애 가득한 고백처럼 들렸다. 하지만 양승이 하는 말에 깃들어 있는 감정의 상처를 깨닫기엔 지금의 마조는 너무 흥분한 상태였다.

사람들이 죽고 자신이 죽을 거라는 말 따위로 끝났다면 웃으며 같이 맞받아칠 여유는 있었을 것이다. 하지만 J가 죽을 거라는 부분에서 그의 이성은 이미 반쯤 날아가고 없었다. 그 작고 어여쁜 아이가 생명력없이 쓰러져 있는 것을 상상하는 것만으로도 온몸의 피가 빠져나가는 듯한 기분이 들었다.

자신의 죽음은 상상하더라도 그저 그렇다. 죽게 된다면 죽으면 그뿐이다. 이왕 오래 살면 좋을 테고, 생명에 대한 애착 역시 나름 가지고 있지만 자살이 아니고서야 죽음이란 게 원할 때에 찾아오는 게 아니다. 언제 어느 순간에 찾아오더라도 어쩔 수 없는 게 죽음이라고 생각하며 살아왔다. 그래서인지 자신의 죽음에 대해서는 덤덤할 뿐이었다. 어쩌면 너무 막연해서 실감을 못하는 반증일 수도 있다.

그런데 J의 죽음은 생각하는 것만으로도 너무나 생생하게 실감이 난다. 생기없는 얼굴, 의지력없이 늘어져 있는 몸, 행여 사고로 몸에 상처가 난다면 붉은 핏물에 젖어 있을 모습. 상상하는 것만으로도 자신의 몸에 상처가 났을 때보다 더 아팠다. 그런 게 죽음이다, 다른 게 죽음이 아니라.

마조는 만약 자신이 죽는다면 이런 식으로 죽을 거란 기분이
들었다. 죽음이란 게 있다면, 마조에게 그것은 J가 세상에 없는
순간과 같을 것이다.

마조에게 있어 죽음이란 그런 것이었다.

CHAPTER 02
어떻게 할 수 없는 것들

어둠이 깔리지 않은 한낮의 달은 무용지물이나 마찬가지다. 그 실상이야 어쨌든 보여주는 쓸모는 허상한 관상용에 지나지 않는다. 하지만 낮달을 두고 그 존재의 무가치함을 주장할 수는 없을 것이다. 보이는 게 전부가 아니며 쓸모가 존재의 가치를 대변하는 것이 아니기 때문이다.

낮달만 보고 달의 가치를 매기려는 사람은 없다. 하지만 다른 말로 하자면 그것은 이미 달이라는 존재를 명확히 알고 있기 때문에 나오는 결론이다. 달의 존재와 의미를 모르는 이에게 있어 낮달은 과연 어떤 가치를 가지고 있을까.

무지가 그래서 무섭다.

또한 자신이 무지하다는 걸 모르는 게 더욱 두렵다. 자신이 무언가의 가치를 모르고 본질을 외면했던 것처럼 언젠가 본인 역시, 무지한 누군가에 의해 그리 버려질 수 있기 때문이다.

"잘 만나고 왔느냐."

"네."

선우연이 잠들어 있는 침대에 걸터앉아 있던 비렴은 양승의 신색을 살피다 가늘게 혀를 찼다.

"잘 만나고 왔다면서 너는 얼굴이 왜 그 모양인 거냐."

"제 얼굴이 어떻기에 그러십니까."

"모르겠으면 거울이나 보거라. 마치 내가 너에게 못할 짓을 시키는 것 같아서 마음이 편치 않다."

"못할 짓이라니요, 전혀 그렇지 않습니다. 요즘 기운이 없어서 제가 괜한 걱정을 끼쳐 드리나 봅니다."

어린아이처럼 고개까지 흔들면서 강하게 부정하는 양승을 하얀 동공에 담으며 비렴은 조금은 다정한 목소리로 말했다.

"너를 보면 참으로 안타깝다. 또한 이런 이율배반이 또 있나 싶어서 우습기도 하지. '그분' 을 배신해 벌을 받는 너희 일족일진대, 어찌해 '그분' 을 기억하고 태초의 힘을 고스란히 간직하고 있는 인간은 너희밖에 남아 있지 않을까 하고 말이다."

"……."

"그것은 저주일까 아니면 축복일까."

"저주입니다."

주저없는 양승의 대답에 비렴은 미간을 모으며 그를 쳐다보았다. 양승의 대답은 일견 '그분' 에 대한 기억을 모독함과 동시에 자신의 능력을 부정하는 것이었다. 후자야 상관없다지만 전자의 경우는 비렴의 신경을 거슬릴 수 있는 발언이었다. 하지만 이내 인간으로서의 양승이 이해가 갔다.

요즘 세상에 ‘그분’ 에 대한 기억은 아무 쓸모 없는 잔상에 불과하다. 더욱이 양승이 가지고 있는 기억이란 게, 자신의 선조가 죄로 인해 ‘그분’ 에게 저주를 받는 장면이니 좋다면 그게 이상한 것이다. 태어난 순간부터 각인처럼 머릿속에 새겨진 기억은 죄의 형벌이며 족쇄였다. 끔찍한 형벌의 대가로 따라오는 능력은 결코 축복이라 할 수 없었다.

“그리 힘든 게냐?”

처음으로 비렴은 양승을 용서받지 못할 죄의 일족이 아닌 한 인간으로서 바라보았다. 당연히 자신의 수족처럼 일해야 할 죄인이 아니라, 까마득한 선조의 죄를 뒤집어쓴 윤회의 희생자로 보인다. 하지만 자신이 양승이 아니기에 그의 고통과 심정을 이해하지 못한다. 아마도 평생을 이해할 수 없을 것이다.

“비렴님에 비하면 아무것도 아닌 투정에 불과합니다.”

“이제 곧이다, J에게서 보인(寶印)을 받아내고 운을 깨워서 ‘그분’ 을 다시 우리 곁에 데려오는 날이. 그날이 되면 너희 일족의 죄 역시 용서받을 수 있을 것이다.”

세 개의 보인이 한데 모이지 않는 한 양승의 선조가 저지른 죄를 용서받고 형벌의 굴레에서 벗어날 수 있는 수단이 없었다. 그날을 위해 지금까지 살아온 양승에게 고민이란 사치일 수 있었다. 그러나 가끔 이런 생각이 들었다.

죄를 용서받기 위해 또 다른 죄를 저지르고 있는 게 아닐까.

‘그분’ 의 사람을 죽여 저주받은 선조와 ‘그분’ 이 아끼던 인간이란 존재를 죽이는 자신과 무엇이 다른가 하는 의문이 그를 붙잡았다. 하지만 이것 하나는 분명하다, 적어도 그의 일족과 후손은 더 이상 죄의 굴레에 쓰인 채로 태어나지는 않을 거란 것. 그의 손에 묻은 핏자국과 피비린내는 사라지지 않더라도 태어난 것이 죄가 되는 아이는 더는 없기를 말이다. 마조가 말한 인정과 도리는 그들에게 맡기면 된다.

양승은 잠들어 있는 선우연을 내려다보며 간절한 마음을 담아 기도했다, 부디 이번에는 성공하기를. 모든 일이 성공하고 깨어난 그가 선우연이 아닌 '그분'이 되기를. 그래야 지금까지 자신이 한 모든 일들이 당위성을 가지게 된다.

"그러니 꼭 깨어나시면 제 바람이 그리 허황된 게 아니라고 직접 말해주세요."

따뜻한 공기에 감싸여 있는 선우연의 입가에 흐릿한 미소가 스치고 지나갔다.

*　　　*　　　*

백 원의 난(亂)을 처음 들어본 사람은 그게 무언지 몰라 고개를 갸웃거릴 것이다. 하지만 '그곳'에서는 오늘부로 처음 듣는 낯선 사건이 아니었다. 1국의 모모 요원이 백 원을 찾아 대학 캠퍼스를 횡단한 사이에 혼자 남은 그의 파트너에게 찾아온 절호의 기회. 안타깝게도 혼자 남은 요원은 철천지원수와도 같은 용의자를 두 눈 뜨고 놓쳐야만 했단다. 찢어진 입술과 두 손등과 손가락 마디마디에 난 상처들을 보면 그 혼자서 꽤나 노력은 했던 모양이다.

그러나 고군분투라 해도 결과가 좋지 않으면 누가 치하해 준
단 말인가. 입술과 손에 난 상처는 영광이 아닌 치욕의 증거가
되어버렸다. 때문에 혼자 남았던 파트너는 백 원을 따라갔다 혼
자 돌아온 모모 요원을 용서할 수가 없었다.

"정말이래도! 내가 돌아와 보니까 마조가 혼자서 나무한테
주먹질을 하고 있었단 말이야. 놀래서 왜 그러냐고 말리니까 희
번덕거리는 눈으로 째려보면서 나한테 대뜸 주먹을 날리는데
나라고 그냥 맞고 있냐!"

얼굴에 얼음찜질을 하면서 진은 정보실의 수문에게 하소연을
했다. 어째 소문이 자신에게 불리하게 돌아가자 억울하면서도
어처구니가 없었다. 동전이 떨어져 굴러가기에 그거 하나 주우
러 간 것이 그리 못할 짓인가 싶다. 자기들이 그 상황에 처하면
안 그럴 거란 보장도 없으면서 말이다.

물론 백 원 때문에 캠퍼스를 가로질러 간 것은 본인도 좀 부
끄럽다는 생각이 들지만 땅을 파봐라, 백 원이 나오나.

"잘하면 광석 캐고 석유도 나오죠."

땅을 파보라는 소리에 수문이 소극적으로 예를 늘어놓았다.

"우리나라는 석유 안 나와. 그리고 이제 와 광석이 나올 만한
땅이 어디 남아 있다고!"

"그래도 입속은 안 다쳤나 보네요. 할 말은 다 하는 거 보니."

"아이고~ 아파라! 내 기필코 진단서 떼서 고소하고 말 테다.
왕창 뜯어내고 말 테니 기대하고 있어."

씩씩거리면서 뒤를 돌아본 진은 자신과는 반대로 오른 눈이
파랗게 멍든 마조를 노려보며 선전포고를 했다. 폭력은 네가 먼

저 행사했으니 이번 재판은 자신의 승리라며 광희(狂喜) 난무하는 진을 내려다보며 마조는 얕게 한숨을 내쉬었다. 그러다 문득 주머니에 넣은 손에 동전 하나가 잡히자 한쪽 입술을 씰룩였다.

"재판까지 갈 필요가 있나. 이거 먹고 그냥 떨어져."

마조가 주머니에 굴러다니던 동전을 꺼내 진의 손바닥 위에 올려주었다. 이건 또 뭐 하자는 시추에이션, 이란 표정으로 마조를 노려보다 제 손바닥 위에 동전을 본 진의 눈이 점점 커졌다. 꼬질꼬질한 자태와 위쪽의 찌그러진 모양하며, 분명 자신이 따라가다 어느 순간 놓쳐 버린 백 원짜리 동전이 맞았다.

"이, 이것이 어찌 네 손에……."

땅바닥에 떨어져서 안 보이는 동전을 찾아 헤맸다면 마조가 몰래 숨겼다고 따질 수 있을 것이다. 하지만 진은 분명 두 눈으로 떼굴떼굴 굴러가는 동전을 보고 쫓아갔다. 마조와 상당한 거리까지 멀어진 후에야 동전을 놓쳐 버렸기에 백 원 도난설을 주장할 수가 없었다.

"양승을 만났다고 했잖아. 지난여름 내내 내가 악몽처럼 당했던 일을 너도 당한 거지, 기분이 어때?"

"완전 더러워. 그럼 네가 나무를 때린 것도……."

"나는 그게 양승인 줄 알았다."

대답을 하면서도 마조는 아무것도 없는 허공을 쳐다보며 허탈하게 웃었다. 백 원과 마조를 번갈아 보던 진은 울컥 치밀어 오르는 것을 참지 못하고 마조의 허리에 매달려 울었다.

"우리 존나 불쌍해~!"

백 원의 난은, 잃어버린 백 원이 다시 돌아오면서 유야무야

종결되는 듯싶었다. 그러나 이런 화기애애한 분위기 조성이 마냥 반갑지만은 않은 사람이 하나 있었다. 조금 떨어진 곳에서 코코아를 홀짝홀짝 마시고 있던 J가 어느새 득달같이 달려와 마조와 진을 떨어뜨려 놓은 것이다.

"마조 허리는 지이 거야!"

용서가 없는 손길로 진을 떼어놓은 J는 누가 다시 채가기라도 할까 봐 얼른 마조의 허리를 두 팔로 꽁꽁 안았다.

"그럼 너는 허리만 가져. 나는 허리 빼고 다 가질 테니."

"아니야, 마조는 몽땅 지이 거야."

"그런 걸 혼자만의 착각이라고 한단다."

"우이씨! 이 변태 쉐리~!"

부메랑은 결국엔 자신에게로 돌아온다. 최근 들어 틈만 나면 마조에게 변태 로리콤이라고 놀려대던 진은 돌아온 부메랑에 거나하게 한 대 맞고 말았다. 그래서 애들 앞에서는 말을 함부로 해선 안 되는 것이다.

백 원의 난이 삼각 치정극으로 변질되려는 찰나, 마조는 J의 어깨를 부드럽게 감싸며 진에게서 두어 걸음 뒤로 물러났다. 마조의 허리에 매달려 있던 J는 그와 함께 자연스럽게 진에게서 멀어졌다.

"적당히 해. 우리 사무실도 아닌 곳에서 이게 무슨 추태야."

마조가 주위를 돌아보며 차갑게 말하자, 마침 그들을 힐끔힐끔 쳐다보던 정보실 사람들이 후다닥 고개를 돌리고 바삐 일하는 시늉을 보였다. 얼마 지나지 않아 또 이상한 소문이 휩쓸겠다는 예상에 마조는 착잡한 심정으로 진에게 말했다.

"지금 우리가 여기서 이럴 시간이 없어."

"그건 나도 알지만 이 몰골을 봐. 이 꼴로 무슨 잠복을 하겠어."

"나보다는 낫잖아."

왼쪽 눈만 밤탱이가 된 진과 달리 마조는 퍼렇게 멍든 오른쪽 눈과 찢어진 입술, 그리고 전체적으로 엉망이 된 두 손까지. 가만히 있어도 사람들의 이목을 끌 만했다.

"그런데 넌 나무와 싸운 주제에 왜 입술이 찢어졌어? 나무가 가지로 네 입술을 후려치기라도 했냐? 혹시 양승이 비겁하게 첫 빵 날리고 너한테는 나무 던져 주고 도망간 거야?"

"뭐… 그렇지."

진실은 양승이 J의 죽음 운운하는 바람에 솟구치는 살의를 참기 위해 스스로 입술을 깨문 것이었지만, 굳이 사실을 이야기할 필요는 없었다.

잠시 잠깐 머뭇거리는 마조를 보니 새삼 미안해지는 진이었다. 자신이 백 원 줍는다고 바보짓 하는 동안 마조는 양승과 마주한 채로 바보처럼 당했다. 만약 그 자리에 진이 있었다면 마조가 혼자서 속수무책으로 당하지는 않았을지도 모른다. 아니, 어쩌면 둘이서 함께 바보 취급을 당했을 가능성이 크지만, 'If'가 괜히 만약이 아니다. 무한한 가능성은 항상 그럴싸한 변명거리를 제공한다.

일어나지 않은 일에 대해선 어떤 식으로든 상상이 가능하다. 그러기에 아쉬움이 크고 원망이 생길 수밖에 없다. 자신을 보자마자 다짜고짜 주먹부터 날린 마조의 심정이 십분 이해가 됐다.

“미안하다. 그깟 백 원 때문에……..”

그깟, 이라면서 손에 쥐고 있는 백 원은 고이 주머니에다가 넣는 진이었다.

“됐어. 나도 잘한 거 없지. 그보다는 지금 본관에 있는 요원들을 회의실에 모아줘.”

“양승 때문에?”

대답 대신 고개를 끄덕이는 마조에게 알겠다며 진이 정보실을 나서자 J가 시무룩한 목소리로 물었다.

“마조, 마니 아파?”

처음 엉망이 된 마조의 얼굴을 보자마자 펑펑 울던 J는 손에 코코아를 쥐어주자 콧물을 흘리면서도 ‘이거 좀 먹고’라며 눈물을 뚝 그쳤다. J의 장담대로 자신을 쌀과 바꾸지는 않을 테지만 코코아와는 바꿀지도 모른다고, 마조는 진지하게 확신했다. 그래 놓고 이제 와서 걱정하는 척해봤자 진실성이 많이 떨어진다.

“별로 안 아파.”

짧게 대답해 주며 마조는 숙직실로 J를 이끌고 들어가 문을 닫았다. 문과 벽으로 차단된 공간에 들어서야 끈적끈적하게 달라붙던 정보실 사람들의 시선을 피할 수가 있었다. 무슨 놈의 직장이 루머가 남발한지. 솜털 같은 먼지가 구르고 굴러서 운석이 되는 곳이 바로 ‘그곳’이었다. 업무 스트레스를 이런 식으로 푸는지 몰라도, 무슨 건수만 하나 잡았다 싶으면 사람들 얼굴에 생기가 돌고 눈이 반짝이면서 말을 퍼 나른다. 그 와중에 와전된 이야기로 망가진 이미지는 나중에라도 절대 복구해 주지 않기 때문에 알아서 조심하고 몸을 사리는 방법밖에 없었다.

예전엔 자신을 가지고 어떤 이야기를 만들어내도 별로 상관 안 했다. 관심이 없었다는 게 옳았다. 하지만 이제는 그 소문의 중심에 J까지 말려들어 가고 있었다. 이미지가 바닥을 친다 해도 아무렇지 않던 마조가 혹여 J가 자신과 함께 바닥을 구를까 저어해서 스스로 조심이란 걸 하고 있었다.

그 옛날 석두로봇이라 불렸던 것을 감안하면 발전인지 퇴보인지 가늠하기 어려웠지만 썩 기분 나쁜 느낌은 아니었다. 손바닥에 닿는 J의 부드러운 머리칼을 뒤로 쓸어 넘겨주니 배시시 웃으며 기분 좋은 웃음을 짓는 얼굴이 마냥 귀엽고 사랑스러웠다.

서로의 시선이 마주치자 J는 해사하게 웃으며 마조의 품에 안겨들었다. 달콤한 코코아 향이 코끝을 간질였다. 후각만이 아니었다. J를 품에 안은 가슴도 간질거리며 따뜻함이 나른하게 온몸에 퍼졌다. 눈을 감고 그 기운을 맘껏 느낀 마조는 그제야 자신이 안도하고 있다는 걸 깨달았다.

내내 그를 불안하게 만들었던 떨림이 이제야 멈추고 평소의 심장박동으로 돌아와 있었다. 여태껏 한 번도 죽음을 실감하지 못했던 그가 오늘 처음으로 죽음의 공포를, 그것도 상상하는 것만으로 크게 느끼고 말았다. 이 작은 아이의 존재 여부 하나로 말이다.

"마조, 나 아파."

어느 사이에 J를 안은 팔에 힘을 너무 주었나 보다. 서서히 힘을 빼기 시작하자 끙끙거리며 불편해하던 J가 표정을 풀며 마조의 입술에 입을 맞췄다. 정확히는 찢어진 그의 입술 상처를 혀로 살짝 훑은 것이지만 너무 짧게 지나간 터라 분간이 가지 않았다.

"어휴~ 속상해!"

입술에 이어, 검지로 마조의 오른쪽 눈에 물든 멍을 톡톡 치며 J가 볼멘소리를 했다. 그렇게 치면 아프다고 마조가 고개를 뒤로 물리는데도 여봐란 듯이 손가락으로 계속 어루만졌다.

"정말 말 안 듣는 J 때문에 내가 속상하다."

J의 양 겨드랑이에 손을 넣고 번쩍 들어 올린 마조는 J를 책상 위에 가볍게 내려놓았다. 책상 위에 앉게 되자 마조와 눈높이가 같아진 J는 입술을 삐죽이며 투덜거렸다.

"모자라게 맞고나 다니고, 쯧쯧!"

"그런 말은 또 어디서 배웠을까."

"지이는 똑똑해서 모르는 게 업써."

콧대를 세우며 잘난 체하는 J의 콧방울을 잡고 약하게 좌우로 비틀면서 마조는 실소했다.

"발음이나 제대로 하고 잘난 체하시지. 대체 언제까지 혀가 짧다는 오해를 받고 살 거야?"

"지이 혀 길어."

J는 혀를 쭉 내밀어 코끝에 닿게 하려고 했지만 가능하지가 않았다. 그래도 고집을 부리면서 어떻게든 닿으려고 혀에 힘을 주면서 몸부림치다가 그만 침을 흘리고 말았다.

"쯧쯧은 내가 하고 싶다."

손수건으로 J의 입가를 닦아주며 마조는 어쩌다가 이런 게 눈

앞에 밟혀서 내 인생이 이 모양이 되었나 싶어 한탄했다. 그래도 헤벌쭉 모자라게 웃는 모양마저 마음에 드는 걸 보면 병도 이런 병이 따로 없다.

"J야."

"웅!"

"절대로 여기에 계속 있어야 해. 여기 사람들이 어디 가자고 해도 따라가면 안 돼. 평소에 알고 지내던 사람이래도 절대로 믿지 말고 뭔가 이상하다고 생각되면 나한테 먼저 전화를 해, 알았지? 그리고 만약에… 어느 날부터 내가 오지 않으면 그때는 진이 하라는 대로 해야 한다."

"마조, 어디 가? 나도 가치 갈래."

"그러니까 만약에 라고 했잖아. 내가 가길 어딜 가냐. 우리 J가 여기 있는데. 그렇지?"

"지이가 있는 곳에 마조가 찾아온다고 닥털 홍이 그랬어."

이번 말은 똑똑했다며, 마조가 J의 머리를 다정하게 톡톡 쓰다듬었다.

"앞으로 얼마 동안은 굉장히 바쁠 거야. 계속 못 만나더라도 울거나 짜증 부리기 없기."

"지이를 몰로 보는 꼬야!"

무시하지 말라고, 이제는 다 컸다는 표정으로 항의하는 J의 모습이 참으로 당차기도 했다. 그럼 며칠 전 새벽에 영상전화로 눈물 콧물 다 흘리면서 '보고 싶습니다'라고 드라마를 찍었던 건 다른 집 아이인가 보다.

"그래 J는 배운 여자니까 내 말 꼭 깊이 새겨들어야 해. 절대 아무나 믿거나 따라가면 안 되고, 분위기가 이상하면 나한테 바로 전화하고, 만약에 내가 못 올 일이 생기면 진의 말을 듣는다.”

“듣는다!”

대답으로는 만족하지 못하고 마조가 새끼손가락을 내밀자 J는 얼싸 좋다며 자신의 손가락을 걸고 흔들었다.

“약속했다?”

“나만 믿더. 지이는 신용대출 가능한 뇨자야.”

이러니 믿지 못하는 거다.

잠들지 못하는 겨울의 밤은 무료하고 적막하다. 주위를 경계하는 것 말고는 딱히 아무것도 하는 일 없이 있어야 하는 경우엔 그 정도가 더욱 심하다.

“여태 새벽에 일 저지른 적은 한 번도 없었잖아, 하아암~”

“한 번도 없었던 것이 앞으로도 없을 거라는 보장은 아니잖아.”

“걔네들 관심병 환자들이라서 사람 없는 시간에는 절대 안 할 걸.”

사건의 주범들은 최대한 사람이 많은 시간대와 장소를 골라 꼭 일을 저질렀다. 그러기에 지금 마조와 진이 있는 장소는 범행이 일어나기엔 좋은 장소였지만, 현재 시간은 적당한 시기가 아니었다. 이는 마조도 동의하는 바라 조금은 느슨해진 마음으로 진에게 제안했다.

“지금 시간이 다섯 시니까 넌 눈 좀 붙이고 있어. 일곱 시쯤에 내가 깨울 테니까."

"그래도 돼? 안 심심하겠어?"

"댁은 그냥 눈 감고 자주는 게 도와주는 거야."

새벽 4시에 이 구역을 맡은 다른 팀과 교대를 한 상태였다. 그 전에 충분히 자두었기에 마조는 별로 피곤하거나 잠이 오지 않았다. 연일 이어지는 잠복에 피곤할 만도 한데 이상하게 날이 갈수록 점점 정신이 맑아지면서 짧게라도 숙면을 취하고 있었다.

반면 진은 요 며칠 사이 무척이나 힘들어하는 게 눈에 보였다. 그래서 최대한 짬이 나는 대로 쉬거나 잠을 청하도록 배려하고 있었다. 나이에 대해서 별생각이 없었는데 어째 날이 갈수록 비루한 체질로 변하는 진을 보니, 나이라는 게 마냥 무시할 게 못 된다는 생각이 드는 마조였다.

잠복은 원래는 1인 2조로 교대하는 시스템이었지만 마조가 양승을 만나고 나서 2인 2조로 바뀌었다. 양승이 이번 일에 개입했다면 사실 그를 막은 수 있는 사람이 얼마나 있을지 의심스러웠다. 그래서 과연 두 명이 한 조로 함께 있다고 해서 얼마의 실효성을 거둘지는 모르겠다. 그럼에도 혼자인 것보다 둘이 있는 게 낫고 심리적으로 안정이 되는 것도 사실이다.

"그럼에도 죽을 수밖에 없는 사람들. 그럼에도 죽을 수밖에 없는 당신. 그럼에도 죽을 수밖에 없는 J. 당신이 아무리 발버둥치고 노력해 봤자 이중 어느 것 하나 변하는 게 없을 겁니다."

양승의 경고는 아직도 귓가에 생생하게 들리는 듯하다. 그의 말을 요원들에게 전하면서 사실 자신에 대한 경고는 빼고 전하려 했다. J는 더욱 각별한 보호 조치가 필요했기에 당연히 말해야만 하는 사항이었지만, 굳이 자신에 관한 것까지 이야기할 필요가 있을까 싶었다. 하지만 결국 마조는 자신이 들은 것을 하나 빠짐없이 모두 이야기했다.

마조에 대한 경고는 그 하나를 두고 하는 말일 수도 있겠지만 '그곳' 요원 전체를 대상으로 한 협박일 수도 있었다. 상징적인 의미로 마조의 이름만 댔을 가능성이 없지 않은 것이다. 만약 그렇다면 다음 범죄의 대상은 일반인이 아닌 요원들이 될 가능성이 컸다.

전보다 더욱 경계하며 정신을 바짝 차려야 할 상황인데 진의 체력이 따라올지 문제였다.

7시가 되자 마조는 잠복 중이던 차에서 내려 운락공원의 주위를 둘러봤다. 이 시간쯤 되면 출근하는 인파와 아침 운동을 하기 위해 나온 사람들로 서서히 북적거릴 차례였지만 개미 한 마리도 보이지 않는다. 아니, 덤불 숲과 공원을 장식하는 조각상들과 나무 조형물들 사이로 '그곳'의 전투요원들이 몸을 숨기고 있을 테고, 저 멀리 떨어진 곳에서는 카메라를 들고 대기 중인 기자들이 있을 터였다.

저번엔 상양의 문양을 따라 예상되는 지점에서 잠복을 하였지만 일반인들에게 경고 조치를 내리지는 않았었다. 설마하는 마음이 컸었고 지역이 워낙에 광범위한 데다, 신빙성없이 사회 불안만 조장할 수 있었기 때문이다. 하지만 사건은 정확히 예상한 지점들에서 일어났었고 그 과정에서 일반인 사상자가 생겨났다.

적절한 대비로 피해를 줄일 수 있었지만, 만약 미리 대대적인 경고나 주의가 있었더라면 사상자의 수는 더욱 줄어들었을 거라는 문책을 당했다. 그래서 이번에는 저번과 같은 지역과 새로운 범행 장소로 예상되는 운락공원 주위에 대한 주의와 경고를 내린 상태였다. 덕분에 지금 공원과 거리는 시간과 관계없이 썰렁하고 쓸쓸하였다.

물론 이러한 경고에도 공원과 거리를 다닐 사람은 다녔고 운동을 나오는 사람들 역시 종종 보이긴 했다. 안전 불감증일 수 있고, 자신은 특별해서 재앙마저 비켜갈 거라는 선민의식, 아니면 사는 것이 살해 위험보다 더 각박하고 힘든 경우라 어쩔 수 없는 입장인 사람들도 있다. 어쨌거나 아주 없는 것은 아니지만 평소보다 통행인구가 10분지 1, 이하로 확 줄어든 것은 사실이다.

그래서 만약 양승이 범행을 계속 진행한다면 그 대상은 어쩔 수 없이 '그곳' 의 요원들, 아니면 어딘가에 숨어서 셔터를 누를 순간만 기다리는 기자들이 될 가능성이 무엇보다 컸다. 다른 의미로 양승의 경고가 맞아떨어질지도 모른다고 요원들은 쓴웃음을 지었다.

"으드드드~ 벌써 일곱 시가 넘었는데 깨우지 그랬어."

"알아서 일어났잖아."

"아, 진짜 요즘 나 왜 이러나 몰라. 몸이 너무 찌뿌드드한 것이 큰 병 날까 봐 걱정이다."

"혹 늙으려나 보지. 내년이면 서른이잖아. 그나마도 내년이
되려면 얼마 안 남았고."

"야~!"

어차피 두 달 전에 했던 건강검진 결과가 정상이었기에 가볍
게 하는 농담들이었다. 이유없이 몸이 피곤한 것이 아무래도 마
조가 말한 원인이 맞는 것 같아서 진은 괜히 서글퍼졌다.

"내가 이렇게 늙는구나."

진은 두 팔을 좌우로 가볍게 움직이며 몸을 풀었다. 두 시간
남짓 잠을 자긴 했지만 자동차 안의 불편한 자리라 개운하지가
않았다.

"참, 오린에게 무슨 연락 없어? 그 녀석 나한테는 절대 연락
안 하는 거 보면 은근히 소신있는 놈이야."

"그렇지 않아도 어제저녁에 연락 왔다, 학교 근처로 선우연
의 그림자도 나타나지 않았다고."

마조와 진이 학교까지 찾아간 걸 양승이 알고 있는 이상, 선
우연이 다시 학교로 돌아오는 일은 없을 것이다.

"학교에는 어떠한 기록도 없고, 휴대폰 내역까지 전산오류로
날아가고, 양승이 난 놈은 난 놈이야."

빈말이래도 선우연이 잘난 게 아니라 그 배후에 있는 양승이
대단한 것이다. 한 사람의 기록을 완전히 없애면서 학교생활에
전혀 지장을 주지 않은데다가, 항상 마조와 진보다 한발 앞서서
일을 처리하고 있었다. 사실 이번에도 양승이 마조에게 나타나
지 않았다면 그가 개입했다는 확신조차 서지 못하는 게 이쪽 입
장이었다.

"대체 양승은 뭐 때문에 너에게 나타났을까? 사실 뒤에 숨어서 조용히 조종한다면 우리로선 까마득히 모를 뻔한 일들이 어디 한둘이야. 되레 본인이 나서서 우리에게 계속 알려주는 격이잖아. 이조차도 그의 계획에 휘말리는 느낌이라 사실 나는 굉장히 꺼림칙하다."

"어쩔 수가 없잖아. 성별과 나이는 물론 인간인지조차 모를 존재가 우릴 장기판의 말로 쓰겠다는데 잠시 그 장단에 놀아줘야지."

장기판에서 늘 이기기란 어려운 일이다. 자신의 졸을 미끼로 내주고 상대의 장군을 먹을 수만 있다면 다소의 희생은 불가피했다.

"상양의 문양이 완성되면 아무리 우리래도 어느 정도 그들의 목적을 예상할 수 있겠지."

"그 과정과 결과가 비록 참혹하더라도?"

"피할 수 없다면 그 안으로 적극 뛰어들 수밖에."

어차피 양승이 대놓고 파놓은 함정으로 다가가지 않더라도 그는 이 일을 계속 추진할 것이다. 피한다고 피할 수 있는 입장도 아니고 상황은 더욱 아니었다.

"그런데 아까 갑자기 생각이 났는데 예전에 송미 씨가 이야기해 줬던 약, 기억나?"

"그 왜 환상을 보여준다는 약? 복용 중에 옆에 있는 사람이 이야기를 하면 그대로 환영이 보인다는?"

"혹시 이번 사건에 쓰이고 있는 약, 그 약이 모체가 아닐까 하는 생각이 들어서 말이야."

“하지만 송미 씨가 말한 약은 중독은 되지 않는다고 했잖아. 그리고 생명에 치명적이지도 않고.”

“그거야 약 성분을 추가하면 되는 일이고. 내가 주목하는 것은 환상이 보인다는 점이야. 중독자라는 것만 빼면 서로 아무런 연관성이 없는 자들이 똑같은 행동들을 보였다는 거. 그 많은 사람들이 동시에 약을 먹지는 않았을 거야. 만약 그렇다면 중독자들에게 한 명씩 따로 사람이 붙어야 하는데 그 정도의 움직임이라면 포착되지 않을 리가 없잖아.”

길거리 곳곳에 설치된 수많은 CCTV 중에 그 어느 하나에도 수상한 행동을 한 이들이 잡힌 적이 없었다. 카메라의 위치와 각도를 감안하고 행동했다고 해도 인간이 하는 일 중에 완벽이란 있을 수가 없다. 지금까지 중독자들에게 약을 건네주고 그다음 행동을 지시하는 이가 거리에 한 명도 없었다는 것은, 정말 없었다는 의미가 될 수 있다.

사건의 중심에 있는 약이 복용자의 뇌를 괴사시키는 부작용이 있지만 그것은 서서히 진행되기에 처음 얼마는 정상적인 생활이 가능하다. 만약 사건이 있기 몇 시간이나 며칠 전에 약을 복용하였고, 그때 사건의 주범들이 중독자들에게 사건의 일정과 장소, 그리고 방법을 알려줘서 세뇌를 시켰다면 동시간에 전국에서 정확하게 벌어지는 사건을 설명할 수 있을 것이다.

“송미 씨가 말했던 약이 중독성도 없고 몸을 해치는 게 아니라서 연결을 시키지 못… 갑자기 웬 안개가 이렇게 짙어?”

약에 관한 가설을 서로 이야기하는 도중에 느닷없이 사방에 깔리는 안개에 놀란 마조가 주위를 둘러보았다. 운락공원은 호수를 가운데 두고 구형으로 조성한 공원이다. 중앙에 있는 호수에 사시사철 안개가 사라지는 날이 없어서 안개가 구름처럼 노니는 공원이란 의미를 담고 있었다.

하지만 그것은 어디까지나 호수에만 국한된 이야기였다. 호수 외에 다른 곳에서는 안개가 끼지 않았다. 겨울의 새벽에 안개가 끼는 날은 종종 있지만 오늘은 그럴 기미가 없었다. 오전 8시가 다 되도록 날은 맑았고, 추웠지만 건조해서 입술이 살짝 마를 정도였다.

방금 전까지 20미터 떨어진 곳에 잠복 중인 동료들, 덤불 속에 있던 전투요원들이 교대하는 것까지 모두 보일 만큼 날은 청명하기만 했다. 그런데 어느 순간 발밑에서부터 안개가 짙게 깔리더니 이제는 눈앞에 있는 진마저 흐릿하게 보일 정도다.

"대기해."

짧게 진에게 경고를 한 다음에 마조는 다른 요원들에게 경고를 보냈다. 이런 급작스럽게 변하는 날씨와 환경은 현실적으론 불가능하다. 하지만 양승이 끼어든다면 불가능도 가능이 된다. 상의 안쪽에서 총을 꺼낸 마조는 진의 위치부터 파악했다.

"아까 서 있던 곳에서 움직이지 않았지?"

"당연하지. 너 혹시라도 실수로 나한테 총 쏘면 죽인다."

"그럴 일이 생기면 한방에 보내줄게. 그런데 전투요원들 위치를 파악할 수 있겠어?"

"걔들은 괜찮아. 방탄복에 안전무장 다 했는걸. 위험한 건 우리라고."

마조의 오른편에서 진의 투덜거림이 계속 들려왔다. 한 치 앞도 보이지 않게 된 상황에서 들리는 진의 불만은 현재 GPS보다 유용했다.

[우리 쪽 헤드라이트 불빛이 보이는 팀 있나?]

요원들과 연결된 휴대폰을 통해 들리는 목소리는 목하였다. 그 팀이라면 마조가 있는 곳 반대편으로 원래 육안으로도 보이지 않는 위치였다. 하지만 목하와 가장 가까운 곳에 위치해 있던 팀들 역시 지금은 그 불빛마저 확인할 수 없다는 답변이 날아왔다. 전투요원들 측에서도 확인을 위해 레이저 불빛을 쏘았다는데 마조와 진에게는 보이지가 않았다. 그러기는 다른 팀 역시 마찬가지였다.

"우리는 안 보이지만 저들에게는 보일 수 있으니 위치를 확인시켜 줄 수단은 모두 꺼두는 게 좋겠습니다."

[그렇게 하겠습니다.]

전투요원 측에서는 답변과 함께 레이저 불빛을 껐지만 처음 켰던 것처럼 눈으로 확인할 수는 없었다.

[맞는 소리 같다. 일단 나도 꺼두… 이 소리 들려?]

목하의 숨죽이는 목소리 뒤로 끼리릭거리는 소리가 휴대폰을 통해 들려왔다. 그와 동시에 마조와 진이 서 있는 땅이 잘게 울리기 시작했다.

"이게 뭐야, 지진인가?"

"그보다는 땅을 쿵쿵 치는 것 같은데."

온몸이 흔들릴 정도로 쿵쿵거리는 소리와 함께 땅이 진동하더니 이번에는 끼리리 끼리릭 기분 나쁜 소리가 들렸다. 다른 팀들도 다르지 않는지 서로 연결된 휴대폰에서 소란스러운 소리들이 들렸다.

"어떻게 해야지?"

"솔직히 모르겠다."

소리와 진동은 두 사람이 서 있는 쪽 앞에서 나고 있었다. 하지만 그 너머에 무엇이 있는지 모르는 이상 섣불리 행동할 수가 없었다.

"마조야, 나 조금 무섭다. 우리 손잡을까?"

가까이 있던 터라 진이 왼손을 뻗어 내밀자 마조의 오른팔에 닿았다.

"총은 어떻게 하라고? 나는 왼손으로 총 잘 못 쏴."

쏠 수는 있지만 오른손만큼은 아니었다. 이럴 때 확률 낮은 수는 최대한 피해야 한다.

"그럼 우리 등이라도 대고 있자."

이번 제안은 마조도 괜찮다 싶어서 보이지 않는 상대의 몸을 서로 더듬으며 등을 기대고 섰다. 등에서 느껴지는 따뜻한 체온에 조금은 여유를 되찾은 진이 눈을 부라리며 주위를 둘러보다가 마조에게 물었다.

"너 정말 아무것도 안 보여? 눈 좋잖아."

"눈이 좋지, 투시 능력이 있는 게 아니거든."

"나는 앞으로 안개가 싫어질 것 같아."

"겨우 이 정도 가지고 뭘 그래. 난 지난여름에 더한 것도 겪었어."

이 안개는 절대 자연적인 것이 아니라 양승에 의한 것이라 확신하는 마조는 지난 일을 떠올리며 입가를 비틀며 웃었다. 마조

의 말을 믿기는 했지만 너무 막연하고 현실감이 없어서 대충 그
러려니 생각만 하던 진이었다. 그런데 이렇듯 이해하지 못한 현
상을 직접 겪어보니 진은 새삼스럽게 파트너가 대단해 보였다.
이런 걸 어떻게 견뎠냐고 묻자 마조는 허허롭게 웃으며 겨우 안
개 정도 가지고 너무 겁먹지 말라고 대답했다.

"나는 미친 여자한테 목 졸려서 죽기 직전까지 가기도 했어."

"그래 그랬다고 했었지. 대단해~!"

예전 사건 보고서에 마조가 썼었던 것을 다시 되새기며 진이
존경 어린 심정을 담아 감탄했다.

[쟤들 또 저런다.]

[의외로 쿵짝이 잘 맞단 말이야.]

질린다는 투의 야유가 휴대폰에서 쏟아지자 진이 콧방귀를
뀌었다.

"괜히 질투하고 있어."

변태 운운하면서 마조를 타도해야 한다고 앞장서던 게 언제
라고, 이제는 마조의 등에 자신의 등을 비비면서 애정을 표현했
다. 잠복할 때 두 시간 동안 자라고 해준 게 이런 식으로 돌아오
는 것이다. 친절을 주고서 받은 애정은 전혀 반갑지 않은 것이
었다.

마조가 좀 떨어지라고 말하려는 순간, 불안하게 울리던 땅의
진동이 서서히 멈추기 시작했다. 기분 나쁜 마찰음 역시 서서히
줄어들면서 어느새 사위는 쥐 죽은 듯 조용해졌다.

들고 있던 총을 고쳐 잡으며 바싹 긴장한 채로, 아무것도 보
이지는 않지만 소리가 나는 곳을 뚫어지게 노려보았다. 당장에

라도 무언가 덤벼들 것 같은 상상이 불안을 엄습하는 시간이었다. 그리고 서서히 눈앞의 안개가 옅어지기 시작했다.

인지하지 못한 사이에 안개에 둘러싸였던 것과 다르게 이번은 천천히 안개가 빠져나가는 게 느껴졌다.

먼저 제대로 보이지도 않던 자신의 몸이 보이기 시작하면서 발밑의 땅이 보였다. 스르륵 뒤로 밀려나듯이 안개가 사라지고 난 자리로 보이는 것들을 하나씩 체크하며, 등을 기대고 서 있던 마조와 진은 천천히 떨어져 모로 걸었다.

안개가 흩어지면서 겨울바람이 훅 불기 시작했다.

그제야 안개에 둘러싸인 동안에 바람이 전혀 불지 않았다는 걸 깨달았다. 겨울인데다가 아침부터 머리칼을 흐트러뜨리는 바람에 코끝이 찡할 정도로 추웠는데도 몰랐다. 안개 속에서 당황해서 바람이 부는데도 인지하지 못했던 것이 아니라, 정말 그동안은 바람이 불지 않았던 것이다.

겨울 특유의 차가운 바람 냄새에 잠시지만 숨이 트이는 것처럼 상쾌했다. 하지만 그것도 잠시, 바람에 피비린내가 섞여 있다는 걸 깨달았다. 설핏 진과 시선을 교환한 마조는 조금씩 앞으로 걸음을 옮겼다.

안개들은 마치 공원 중앙에 있는 호수가 빨아들이듯이 그곳을 향해 밀려가고 있었다. 그리고 안개가 떠난 자리에 마조와 진은 자신들의 앞에 떡 하니 서 있는 십자가 하나를 발견하고 아연히 모든 동작을 멈추고 말았다.

온몸에 피칠갑을 하고 십자가에 매달려 있는 이는 아직은 살아 있었다. 거친 숨을 토해낼 때마다 그의 입과 코에서 피고름이 덩어리져 흘러나오고 있었다.

　상황을 이해하고 정리할 틈 없이 일단은 십자가에 매달려 있는 남자부터 구하는 게 우선이었다. 마조와 진이 동시에 앞으로 달려가려 했지만 그럴 수가 없었다. 온몸을 옭아매는 무엇 때문이었다. 마조는 십자가를 올려다보던 고개를 내려 자신의 몸을 살폈다. 그냥 단순히 몸을 움직이지 못한 게 아니라 무언가가 몸을 꽁꽁 묶어놓은 느낌이 들어서다.

　진이 말했던 것처럼 비정상적으로 눈이 좋은 마조는 자신의 몸을 세세히 살폈다. 우선 눈에 보이는 밧줄은 없었으나 뭔가 이상한 것이 보였다. 가는 줄 같이 투명한 무엇이 그의 몸을 꽁꽁 묶어놓은 것이다. 서늘하고 차가워서 처음엔 물인가 싶었던 그것은 바로 바람이었다.

　몸을 구속하는 바람이 밧줄 모양으로 밧줄의 역할까지 하고 있던 것이다. 바람이라는 것을 깨닫자 왠지 만만한 것 같아 몸을 꿈틀거리며 움직여 보았지만 오히려 더욱 옥죄일 뿐이었다. 사고력을 가진 생물처럼 마조가 반항하면 할수록 바람으로 만든 밧줄은 더욱 난폭하고 무자비하게 그의 몸을 구속했다.

　"이게 뭐지……?"

　몸을 옥죄는 것이 바람이라는 걸 알아낸 마조와는 달리 진은 당최 이 상황을 이해하지 못한 듯 당황해했다.

　"바람이다."

　"뭐가 바람이라는 거야?"

　"바람이 밧줄처럼 우리 몸을 꽁꽁 묶고 있어."

　마조의 설명에 그의 상의 주머니에 꽂혀 있는 휴대폰에서 이해의 한숨 소리들이 흘러나왔다. 다른 팀들도 상황이 같은 모양인 것 같았다.

[그럼 이것도 양승 짓이란 소리야?]

당황한 융의 음성으로 봐선 그 역시 마조와 진과 비슷한 상황인 듯싶었다. 아니, 이곳에 있는 모든 이들이 똑같았다.

"그럼 누가 또 있겠습니까."

[지금 내 앞에는 십자가에 매달린 사람이 있는데 다른 팀들은 어때?]

"저희도 있습니다."

[우리 쪽도.]

[저희도.]

연달아 이어지는 증언에 마조는 착잡한 시선으로 십자가의 남자를 보았다. 이번에도 전과 비슷한 패턴으로 일이 진행된 줄 알았는데 이건 전혀 새로운 전개였다.

"그런데 저 남자 어디서 많이 본 것 같지 않아?"

진의 물음에 마조가 눈을 가늘게 뜨면서 십자가의 남자를 보았다. 자세히 보니 길게 난 상처들이 온몸을 뒤엎어서 그렇지, 얼굴에는 별다른 상처가 없었다. 피가 묻어서 지저분한 것만 빼만 얼굴을 알아보는 데 크게 지장은 없었다. 진의 말마따나 남자의 얼굴이 낯이 익다 생각한 순간, 가까스로 눈을 뜨는 남자와 시선이 마주친 마조는 그가 누구인지 깨달았다.

"권용운."

"정말 권용운이야? 그 권용운?"

믿지 못해 재차 묻는 진에게 마조가 고개를 끄덕였다. 차기

대통령 후보들 중에 가장 유력하고 영향력이 있으며, 정치인치
고는 깨끗한 인물이란 평을 듣는 권용운이 맞았다.

　[우리 쪽은 김준인.]

　[여기는 문치현.]

　[이쪽은 오연희.]

　줄줄이 이어지는 이름들은 어린아이들조차 이름만 대면 알
수 있는 사회저명인사들이었다. 권용운을 포함한 일곱 명의 이
름이 나왔다. 정치인과 사업가, 성직자, 심지어는 조직의 보스
까지 포함한 구성에는 어떠한 동질성도 없었다. 설마 이들이 약
물중독자들일까 하는 의문이 잠깐 들기도 했지만 이내 고개를
저었다.

　이들 중에는 마조가 직접 만난 사람도 있고 일 때문에 뒷조사
를 한 이도 있었다. 뒤가 구리는 이는 있어도 약물에 빠진 사람
은 없었다.

　"아……."

　마조는 아쉬움과 안타까움이 섞인 한숨을 내쉬었다. 방금 막
권용운이 숨을 거두었던 것이다. 실낱같이 토해내던 숨마저 멈
추고, 온 힘을 쥐어짜며 눈빛으로 마조를 향해 도움을 요청하던
눈동자에서 완전히 생명력이 사라지고 말았다. 감기지 않은 눈
동자에 죽음의 증거가 고스란히 비치는 모습은 언제 보아도 낯
설고 껄끄럽다. 할 수만 있다면 손을 뻗어 눈이라도 감겨주고
싶지만 묶인 몸 때문에 그럴 수도 없어서 마조는 고개를 돌려
버렸다.

　"양승, 이 개새끼야! 대체 무슨 속셈으로 이런 짓을 하는 거

냐. 제발 작작 좀 하자, 제발!"

진이 들으라는 듯 큰소리로 욕설을 토해냈다. 보이지는 않지만 분명 이 근처에 그가 있을 거란 확신에 고래고래 욕을 쏟아부었다. 저번 문성제약의 혈응병 치료제와 관련해서 권용운에 대한 이미지가 많이 부정적으로 변했지만, 사실 그만한 사람이 없다는 것은 부정할 수가 없다. 정치적 카리스마, 외교적 처세술, 적절한 도덕성, 해박한 지식과 걸맞은 능력까지 고루고루 갖춘 인물이었다.

조금은 미운 털이 박혔지만 이 사람이 대통령이 된다면 그래도 제법 괜찮은 나라를 만들지 않을까 하는 기대가 전혀 없었던 것도 아니었다. 그런데 그런 사람이 저렇게 비참한 몰골로 살해당했다. 깨끗하고 정직한 사람은 아니어도 결코 이렇게 죽을 사람은 절대 아닌 그가 말이다.

"욕심은 언제나 화를 부르지."

한줄기 바람이 시원하게 나부낀다 싶더니 대뜸 낯선 남자의 목소리가 들렸다. 아니, 낯설지만 언젠가 들은 듯 마조에게는 귀에 익은 목소리이기도 했다. 돌려 버린 고개를 바로 하고 앞을 보니 십자가의 옆에 한 남자가 서 있었다. 그는 오른손으로 십자가를 위에서 아래로 어루만지듯 훑더니 마조와 눈이 마주치자 자상하게 웃어주었다.

허리까지 오는 하얀 머리칼을 대충 하나로 묶은 남자는 놀랍게도 눈동자가 하얀색이었다. 흰자와 눈동자가 모두 하얘서 처음에는 눈동자 자체가 없는 줄 알았지만 자세히 보니 미세하게 구분이 갔다. 하지만 그것은 마조의 경우였고 남자의 눈을 본 진은 화들짝 놀라면서 말을 더듬었다.

"마조야, 저, 저 눈… 이……."

"……."

"장애인인가……?"

처음에는 놀래서 당황하더니 나중에는 조금 소심한 어조로 중얼거리는 진의 말을 들었는지, 남자의 얼굴에 순간 황당함이 스치고 지나갔다.

"양승이 재미있는 친구라고 하더니 역시나 그렇구나."

"양승과 친구는 네놈이겠지. 감히 나를 누구하고 엮어. 내 친구는 오로지 마조 하나밖에 없다고!"

삼십 년 가까이 따돌림 인생을 살아온 진은 당당하게 친구가 없다고 외쳤다. 고작 있는 하나는 만날 얼굴 맞대고 사는 직장 동료 하나뿐. 자랑스러울 것도 없는데 너무 당당하니 애틋할 지경이었다.

"친구라? 하하하, 재미난 발상이군."

양승과 친구라는 말에 황당한 소리를 다 들었다는 표정으로 남자는 시원하게 웃었다. 남자의 웃음기 어린 목소리에 마조는 그제야 그가 누구인지 생각이 났다. 목소리를 듣는 순간 어디서 들은 듯싶었는데 아니나 다를까, 박건하의 저택이자 낙원의 본 거지였던 곳이 폭파되면서 의식을 잃었던 동안, 마조의 꿈에 목소리만 나왔던 자다. 예스러운 말투와 사람을 아래로 두고 다정히 어르는 목소리가 분명히 꿈속의 그자가 맞다.

"우리 한번 만난 적이 있지?"

"기억하는가."

"그래, 얼굴은 못 봤지만 양승과 함께 내 꿈속에 나타났던 남자가 당선이 맞는 것 같군."

"어허, 꿈이 아니라고 계속 말했는데도 여전히 꿈이라고 하는구나. 의외로 고집이 센 건지 아니면 멍청한 건지."

"넌 또 언제 저런 놈을 만났냐?"

마조와 남자의 대화에 끼어든 진이 섭섭한 표정으로 물었다. 그게 마치 나만 빼고 어디서 뭐 하고 다녔냐는 추궁 같아서 마조는 나중에 이야기하겠다고 대충 답하고 말았다.

"대체 이런 짓까지 저지르면서까지 너희들이 원하는 게 뭐냐?"

권용운을 힐끗 쳐다보고, 남자를 노려본 마조가 적의를 띠며 물었다. 악당에게 이게 무슨 짓이냐고 물으면 그는 무슨 대답을 할까. 마조와 진은 물론 휴대폰을 통해 그들의 대화를 듣고 있던 모든 이들의 한결같은 궁금증이었다.

"원래대로 돌려놓기 위해서다."

"……?"

"저 호수 밑에 무엇이 있는지 아느냐?"

묻는 말에 대답은 않고 엉뚱한 소리를 하는 남자에게 마조는 눈살을 찌푸렸다. 운락공원의 중앙에 위치한 호수인 무영호(霧榮湖)는 안개 덕분에 굉장히 유명한 명소이다. 시절과 날씨에 상관없이 호수 위에 떠 있는 안개의 원인을 찾기 위한 조사와 연구도 많았었다. 호수 밑바닥은 물론 땅속 깊이까지 꽤나 많이 검사를 했던 것으로 안다. 첨단 장비까지 이용해 샅샅이 알아보았지만 결론은 미스터리한 자연현상으로 남았다.

세계 몇몇 미스터리 중 하나로 해외에서도 꽤나 유명한 운락공원의 무영호를 언급하는 남자가 보통 사람이었다면 그냥 무시했을지도 모른다. 하지만 남자는 양승과 한편이라는 것에서부터 외모까지 심상치 않은 인물이었다. 저런 자가 하는 말을 허투루 듣기에는 뒤끝이 너무 찜찜하다.

"우리는 무지해서 네가 하는 소리를 알아들을 수 없으니 선문답 같은 소리하지 말고 사람이 제대로 알아들을 수 있는 말을 해."

내 친구 말 한번 잘한다고 옆에서 진이 고개를 끄덕이는 게 힐끗 보인다.

"별거 아니다. 그저 내 하나뿐인 친우와 주인을 되찾고 싶을 뿐이다. 그리고 이들은 그러기 위한 하나의 과정에 불과할 뿐이다."

눈을 감지 못하고 죽은 권용운을 슬쩍 쳐다본 남자는 만족 어린 표정으로 미소 지으며 마조를 돌아봤다.

"오늘 마지막을 장식한 일곱 명의 명단 중에 사실 그대 부친도 속해 있었다네."

"……!"

"십자가에 매달린 이들 하나하나가 모두 사연이 있는 이들이었지. 탐욕, 권력, 부패, 무자비, 허영, 거짓, 그리고 오만을 대표하는 상징적인 인물들이랄까. 아마 그대 아버지는 탐욕에 해당한 이였을 게야. 그런데 의외로 결백한 이라서 명단에서 떨어졌지. 극과 극은 통한다고, 돈을 밝히는 그대 아비의 열정이 너무 지나쳐서 되레 순수할 지경이었다네. 탐욕이 지나치면 되레 순수할 수도 있다는 걸 자네 아버지를 통해 알게 되었지, 이래서 인간들은 재미있는 존재인 거야. 그리해서 자네 아비는 빼놓았지. 이래 봬도 무작정 아무나 죽이는 살인마는 아니라네."

남자의 말에 마조는 저도 모르게 한숨을 내쉬고 말았다. 돈에 대한 아버지의 무한한 애정과 지극한 정성을 따라올 자는 아마도 이 세상에 없을 것이다. 모질고 무정한 사람은 아닌데 인생의 최고를 돈에 맞춘 바람에 이혼까지 당했다. 그럼에도 돈에 대한 사랑과 열정만큼은 마조도 인정할 정도로 순수 그 자체였다. 그로 인해 목숨을 살렸다니 다행이라고 해야 하나 그냥 웃어야 하나 순간 갈피를 잡지 못했다.

아버지 이야기에 놀랐던 가슴을 어느 정도 진정시킨 마조는 남자의 마지막 말에 어처구니가 없었다. 아무나 죽이지 않다니. 약물중독자들이야 그렇다 쳐도 길거리에서 그들에게 갑자기 횡액을 당했던 피해자들은 또 무어란 말인가. 마조의 표정에서 그의 생각을 읽어낸 남자는 심상한 어조로 이야기해 주었다.

"일전에 그대에게 했던 말이 있지, 내게 있어 이 세상에 귀하지 않은 존재는 없으나 또한 천하지 않은 존재 역시 없다고 말일세."

"그랬던 것도 같군."

"내가, 나에게 있어 천한 존재 수십을 죽이라 명하였다고 해서 그게 무슨 문제가 되는 것인가?"

"하!"

어이가 없어서 코가 막히고 귀가 막힌다는 게 이럴 거다. 마치 벌레 몇 마리 죽인 게 무에 상관이냐는 투에 열혈남자 진이 소리쳤다.

"오만한 것은 바로 너인 것 같은데! 애먼 사람들 죽이지 말고 너나 저 십자가에 매달리면 안성맞춤이었겠어. 네가 말한 탐욕, 권력, 부패 같은 것들, 정도의 차이만 있을 뿐 안 가지고 있는 사람이 어디 있다고, 네가 무슨 절대자야? 심판자라도 돼서 네 마음대로 해도 되는 게 인간인 줄 알아? 이 땅 위에 있는 어느 인간도 네가 함부로 해도 되는 사람은 한 명도 없어! 알아듣겠냐, 이 멍청아!"

"조금 후회가 드는군,"

"이제 와 후회해 봤자 너는 사형감이다, 인마!"

"오늘 일곱이 아니라 여덟을 매달았어야 했어. 하나는 무지로 해서 말이야."

남자가 고개를 모로 살짝 기울이면서 진을 향해 자상하게 웃으며 너도 그렇게 생각하지 않느냐고 물었다.

"형님, 이러지 마세요."

대번에 돌변한 진이 헤헤 웃으면서 남자보고 형님은 얼굴도 참 잘생겼다고 칭찬을 해댔다. 몸을 움직일 수만 있다면 엄지를 치켜올리며 당장에라도 팬카페를 만들 기세다.

할 수만 있다면 저놈의 입을 꿰매 버리고 싶다는 충동을 꾹꾹 참아내며 마조는 은근슬쩍 남자를 떠보았다. 남자가 말한 '명하였다' 는 단어가 쉬이 넘겨지지 않았던 것이다.

"그럼 권영운과 다른 사람들, 아니, 여태껏 일어났던 모든 일들이 당신 명령 하나에 벌어진 일인 건가?"

줄곧 남자에게 너, 너 거렸던 것을 당신이란 호칭으로 바꾸었다. 짐작건대 남자는 무시를 당하거나 일반적인 평등한 관계에 익숙해 보이지 않았다. 굳이 남자를 자극하는 것보다는 살살 달래서 조금이라도 얻어듣는 게 이로웠다.

또한 하나뿐인 친우와 주인이란 말 역시 쉬이 지나칠 게 아니었다. 친구가 하나뿐인 것은 진과 같은 외로운 왕따를 의미할 수 있지만 그만큼 자신과 평등한 이가 없다는 의미이기도 했다. 마조가 보기에 남자는 후자에 속한 것처럼 보인다.

그런데 주인이라는 게 무얼 뜻하는지 도통 이해가 되지 않았다. 남자가 어느 조직의 2인자인가 싶으면서도, 마조의 감이 절대 그건 아니라고 말하고 있었다.

"내게 무슨 말을 듣고 싶은 건가."

감이 좋은 사람, 여기에 한 명 또 있다.

"내내 양승의 뒤에 숨어 있다가 이렇게 몸소 납신 이유가 궁금해서."

"다른 이유가 뭐가 있겠나. 그대를 내 몸소 데려가기 위해서지."

"으음……?"

"진이라고 했나?"

미간에 내 천 자를 그리며 되묻는 마조는 무시하고, 남자는 진을 돌아보며 이름을 확인했지만 대답도 듣지 않고 바로 말을 이었다.

"J에게 가서 내 말을 전하게, 내 직접 상양을 깨워주었으니 그를 타고 나를 찾아오라고. 나는 저이를 데리고 J가 오기를 기다릴 테니 말일세. 우리가 있는 곳, 운이 잠들어 있는 곳으로 오라

전하게나."

남자의 말이 끝나자마자 마조의 몸이 붕 위로 떠올랐다. 마조의 몸을 묶고 있던 바람들이 마치 살아 있는 뱀처럼 쓱쓱 돌면서 거센 바람을 일으키고 있었다. 바람은 마조의 숨을 막고, 입을 틀어막고, 몸을 구속한 채로 남자의 앞으로 데려갔다.

"너 이 자식, 무슨 짓이야! 마조를 내놓지 못해!"

"내 말 꼭 J에게 그대로 전해주게나. 그것이 내가 그대를 살려준 그대의 몫이니."

매서운 광풍이 불어 무의식중에 눈을 감은 진이 다시 눈을 떴을 때는 그의 앞에는 권용운이 매달려 죽은 십자가만 남아 있었다. 마조는 물론 이상한 생김새의 남자는 흔적조차 없이 사라지고 없었다.

정말 아주 잠깐이었다. 살갗이 따가울 정도로 불던 바람은 초 단위로 계산할 만큼 짧은 시간 그를 스치고 지나갔을 뿐이었다. 그 잠시 동안 눈을 감고 뜬 사이에 두 사람은 보이지 않고 끔찍한 피비린내만 진동하고 있었다.

양승이 마조에게 한 경고는 은유적인 게 아닌 사실 그대로였던 모양이다. 운락공원에 있던 요원들 중에 누구도 사라지거나 다친 사람은 없었다. 마조만 달랑 데려가 버리고, 함께 있었던 진은 손끝 하나 건들지도 않았다.

진이 남자에게 쏟아부었던 건방지고 자극적인 모욕에도 불구하고 말이다. 혹자는 남자가 대인배라서, 혹은 진의 존재감이 그것밖에 되지 않기 때문이라는 의견을 내놓기도 했다. 진실이야 어쨌든 결국 그 남자가 직접 나타난 것은 마조를 납치하기 위해서라는 의견에는 어떠한 이견도 없었다.

"그러니까 왜 갑자기 나타난 거야. 마조를 데려가는데 양승으로도 충분하잖아. 배후가 왜 배후인데, 보이지 않은 곳에서 꽁꽁 숨었다가 결정적인 순간 뒤통수치라고 있는 거잖아."

"그 남자 입으로 자신의 주인 운운했잖아요. 그렇다면 그 남자도 결국 누군가의 밑에 있다는 소리니 위에서 시키는 대로 했을 수 있죠."

"되찾고 싶다고 했잖아. 그 말은 현재 그의 친구와 주인이란 자가 함께 있지 않다는 걸 의미하니 지금으로서는 그가 이 모든 사건의 배후가 맞아."

응백은 말을 하다가 뭔가 퍼뜩 떠올라 박후에게 물었다.

"교환하자고 나중에 협상 들어오는 거 아니야? 정치인이나 조직 출신에 그런 이야기 나올 만한 인물이 있었나?"

"걸출한 인사들이 몇몇 있지만 이만한 일까지 저지르면서 되찾고자 난리인 인물은 없어. 특히나 요원 한 명 납치해서 교환하자면 들어줄 '그곳'이 아니라는 걸 모를 인간들도 아니고."

회의적인 반응을 보이는 박후에 이어 목하가 의견을 내놓았다.

"그날 안개는 분명 양승이 만들었을 거야. 마조가 작성한 보고서를 보니 그자의 능력이 그런 방면인 건 맞아. 하지만 우리를 구속했던 바람은 양승의 힘이 아니야. 아마도 백발남자의 짓이 아닌가 싶다. 즉, 양승과 백발남자는 서로 다른 능력을 지니고 있고, 우리를 구속한 채로 마조를 납치할 능력이 양승에게는 없어서 백발남자가 나타난 거겠지.”

“초능력자 집단이라도 되는 건가.”

웅백은 그놈들은 외모부터가 정상이 아니라면서 골치가 아픈지 주먹으로 관자놀이를 꾹꾹 눌렀다. 사실 현재로선 마조의 납치 사건은 소소한 상황일 뿐이다. 그도 그럴 게 오전에 일어난 사건으로 나라 전체가 뒤집어진 상태였다.

왜 안 그렇겠는가. 하루아침에 사회 전반의 각 분야를 주도하던 일곱 명의 명사가 끔찍하게 살해를 당했는데. ‘그곳’의 일개 요원의 납치 문제는 어디 가서 이야기를 꺼낼 주제도 못 된다. 그럼에도 불구하고 여기에 있는 이들에게는 마조의 일이 우선이었다.

동지애 때문에? 물론 그런 게 아주 없다면 거짓말일 테지만 이미 죽은 명사들은 자신들의 문제가 아니었다. 그들이 왜 살해당하고 그 이유와 과정이 중요하지, 그들의 죽음으로 인해 생기는 공황사태와 뒷수습은 자신들의 몫이 아니었던 것이다.

“마조와는 여전히 연락이 안 돼지?”

“네, 휴대폰이 꺼진 건 아닌데 위치추적도 안 되고…….”

융의 물음에 답하던 효진은 슬쩍 회의실 한쪽에 가만히 앉아 있는 진의 눈치를 보았다. 오전 내내 저 상태였다. 충격에 빠져 맥을 못 추리는 모습 같기도 하고 뭔가 깊이 사고 중인 것도 같은, 그래서 일단은 가만히 두고 보고 있었다. 어느 쪽이든 정리하면 원래 상태로 돌아오리라는 걸 믿기 때문이다.

“J도 여전하고?”

이번 물음에는 그저 고개만 끄덕였다. 일곱 명의 저명인사가 숨을 거둔 순간, 정보실 숙직실에 있었던 J가 갑자기 발작을 일으켰다. J가 숙직실에 혼자 있을 때면 감시와 보안 차원으로 방 안에 설치해 둔 카메라로 항시 지켜보고 있던 터라, J의 발작은 바로 의료진에 의해 응급처리를 받았다.

하지만 발작은 한 시간 동안 이어졌고 그 후로는 신열을 일으키며 지금까지 혼수상태였다. 온도가 거의 40도에 이르는 위험한 상태였다.

"비가 오는군."

융의 말에 진을 제외한 모두의 시선이 창가를 향했다. 인지하지 못한 사이에 비가 내리는 것에 모두들 오늘의 날씨예보가 어쨌는지를 떠올렸다.

"하루 종일 맑음. 빨래 지수는 90퍼센트였었고 이번 주 내내 눈비 없이 맑을 거라 했어."

가정주부이기도 한 목하는 매일 챙겨보는 빨래 지수로 오늘의 날씨가 얼마나 맑을 예정이었는지 말해주었다. 융은 계속 창밖에 시선을 둔 채로 무심히 이야기했다.

"참 이상하단 말이야."

"뭐가?"

"올 여름부터 마조에게 일이 있을 때마다 비가 내리는 게."

지난여름 폭파 사건에 연루돼서 마조가 정신을 차리지 못하고 열흘이 넘게 혼수상태로 있던 동안에도 지겨울 정도로 계속 비가 내렸었다. 그리고 오늘도 이렇게 비가 내리니 이게 과연 우연에서 끝나는 문제인지 무척이나 의심스러웠다.

"골치 아파. 지금 우리가 그것까지 궁금해할 여력이 있다고 생각해?”

“정직하게 말하면 궁금해 봤자 해결할 능력도 없잖아.”

“자기비하는 좋지 않아.”

“왠지 오늘따라 무척이나 다정하군.”

1국의 목하와 2국의 융이 함께 있으면서 이 정도로 유한 분위기로 대화를 나누는 일이란 흔하지 않는 일이었다. 티격태격하는 것은 여전하지만 감정적으로 모두가 가라앉은 나머지 서로가 상대에게 날카로운 반응을 보이지 않았다.

“비가 와서 센티해진 것뿐이야.”

“그렇다고 해두지.”

전 같으면 말꼬리 붙잡고 사람 신경 건들지 말라고 대거리했을 목하였지만 오늘은 눈썹만 살짝 치켜뜨고는 말았다.

“그런데 이 상처들 말이야. 살해당한 J의 가족들과 같은 상처 맞지?”

오늘 살해당한 일곱 명의 시신에 난 상처들을 크게 확대한 사진들을 살펴보며 융백이 묻자, 문형이 고개를 끄덕였다. J의 부모 사건부터 담당이었던 문형이었기에 오늘 시신들의 상처를 보자마자 알 수 있었다. J의 부모부터 시작해서 큰아버지 일가가 당했던 것과 똑같은 방식으로 오늘 일곱 명 역시 살해당한 것이다. 이로써 몇 년을 끌어왔던 J의 부모살해범을 알아냈지만, 그는 마조를 데리고 바람과 함께 사라져 버렸다.

흩어진 퍼즐들이 하나의 커다란 그림을 완성하고 있지만 그것이 본인들의 힘이 아닌, 상대가 일부러 내준 퍼즐들을 받아서 하나씩 맞춰가고 있는 기분이라 무력감이 들었다.

"이 상처들 꼭 오늘 우리가 당했던 그 이상한 것과 비슷하지 않아?"

웅백이 말하는 것은 오전에 그들의 몸을 얽어매던 바람으로 된 밧줄이었다. 몸을 칭칭 동여매서 움직이지 못하도록 그들을 구속했던 것들이 조금만 더 날카롭고 잔인하게 몸속으로 파고 들고 지나갔다면 분명 이와 같은 상처를 만들어냈으리라. 웅백은 시신들의 몸에 난 상처들을 손가락으로 따라 그려보았다. 영락없이 밧줄에 묶인 것 같은 형상이다.

"그러니까 백발남자가 조금만 여차했으면 우리도 이 꼴이 났겠군."

"자비로운 건지, 우리는 죽일 가치도 없었다는 건지."

"중요한 것은 마조였겠죠. J를 유인할 미끼로 그만한 것은 없을 테니."

줄곧 맥없이 침묵만 지키고 있던 진이 드디어 입을 열었다. 계속해서, 생각을 했었다. 왜 하필 마조인가. 어쩌면 너무도 당연한 일이다. 그들의 최종 목적이 J를 손안에 넣는 거라면 마조만 한 미끼가 없다. 하지만 그러자면 모순이 생긴다.

저들은 분명 예전에 J를 데리고 갔어도 남을 능력을 가지고 있었다. '그곳'에서 보호받고, 마조가 철저히 지키고 있었다 해도 그들이 마음먹었다면 J를 데려가는 것은 일도 아니었을 것이다.

J의 부모를 죽였을 때, 큰아버지 일가를 살해하고 나서 J를 데려갔다면 그들로서는 일이 많이 줄었을 것이다. 그 후로도 J를 손안에 넣을 수 있는 기회는 많았다. 그럼에도 그들은 그러지

않았다. 마치 때를 기다리는 것처럼 말이다.

J는 처음부터 저리 모자란 아이가 아니었다. 태어났을 때부터 정상이었지만 어릴 적에 당한 유괴사건으로 자폐증을 가지게 되었다. 뇌에 이상이 생겨서 얻은 게 아닌 마음으로부터 온 병이었기에 언제라도 나을 수 있다는 의사의 소견을 보면 치유 불가능한 것이 아니었다.

문제는 정신적인 원인인 마음의 병을 어떻게 치료하느냐이다. 그것은 마조가 J에게 쏟아부은 애정일 수 있고, 사랑하는 이들을 잃은 충격이나 슬픔일 수도 있다.

저들이 원하는 것은 J가 맞다. 다만 지금 같은 상태가 아닌 정상적이고 바른 사고가 가능한 J가 필요한 것이다. 부모와 친척을 죽여도 정상으로 돌아오지 않으니 이번에는 방법을 달리한 모양이었다. 상양의 문양이 J가 처음 태어났을 때부터 가지고 있었는지, 저들에 의해 등에 새겨진 것인지는 알 수 없지만 이번 사건으로 그 문양이 J에게 모종의 작용을 하는 것은 맞는 듯했다.

발작을 일으킨 후 신열로 의식이 없는 J의 등에 문신처럼 뚜렷하게 상양의 문양이 완성되었다. 게다가 지금 J의 몸에서 나는 열은 다른 곳도 아닌 상양의 문양에서 나고 있다고 한다. 상식 밖의 일들이 이제는 자연스럽게 받아들여지면서 사람으로 하여금 허탈감과 무력감을 느끼게 하고 있었다.

사람의 상식과 과학기술, 그리고 육체 중에 어느 것 하나 저들에게 통하지 않으니 그럴 수밖에 없다. 생각해 보면 항상 이런 식이었던 것 같다. 마조와 진이 사건의 초점을 일반적인 상식으로 접근하려 들 때면 뜬금없이 나타나 작은 실마리를 하나씩 던져 주고 갔다. 잊을 만하면 한 번씩 얼굴을 들이밀었고, 이해할 수 없는 말로 사람 복장을 뒤집고 혼란을 주었다.

그런데 돌아보면 그게 꼭 옆길로 새려는 사람 붙잡아서 제대로 된 길로 안내하는 결과였다. 다른 곳 헤매지 말고 우리가 가는 길이나 뒤에서 잘 따라오라는 듯이 말이다. 그렇게 우연처럼 맞물린 만남에서 선택된 것은 항상 마조였다.

백발의 남자 역시 지금까지와 크게 다르지 않은 패턴을 유지하고 있었다. 대신 이번에는 진이었다. 남자는 그들의 길을 따라 진 스스로 다음 단계로 들어서게 만들려는 것이다.

모두들 백발남자가 왜 모습을 드러냈는지 의심스러워하고 있었다. 최종 보스가 마지막에 나타나는 것은 게임에서만이 아니다. 보통은 최후의 최후까지 자신을 숨기고 드러내지 않는 게 최종 보스들의 특성이었다. 이는 만약에 그들이 추진하는 일이 실패하였을 경우에 세상에 자신을 노출시키지 않음으로써 또다시 다음을 노려볼 수 있게끔 하기 위해서다. 굳이 다음이 없더라도 최후까지 자신을 숨기는 게 안전하다는 걸 모르는 이는 없다.

스스로 자신을 드러냈을 경우에는 그만큼 자신이 있기 때문일 것이다. 그들이 추진하는 일이 성공할 가능성이 크다거나, 그렇지 않더라도 자신의 안위 정도는 충분히 지킬 수 있다는 자신감이다.

진은 백발남자의 몽타주를 보았다. 하얀 머리칼은 염색을 하면 되고, 동공을 알아볼 수 없는 하얀 눈동자 역시 컬러렌즈를

착용하면 된다. 그러기에 남자의 몽타주는 여러 개였다. 머리칼이 검거나 짧은 경우와 검은 눈동자가 정상적으로 있는 버전 등등으로. 어느 게 남자의 진짜 모양이든, 그가 백발과 하얀 눈동자라는 특이한 모습으로 나타난 것에는 이유가 있을 것이다.

몇몇은 그게 위장을 위한 거라지만 진의 육감은 다른 말을 하고 있었다. 남자와 직접 대면한 진은 그에게서 어떠한 거짓도 느낄 수가 없었다. 보이는 모습과 그가 하는 말, 모두가 진실하였고 그의 의지가 굳게 담겨 있었다. 남자는 계속 진에게 J에게 말을 전하라고 했다. 남자가 마조를 데려간 것만이 아닌 상양에 관해서도, 그리고 남자 본인에 대해서도 말이다.

"J는 이 남자를 알고 있어."

"그럴 가능성이 크겠지. 큰아버지네 일가가 살해당한 방법이 우리가 방금 짐작한 것과 같다면 그들을 살해한 것은 이 남자일 테고, J가 그날 그를 보았을 가능성은 당연히 클 거다."

오랫동안 추측해서 어렵사리 내린 결론을 박후가 아주 간단히 정리해 주었다. 박후의 말에 진은 다시 남자의 몽타주를 보았다. 이 사진을 J에게 보여주면 그 아이는 어떤 반응을 보일까.

남자는 진이 J에게 자신의 얼굴을 보여주기를 바라고 있다. 마조의 납치를 언급하면서 J에게 자신의 얼굴을 보여주면 알아서 찾아오리라 자신하는 것이다.

"운이 잠들어 있는 곳으로."

안내할 것이다.

"그러니까 대체 그곳이 어디냐고. 운이란 사람이 뭐 하는 작자인지 아는 사람?"

"잠들어 있다고 말했으니까 죽었거나 식물인간처럼 의식이 없는 상태겠죠. 그럼 묘지 아니면 병원이나 요양원에 있다는 소리 아닐까요?"

웅백의 물음에 효진이 이것밖에 더 있냐는 표정으로 답하면서 자리에서 일어났다. 일단은 자신이 말한 곳부터 시작해서 '운'이란 사람을 찾기 위해서다. 성씨도 모르고, 이름이 외자라면 모를까 운이 애명이라도 되면 효진은 정말 죽고 싶을 것이다.

효진의 뒤를 이어 몇몇도 자리에서 일어났다. 오늘 살해당한 이들의 최후 목격자와 어디에 있다가 납치를 당했는지 정도는 조사해야 했다. 그리고 연구팀을 동원해서 운락공원의 무영호도 조사해야 했다. 백발남자가 아무 의미 없이 무영호를 언급하지는 않았을 거라는 추측에서다.

"설마 호수 밑에 시체가 가득한 거 아니야."

"그러면 무영호는 시독(時毒)이 되고, 또 다른 도시괴담이 탄생하는 거지."

"거기 지금 기자들 잔뜩 와 있을 텐데."

"쫓으면 돼."

"쫓는다고 쫓아질 인종들이냐."

"호수 물을 뿌려보는 거야."

융은 무영호를 시독 취급하며 문형에게 호수 물을 뿌리는 시늉을 해 보였다. 그런 둘의 옆을 지나면서 목하가 비웃듯 고개를 까딱하며 물었다.

"지금 그거 고수레하는 거지?"

어느새 의욕을 되찾은 목하는 평소의 그녀로 돌아와 있었다. 귀신들에게 고수레하고 나서 너희나 호수 물 마시라는 뜻으로 돌려 말한 그녀는 유쾌하게 회의실을 떠났다.

각자의 일을 찾아서 하나둘씩 회의실을 나가는데도 진은 자리에 앉아서 계속 백발남자의 몽타주만 노려보고 있었다.

"보여줘야 하나."

그렇게 하면 진은 남자가 원하는 대로 따라가는 결과가 된다. 이끄는 대로 따라가다 보면 결국에는 양승이 마조에게 했다는 경고와 같은 결과를 맞이할 것이다.

마조가 죽고 J가 죽을 거라는.

하지만 결국 진은 남자의 몽타주를 들고 J가 있는 곳으로 걸음을 옮겼다.

CHAPTER 03
깨어나다

겨울인데도 눈은 오지 않고 연일 비만 내렸다. 겨울에 비가 내린다면 그만큼 날씨가 춥지 않다는 의미이겠지만 요 며칠은 절대 그렇지 않았다. 오십 년 이래로 가장 추운 날씨라고 연일 난리인데 정작 눈이 아닌 비가 내리고 있어서 이상할 정도다.

사람들이 눈을 싫어하는 이유가 교통체증과 잦은 동파 사건들 때문이다. 어디 그뿐인가 쌓인 눈이 녹기 시작할 즈음에 얼마나 지저분한지, 녹은 눈이 얼어서 길을 어찌나 미끄럽게 만드는지, 알 만한 사람은 다 알기에 겨울에 내리는 눈을 반기지 못하는 것이다. 낭만적이고 겨울의 향취를 느끼게 하는 정서적인 만족감은 잠깐뿐이다.

그러나 최고의 한파라는 날씨에 내리는 비는 눈보다 더 지독한 상대였다.

내리는 족족 물이 고이는 곳마다 모두 얼어버리는 바람에 곳곳에서 사고가 끊이지 않았다. 비에 젖은 옷들은 하나같이 꽁꽁 얼어서 옷감이 바스락거리며 부서지는 일까지 생겨났다. 뉴스에서는 계속 독감주의보와 삼 일 동안 내린 비로 인한 사건사고와 대비책들을 알리기에 바빴다.

물론 그 와중에 뉴스의 대부분을 차지하는 것은 삼 일 전에 벌어진 엽기적인 살인사건이 주축이었다.

최근 계속 일어나는 살인사건 역시 모두 최악에 끔찍한 사건들이었지만 이번은 그보다 더한 파장을 지니고 있었다. 비록 일곱 명이지만 그 한 명 한 명이 지닌 사회적 영향력을 생각하면 당연한 일이다.

그런데 파장이란 게 그들이 이끌어왔던 일들의 마무리, 그들의 공백으로 생길지 모르는 불이익, 그들과 관계된 곳들이 앞으로 나아가야 할 전망, 그들의 후계자, 등등의 사회적 혼란들이었다. 저번 사건들이 야기했던 전반적인 공포가 의외로 사회를 장악하지 않았다. 이번 역시 저번 사건들과 동일범의 소행이라는 발표가 났었음에도 말이다.

사람이란 참으로 묘한 구석이 있어서 무분별하고 불특정 다수에게 행해지는 폭력과 일부의 특정인에게 생긴 사고를 분리하는 경향이 있다. 즉, 범인이 같은 인물이래도 피해 대상이 일반인이냐 아니냐에 따라 느껴지는 체감이 다른 것이다. 그래서 이번 사건 같은 경우 모두들 앞으로 이 나라가 어찌 될지에 대한 걱정과 불안을 느끼는 반면, 저번처럼 자신도 당할 수 있으니 조심해야겠다는 공포는 없었던 것이다.

그보다는 삼 일 동안 내리는 비가 지긋지긋하고 무서웠다.

"정말 지긋지긋하다."

진은 삼 일 사이에 홀쭉 빠진 J의 볼을 검지로 쿡쿡 누르며 제발 이젠 좀 일어나라고 하소연했다. J의 몸에서 나던 열은 어제부로 정상으로 돌아왔다. 열이 내렸으니 이제 정신을 차릴까 기대를 했는데 웬걸 자신이 숲 속의 잠자는 공주인 줄 아는 모양이다.

"왕자가 키스해 주면 깨어나려나."

어정쩡하게 허리를 구부린 진은 입술부터 쭉 내밀며 J의 얼굴로 점점 다가갔다.

"지금 뭐 하시는 겁니까!"

언제 들어왔는지 수문이 진의 목덜미를 붙잡고 양심없이 J에게 입술을 들이대려던 진을 제지했다.

"마조가 없어서 내 목덜미 붙잡을 사람은 더는 없을 줄 알았는데, 수문 너마저."

"나라고 이 목덜미 잡고 싶은 줄 압니까. 당최 믿을 수가 없어서 모니터에서 시선을 놓을 수가 있어야죠. 이거야말로 명백한 업무 방해입니다."

"모니터를 안 보면 되잖아. 그냥 이 방에 대해 신경 끊어."

"안 보면 무슨 짓을 하려고요."

매의 눈으로 계속 노려보고 있었기에 망정이지 조금만 늦었으면 J의 순결한 입술이 어찌 되었을지 상상만으로도 우울하다.

"이런 시간이 있으면 마조나 찾으러 가십시오."

"마조를 찾기 위해 이러는 거잖아. J가 얼른 깨어나야 알 수 있는데 이러고 있으니 왕자의 키스로 깨울 수밖에."

"자신이 왕자일 거라는 근거없는 자만은 버리세요."

혹시라도 만약 그럴 일은 없겠지만 진의 입맞춤으로 J가 깨어난다면, 그것은 진이 왕자라서가 아니라 J가 공주가 아니기 때문이다.

"큼큼, 사실은 말이야. 내가 이런 말까지 안 하려고 했지만 누가 알아, 진짜로 끔찍하게 싫어서 눈을 뜰지?"

"오호~!"

진의 왕자설보다는 이게 더 납득이 되는 수문의 반응은 긍정적이었다. 남자인 자기도 진이 입 맞춘다면 상상하는 것만으로도 싫을 지경인데 꽃다운 이팔청춘인 J는 오죽하겠나 싶었다. 흔하게 하는 말로 죽어서도 눈을 못 감고, 저승길에서 되돌아 통곡할 일이다.

"그럼 한번 해보세요."

"응?"

"그렇게라도 해서 깨어난다면 못할 짓이 없는 거죠. 하는 겁니다!"

"이, 이봐! 난 그냥 해본 소리였다고."

"이 상황에서 몸을 빼는 게 어디 있습니까. 어차피 진이 손해 볼 일은 아니잖아요. 이렇게라도 J가 몸서리치면서 깨어나면 누이만 빼고 다 좋은 일이니 그냥 하세요. 가끔은 매부만 좋은 일도 있어야 살맛나는 세상 아니겠습니까."

어쩌니 해도 진은 단순히 농담으로 했던 소리였건만 수문은 어느새 진심이 되고 말았다. 전형적인 정보실 인간들에게 농담이나 상도덕을 바라서는 안 되는 일이었던 거다.

"에잇, 시끄러워어!"

"J가 시끄럽다고 하잖아. 수문아, 우리 적당히 하……."

수문의 손아귀에서 빠져나오려 몸부림치던 진은 순간 얼어서 천천히 J가 누워 있는 침상을 내려다보았다. 아직 잠에서 완전히 깨어나지 않은 얼굴로 하품을 하다가 입맛을 쩝쩝 다시고 있던 J가 진과 눈이 마주치자 인상부터 찌푸렸다.

"뭘 봐?"

눈 뜨자마자 보이는 얼굴에 눈 버렸다는 표정으로 J는 입술을 삐죽였다. 그러면서 연신 눈동자를 굴리며 누군가를 찾았다. 진이 있다면 근처에 마조가 있을 확률이 높은데 그는 없고 수문만 있으니 심기가 조금 상하려는 J였다.

"마조는?"

자리에서 일어나 앉은 J는 침대 헤드에 등을 기대고 마조부터 찾았다. 아침 안부인사만큼이나 당연한 절차였다.

"마조는……."

지난 삼 일 동안 굳게 마음을 다잡고 결심했었는데 막상 입을 열려니 그게 쉽지가 않은 진이다. 아직 어린 J를 사지에 몰아넣는 결과를 낳을 수 있었지만 아무리 머리를 쥐어짜도 이보다 좋은 대안이 없었다.

"그보다 J야, 너는 나를 믿지?"

"아니."

"너는 너무 쉽게 대답하는 경향이 있어. 잘 생각해 봐. 우리

가 알고 지낸 시간을 돌이켜 보면 내가 너에겐 그래도 썩 믿을
만한 사람이지 않았니?"

"아니라니까."

"단호하구나."

침대 옆에 있는 의자에 털썩 주저앉으며 진은 두 손으로 얼굴
을 감쌌다. 고래도 춤추게 만든다는 그 칭찬이란 거 한번 받아
봤으면 좋겠다고 좌절하는 진에게 수문이 위로랍시고 한마디
건넸다.

"정말 싫긴 싫었나 봅니다, 하기도 전에 알아서 벌떡 일어난
걸 보면. 어떻게든 J가 깨어났으니 한숨 돌릴 수 있겠어요."

이런 맛에 사는 모양이라고 희희낙락하는 수문을 팔꿈치로
밀어낸 진은 J에게 가까이 다가가 뭔가 말을 하려다가도, 결국
엔 눈치를 보면 입을 닫았다. 야윈 얼굴로 시무룩하게 있던 J는
오늘따라 이상하게 구는 진과 시선이 마주치자 눈을 게슴츠레
떴다.

"모야?"

평소와는 너무 다른 조심스럽고 소심해 보이는 진의 행동에 J
는 의심부터 했다. 경계하며 묻는 J에게 진이 그동안 준비했던
이야기를 풀기 위해 마음속으로 정리하는 동안, 그새를 참지 못
하고 수문이 끼어들었다.

"뭘 그렇게 머뭇거려요. 그냥 사실대로 …가 납치당했다고
말하면 되지."

본인도 마조의 이름을 말하지 못하고 묵음 처리한 주제에 진
보고 대담하지 못하다고 책망했다. 자리에서 벌떡 일어난 진은

수문에게 삿대질을 하며 따졌다.

"그렇게 막 내뱉으면 어떻게 해! 누군 입이 없어서 말 못하는 줄 알아? 신중이란 게 댁한테는 장신용밖에 안 되는지 몰라도 나는 이것저것 생각할 게 많다고."

"그 생각 삼 일 동안 했으면 많이 한 거 아닙니까. 지금 중요한 게 무언지 그것부터 따지세요."

J가 백발남자가 어디에 있는지 알고 있을 거라는 진의 추측은 어디까지고 추측에 지나지 않는다. 결국 진실은 J의 입을 통해서밖에 들을 수가 없는데, 그러기 위해서는 지금의 상황을 사실대로 말할 수밖에 없다. 그러자니 J가 받을 충격이 걱정되는 진이었다. 그동안 정이라도 쌓인 것인지 J가 감당해야 할 것들에 대해 미리 혼자 고민하고 있었다.

반면 수문은 진과는 입장이 많이 달랐다. 진의 주장을 받아들여 어서 확인해 보고 싶은 마음이 앞섰다. J가 이 상황을 어떻게 받아들이는가 하는 문제는 별도였다.

"모라고?"

"……."

수문과 진의 대화를 가만히 듣고 있던 J가 눈을 동그랗게 뜨고 놀라 물었다. 서로 자기가 옳고 잘났다고 말하기에 바빴던 두 남자는 순간 흠칫하며 J를 내려다보았다. 시작은 먼저 한 주제에 수문은 J 쪽으로 진의 등을 밀었다. 엉거주춤 J에게 다가간 진이 어렵사리 입을 열었다.

"J야, 나는 네가 충격받는 걸 원하지 않아. 그리고 너에게 큰 부담을 주고 싶지도 않고 다만 날 믿어달라는 말을 하고 싶다.

내가 꼭 …를 찾을 테니까 너는 그냥……."

"솔마……."

"그래, 사실은."

"내 꼬꼬아를 먹은 꼬야!"

분노하며 푸르르 떠는 J를 보자니 진은 순간 모든 게 허망해
졌다. 최근 들어 '나'라는 대명사를 이해한 J는 '내 것'에 대한
집착이 더욱 강해졌다. 때문에 현재 J에게 가장 중요한 것은 코
코아의 존재 유무였다. 평상시에도 검은 물이 뚝뚝 흐를 것 같
은 새까만 눈동자는 굶주린 한 마리 짐승 같았다.

"진이 이해하세요. 무려 삼 일을 굶었잖아요, 저 J가 말입니
다."

"아……."

의욕이 사라진 수문이 진의 어깨를 톡톡 치며 J의 상태를 지
목했다. 어른이라도 삼 일 만에 자리에서 일어나면 후유증이 큰
데 J는 정말 끙끙 앓아누웠던 환자였다. 정신도 차리지 못하고
겨우 링거액으로 삼 일을 버텼는데 맛난 음식인 코코아에 민감
하게 굴 만하다.

"네 꼬꼬아는 무사하다."

"그럼 됐셔. 지이는 배고파, 밥 죠."

삼 일 동안 굶어서 목이 말라 말도 잘 안 나올 텐데 끼니를 요
구하는 J는 말도 잘한다.

"그래 밥 먹어야지. 많이 먹고 쑥쑥 커야지."

"이제 크기에는 늦은 나이죠."

코코아가 안전하단 소리에 어느 정도 의심을 푼 J는 침대 시

트를 팡팡 치며 점심상을 차려 오라 명령했다. 이에 진이 수문에게 턱짓을 하자 수문은 멍한 표정으로 왜 나한테 턱을 내밀고 그러냐고 반문했다.

"왜요? 턱에 뭐 묻었나 봐드릴까요?"

"밥 차려와야지."

"젠장, 내가 왜 이 방에 들어왔을까."

의협심을 발휘해 뛰어왔던 기사는 어느새 주문을 받는 웨이터로 전락하고 말았다. 투덜거리며 나가는 수문이 사라지자 진은 다시 의자에 앉아서 차분히 J를 바라보았다. 진의 시선을 의식한 J가 뚱한 표정으로 그를 보며 오른쪽 눈썹만 살짝 치켜떴다.

"왜?"

"아니, 이야기는 밥부터 먹고 하자."

"마조는 어디 갔져?"

"응."

"언제 와?"

"글쎄다……."

시선을 파하는 진이 이상하다는 걸 이제야 눈치챈 J가 고개를 갸웃거리며 더 물어보기 위해서 입을 열려는 찰나, 수문이 씩씩거리며 방 안으로 들어왔다.

"삼 일 동안 아무것도 못 먹었으니 죽부터 먹고 속을 달래야 한다는군요."

모니터로 계속 이 방의 상황을 주시하고 있던 정보실 사람들은 J가 깨어나자마자 먼저 먹을 것부터 챙겨놓았다. 덕분에 주문을 받은 수문이 방을 나오자 바로 음식을 대령할 수 있었다.

"죽 싫은데."

여름에 장염 때문에 꽤나 오랫동안 죽을 먹어야만 했던 J는 보기도 싫다는 듯 고개를 돌려 버렸다.

"이거 먹어야지 마조한테 갈 수 있다."

"싫타고 했지, 안 먹는다고 안 했져."

수저를 들고 바로 먹으려는 J에게 먼저 목부터 축이라고 진이 따뜻한 국화차를 내밀었다. 뭔가 이상하다 여기면서 몇 번 눈을 깜박이던 J는 결국 군말없이 차를 받아 마셨다. 유독 조용한 식사시간이 끝나고 수문이 쟁반을 챙기고 피하듯 나가 버리자 둘만 남게 된 어색한 시간이 되었다.

근래 코코아 공급책이 된 4국의 율도가 보내준 따뜻한 코코아를 후식으로 홀짝홀짝 마시며, J는 배부른 고양이처럼 너그러운 표정을 지으며 만족에 찬 한숨을 내쉬었다. 코코아라는 건 참으로 맛난 것이었다.

"J야, 15 곱하기 7은?"

후식의 여유로움을 맘껏 느끼고 있는데 진이 뜬금없이 산수 문제를 꺼내자 J는 감고 있던 눈을 번쩍 떴다.

"그걸 지이가 어떠케 알아!"

"곱하기 배웠잖아."

"무찌마. 다쳐!"

J는 시선을 피하고 고개를 돌려 버렸다. 백발남자는 상양의 문양을 깨웠다고 했는데 대체 뭘 깨운 걸까. 진은 남자의 말에 J가 어느 정도 정상으로 돌아왔을 거라 기대했다. 적어도 큰아버

지네 일가가 살해당하기 전의 J는 공부도 제법 해서 검정고시까지 합격한 지적 수준을 가지고 있었다. 그래서 많이도 바라지 않고 그 정도까지는 되지 않을까 기대했건만 변한 게 없다. 배운 것도 모르겠다고 오히려 강짜를 놓으니 진은 자신이 대체 무얼 기대했었나 회의가 들기 시작했다.

"그럼 혹시 상양은 알고 있니?"

"꼬꼬닥이잖아."

정보실에 머물면서 사람들이 하는 이야기를 주워들은 게 있는 J는 상양이란 단어가 가리키는 게 무언지 잘 알고 있었다. 다만 표현 수준이 많이 뒤떨어진 게 문제다.

"그렇다면 '운' 이 누군지 알고 있어?"

"운?"

"예전부터 알고 지내던 이들 중에 운이란 사람이 있었는지 잘 생각해 봐. 부모님 친구일 수도 있고, 아니면 가족들이 그 사람에 대해 말하는 걸 들은 적이 있었을 거야."

"운, 운……?"

계속 그 이름을 입속으로 중얼거려 본 J는 곧 고개를 가로저었다. 그런데 유난히 기운이 없어 보인다. 모른다고 해서 추궁하는 분위기도 아니고, 기억이 안 난다고 해서 기가 죽을 J가 아닌데 반응이 꼭 큰 죄 짓고 참회하는 느낌이다.

"정말 모르는 사람이야?"

"생각 안 나."

"모르는 게 아니라 생각이 안 나?"

말꼬리를 붙잡는 것처럼 보여도 이 둘 사이에는 엄연히 큰 차이가 있다. 진이 재차 물어보자 J는 어울리지 않는 시무룩한 얼굴로 한숨을 내쉬었다.

"운은……."

말을 하다 말고 J는 눈물을 뚝뚝 흘리고 말았다. 입술을 오므린 채로 눈은 깜박도 안 하고 눈물을 흘리는데 진은 일순 말문이 막혔다. 소리내어 흐느껴 우는 것도 아닌데 제 설움에 겨워 우는 아이처럼 J는 그렇게 계속 눈물만 떨어뜨렸다. 결국 시트 끝자락으로 J의 눈물을 닦아준 진이 일단 '운'은 생각하지 않아도 좋다고 달래야만 했다.

"정말?"

그제야 안심하는 J를 보며 진은 눈을 가늘게 떴다. 분명 뭔가 있는데 눈물에 약해져서 너무 쉽게 놓아준 듯싶었다. 하지만 이제 겨우 시작인데 너무 몰아붙이는 것도 아니라고 생각한 진은 안주머니에서 슬며시 백발남자의 몽타주를 꺼냈다. 두 번 접은 종이를 펴서 주름이 잡힌 부분을 손가락으로 쓱쓱 문지른 진이 그것을 J의 무릎 위에다 놓았다.

눈물의 여운이 아직 가시지 않아 붉게 충혈된 눈으로 잠시 진을 바라본 J는 무릎에 놓인 종이를 눈높이까지 들어 올렸다. J가 아무 말도 없이 몽타주를 바라보는 시간이 제법 흘렀다. J는 어수선한 아이는 아니지만 그렇다고 차분하거나 진중한 성격도 아니다. 그래서 먹는 것과 마조를 제외하고 오랜 시간 말도 없이 한 가지에 집중하는 경우는 적었다.

그런데 지금 한 남자의 얼굴을 그려놓은 몽타주에 정신이 팔려서 한참 동안을 말도 하지 않고 숨을 쉬는 것조차 잊은 듯 조용히 있었다. 얼마의 시간이 지나고 나서야 J는 길게 한숨을 내쉬며 들고 있던 몽타주를 다시 무릎 위에다 내려놓았다.

슬로비디오처럼 천천히 고개를 돌려 진을 바라본 J의 얼굴에는 아무런 표정도 없었다. 아니, 그보다는 홍채가 보이지 않을 정도로 새까만 눈동자에 아무런 감정도 깃들어 있지 않았다. 처음엔 아무 생각도 없는 멍한 얼굴로 보이다가, 한순간 감정 통제에 능숙한 냉혈한을 보는 것 같은 기분이 들게 하는 묘한 표정이다.

"최대한 사실대로 말해주길 바란다. 이 남자 알고 있니?"

"……."

"J야."

구걸하듯 J의 이름을 부른 진은 의자를 끌어 침대에 가까이 다가가 앉은 다음에 두 손바닥을 내보이며 말했다.

"너에겐 어떻게 보일지 모르겠지만 나는 이 손으로 지금까지 많은 일을 해왔어. 손이란 게 조금만 다쳐도 아프고 당장에 불편한 게 굉장히 많아. 어디 그뿐이야, 사실 이 두 손이 없으면 보기에도 좋은 건 아니잖아. 내가 아무리 똑똑하고 능력 좋고 잘생겼다고 해도 이 두 손이 없으면 그 매력의 반의반도 살리지 못할 거야."

그렇지 않냐고 동의하듯 쳐다봐도 J는 가타부타 아무 반응이 없다.

"그런데 이 손을 잃는 것보다 더 무서운 게 있어. 이 손을 잃어도 지키고 싶은 것들이 나이를 먹을수록 하나씩 생기기도 하고, 아쉽게도 하나씩 사라지기도 하지만 내 생애를 통틀어 그리

많지는 않을 거다. 내 목숨보다 소중한 건 아니지만 이 손보다 더 중요하고 지키고 싶은 것들, 그중 하나가 마조다."

J에게 남자의 얼굴이 잘 보이도록 몽타주를 들어 보여주면서 진은 애잔한 목소리로 말을 이었다.

"이 남자가 마조를 납치해 갔어. 그러면서 나에게 말하기를 자신이 상양의 문양을 깨웠으니 너보고 상양을 타고 오래. 운이 잠든 곳으로."

말을 끝내고 입을 다문 진이 이보다 진지할 수 없다는 눈빛으로 지그시 J를 보았다. 내가 이렇게 정성을 들여 마음을 표현하고, 마조를 걱정했으니 이제 네가 성의를 보이라는 암묵적인 기대를 J에게 걸었다. 다행히도 방금 전까지 감정을 잘라낸 인형처럼 멍하니 있던 J가 마조의 이름을 듣자 퍼뜩 정신을 차리는 게 눈에 보였다.

"저, 그것이 실은 저……."

"그래 생각나는 게 있으면 뭐든 말해봐."

뭔가 망설이면서 말하는 걸 주저하는 J의 목소리가 점점 작아지자 진은 가까이 다가가 귀를 갖다 대며 독려해 줬다. 그러면서도 속으로 계속 침착하자, 너무 재촉하면 안 된다고 자신을 타이르는 것도 잊지 않았다.

"저……."

"음!"

"근데 납치가 모야?"

"나, 납치의 뜻 몰라?"

"응!"

정신과 클리닉에서 빡빡한 수업을 받던 J지만 지금은 되도록 부정적인 의미를 가진 단어를 배우는 단계가 아니었다. 못 배워서 무식한 것뿐이다. 아주 당당하게 고개를 끄덕이며 그게 대체 뭐에다 쓰는 단어냐고 바라보던 J가 일순 눈을 가늘게 뜨며 진에게 물었다.

"먹는 꼬야?"

J는 '내가 미친놈이지' 라고 중얼거리는 진의 목소리를 언뜻 들은 것도 같았다.

신기하게도 J가 일어난 순간 비가 그쳤다. 창밖에서 비가 그치는 것을 두 눈 뜨고 목격한 '그곳' 의 요원들은 형용할 수 없는 심정으로 서로의 시선을 피해 버렸다.

의식을 차리고 죽과 영양제를 챙겨 먹고 하룻밤 달게 잘 자고 나자, J의 홀쭉해진 볼에 다시 생기가 돌기 시작했다. 아침밥은 간단하게 한식으로 차려줬더니 밥 한 톨, 반찬 하나 남기지 않고 모두 먹어치웠다. 이까지 닦았으면서 코코아를 가득 담은 머그잔을 두 손으로 꼭 쥐고 맛나게 마시기까지 했다.

키가 높은 의자에 앉아 다리를 앞뒤로 흔들흔들하던 J는 자신을 내려다보는 사람들의 시선에 주눅 들기는커녕, 뭘 보냐는 반항적인 눈빛으로 되쏘아주었다.

"납치란 말이지."

요원들에게 등 떠밀려서 앞으로 나온 효진은 헛기침으로 목을 가다듬으며 J에게 납치의 뜻을 가르쳐 주려 했다. 하지만 막상 하자니 어떻게 설명해야 할지 너무 막연해서 응백에게 자신의 옆으로 와달라고 손짓했다. 손가락으로 자신을 가리키며 확인하는 응백에게 고개를 끄덕여 주자 그는 떨떠름한 표정으로 그녀의 옆에 섰다.

"이 사람이 마조야."

효진이 응백을 가리키며 마조라 말하자 대번에 J의 눈썹 끝이 위로 향했다.

"…라고 생각하자는 거지, 진짜 마조라는 게 아니야."

효진의 보충설명에 J는 이젠 팔짱까지 끼면서 턱을 들어 올리고 계속 말해보란 듯 쳐다보았다. 이번엔 박후와 시선이 마주친 효진이 그에게 나오라고 손짓했다. 응백과 박후를 나란히 세운 효진은 응백은 마조, 그리고 박후는 나쁜 놈이라고 J에게 소개를 했다.

"물론 이 사람도 진짜 나쁜 놈은 아니야. 여기가 가짜 마조라면 여기는 가짜 나쁜 놈인 거지."

가짜래도 할 말이 많은 눈빛으로 노려보는 박후에게 효진은 얼른 납치하는 시늉을 보이라고 작게 속삭였다.

하릴없이 나쁜 놈이 된 박후는 응백의 뒤로 가서 그의 목을 팔로 낚아채고 뒤로 질질 끌고 갔다. 당연히 목이 조여서 응백이 컥컥거렸지만 악당에게 자비란 없다, 는 말을 남기며 박후는 응백을 끌고 회의실 밖으로 나가 버렸다.

"바로 이런 게 납치라는 거야. 마조는 가만히 있는데 갑자기 나쁜 놈이 나타나서 마조의 목을 죄거나 때려서 강제로 끌고 가는 것이 바로 납치야."

"어디로?"

아무리 응백이 마조라고 세뇌를 시켜도 현실감이 없는지 질문하는 J의 목소리는 아직까진 침착했다.

"나쁜 놈이 데려갔기 때문에 우린 몰라. 오로지 나쁜 놈만 마조가 어디에 있는지 알고, 그놈만 마조를 만날 수가 있는 거야. 나쁜 놈을 잡지 못하면 '영원~ 히' 우리는 마조를 볼 수 없게 돼. 당연히 J도 이젠 더는 마조를 볼 수 없고."

"정말 못 바?"

"마조가 어디에 있는지도 모르는데 어떻게 볼 수 있겠니."

이제야 조금씩 상황 판단을 한 J는 자리에서 벌떡 일어나 그 주위를 종종거리며 왔다 갔다 했다. 긴장한 듯 오른손 엄지손톱을 깨물던 J는 돌연 얼마 전에 마조가 했던 말을 떠올렸다.

마조는 아무도 믿지 말라고 했지만 진이 하는 말은 따르라고 했다. 그것은 그는 믿어도 좋다는 뜻일 거다. 진 역시 마조가 납치당했다는 말을 하였다면 사실일 것이다.

"……."

갑자기 먹먹해진 J가 할 수 있는 것은 그저 우는 것밖에 없었다. 마주 잡은 손가락들을 연신 꼼지락거리면서 J는 자신을 둘러싸고 있는 사람들을 하나씩 쳐다보았다. 모두가 낯이 익은 얼굴들이지만 마조와 함께 있지 않은 이상, 낯선 타인이며 믿을 수 없는 사람들이었다. 사람들 사이에서 진을 발견한 J는 쪼르륵 그의 뒤쪽으로 가 숨으면서 살며시 옷자락을 붙잡았다.

"지금 쟤 우리 경계하는 거니?"

어처구니없어하는 목하의 음성에 고개를 끄덕이면서 이다는 주머니에서 거울을 꺼냈다.

“나 그렇게 나쁜 인상도 아닌데…….”

“아무래도 진하고는 미운 정, 고운 정 쌓여서 우리보다는 더 믿음직하나 보네.”

J의 반응이 당연하다고 말하면서도 융은 애써 착잡한 심정을 감추지 못했다. 진에게 고운 정은 없지만 마조가 한 말이 있어서 그에게 믿음을 보이는 J가 눈물을 글썽이며 울먹였다.

“마조한테 전화할래.”

“전화해도 소용없을 거야.”

전화를 안 해본 게 아니다. 신호는 가는데 연결이 되지 않아 더욱 분통 터지는 지난 사흘이었다. 행여나 해서 J의 휴대폰으로 전화를 걸어보기도 했지만 결과는 같았다.

“마조가 무슨 일 있으면 전화하랬단 말야.”

계속 전화를 하겠다고 우기는 바람에 진은 결국 휴대폰을 J에게 내주었다. 어제저녁과 아침에 계속 찾아도 나오지 않았던 자신의 휴대폰을 진이 건네주자 J는 잠시 갈등을 하였다. 이 인간을 계속 믿어야 하나 말아야 하나.

“에휴~”

긴 한숨으로 마음을 대변한 J는 진에게서 휴대폰을 받아 마조에게 전화를 걸었다. 신호음이 계속 울리는 와중에 한쪽에선 J의 휴대폰에 장착해 놓은 장치로 계속 마조의 휴대폰 위치를 추적하고 있었다.

[……]

한 번에 전화 연결이 되지 않아 두 번째 다시 통화를 시도하자마자 상대편에서 전화를 받았다. 모두가 숨을 삼키며 회의실

벽면에 있는 커다란 모니터를 보았다. J의 휴대폰과 연결된 모니터에는 하얀 벽면과 마호가니 책상만이 보였다.

"마조?"

[이런, 찾는 사람이 아니라서 어쩌지. 실망했나, J?]

벽과 책상만 보이던 화면에 한 남자가 나타나 책상에 걸터앉아 J에게 손을 흔들면서 아는 체를 했다. 백발남자였다. 배경과 자세로 보아 누군가가 그의 앞에서 휴대폰을 대신 들어주고 있다는 걸 알 수 있었다. 남자는 마조의 휴대폰 카메라를 빤히 보더니 이내 입가를 슬쩍 비틀었다.

[조금쯤은 돌아왔을 거라 예상했는데 너는 여전하구나. 미련하고 제멋대로에 멍청하기까지 한 J. 너 같은 게 어떻게 여직 살아서 여러 사람들에게 민폐를 끼치는지 모르겠구나.]

남자를 보자마자 꿀 먹은 벙어리처럼 입을 다문 J의 옆으로 간 진은 휴대폰 카메라에 자신의 얼굴을 들이밀며 소리쳤다.

"이봐, 말이 너무 심하잖아. 이제 겨우 열아홉 살짜리한테 뭐 하는 짓이야. 어른이면 어른답게 굴라고."

[상양이 깨어나면 뭐 하누. 네가 그 모양 그 꼴인 것을. 너를 보니 내가 참으로 어리석은 짓을 했구나 싶다. 뭇사람들에게 못할 짓 하지 말고 우리 선에서 끝내자꾸나. 하여 운이 잠들어 있는 이곳으로 오너라. 너의 마지막이 되고 새로운 시대가 열릴 이곳에서 '우리'가 너를 기다리고 있겠다.]

누구도 신경 쓰지 않고 오로지 J에게만 시선을 머문 채로 남자는 제 하고 싶은 말을 다 했다. 진은 남자가 전화를 끊을세라 재빨리 따져 물었다.

"뭇사람에게 못할 짓 하지 말자면 우리 마조부터 풀어줘야지!"

그제야 진에게 관심을 준 남자는 설핏 미소 지으며 친절하게 답해주었다.

[J와 관련이 된 이상 그는 더 이상 뭇사람이 아니다. 그리 안타까워하지 말게나. 그라면 J와 함께 잘 보내줄 테니…….]

남자의 말이 다 끝나기도 전에 모니터가 빠지직거리며 금이 가기 시작하고 J가 들고 있던 휴대폰이 파삭 소리를 내며 부서져 버렸다.

모두의 시선이 J에게 향하는 사이에 회의실에 있는 모든 집기들이 조금씩 덜커덕 흔들리면서 모서리부터 금이 갔다. 조각조각 깨어진 파편들이 공중으로 붕 뜨면서 어지러이 날아가며 서로 부딪치고 다시 깨졌다. 비로소 사태를 깨달은 요원들이 두 손으로 머리를 감싸며 두세 발짝 뒷걸음을 쳤지만 끝끝내 회의실을 나가지는 않았다. 부서진 물건들의 파편에 맞아 살갗이 찢어지고 위험했지만 끝까지 자리를 지키고 서서 모든 상황을 그대로 지켜보았다.

난동은 그렇게 10여 분 동안 계속되었다. 누구 하나 어떻게 막을 수 있는 일이 아니었기에, 봄날의 꽃씨처럼 공중에 나부끼던 부서진 집기들의 잔해가 조용해진 후에는 모두가 할 말을 잃고 말았다. 집기들도 그렇지만 요원들의 몰골 역시 좋은 말이래도 봐줄 수가 없는 지경이었다.

그 와중에 오로지 혼자서 상처 하나 없이 멀쩡한 J는 많이 지친 듯 거친 숨을 토해내며 벽에 걸린 모니터를 빤히 노려보고 있었다.

그런데 이상한 것이 회의실 안에 있는 다른 집기들이 모두 부서지고 가루가 되었는데도 모니터만은 원형을 그대로 유지하고 있다는 점이다. 모니터 화면이 바삭바삭 금이 가기는 했지만 다른 것과 비교하면 현격하게 멀쩡한 수준이었다. 하지만 뒤쪽의 유리창 역시 금만 가고 깨지지 않은 걸 보면 벽에 붙은 것들은 충격을 덜 받은 모양이라고 추측할 수밖에 없었다.

"허, 허어헉, 이… 씨……."

이 모든 사태는 아직까지 거칠게 숨을 내쉬면서 파르르 입을 떠는 J가 원인일 것이다. 이 자리에 있는 사람들은 어떤 의미에선 일반인에 불과했다. 이런 신비한 능력 따윈 가진 적도 없으며 눈으로 직접 목격하기 전까진 믿지도 않았다. 이걸 어떻게 해석하고 받아들여야 하나, 서로의 눈치를 보며 의견을 교환하고 있을 때 전원이 꺼진 모니터에 다시 빛이 흘러나왔다.

[쯧쯧, 성질 머리하곤.]

금이 갔지만 나름 멀쩡한 모니터 화면에 백발남자가 팔짱을 끼고 혀를 차고 있는 게 비친다. 일제히 모두의 시선이 J의 오른손으로 향했다. 그도 그럴 게 아까 분명히 휴대폰이 부서지는 걸 목격했던 터라 남자와의 전화 연결이 끊어지지 않았다는 게 말이 되지 않는다.

"어차피 이 상황도 말이 되지는 않아."

"이젠 나는 앞으로 무엇을 보든 못 믿을 게 없을 것 같아."

작은 목소리로 속삭이는 대화였는데 남자는 마치 그 소리들이 들리는 양 잘게 웃으며 J에게 말했다.

[네가 그 모양이니 자라지 못하는 것이다. 감정에 앞서서 항

상 일을 그르친 주제에 제 잘못은 절대 모르지. 운만 아니었으면 이미 너 같은 것은……]

용케 멀쩡하다 싶었던 모니터가 결국 균열이 난 부분들부터 파삭 소리를 내며 깨지기 시작했다. 가까스로 벽에 걸려 있던 것이 툭 떨어지며 산산조각 부서지는 것을 보면서 J는 아직도 가시지 않은 분을 못 이기고 발로 바닥을 탕탕 쳐댔다.

"화내고 싶은 건 우리다."

"이건 업보야."

"난 이미 저 녀석이 난 놈이라는 걸 알고 있었어."

"나는 재미있는데."

힘없이 터지는 불만 속에서 혼자 고고히 재밌고 신기하다며, 신이 난 효진이 엉망이 된 회의실 이곳저곳을 살피며 돌아다녔다.

진이 옷에 붙은 집기들 파편들과 먼지를 대충 털어내며 J에게 다가갔다. 콧김까지 푹푹 내쉬며 씩씩거리던 J는 진을 보자 도끼눈을 하며 왕왕댔다.

"지이가 쏙상해서 미치겠어. 저놈아는 불평분자 찌질이야! 만날 지이만 괴로피고 시러해. 이젠 지이도 더는 못 참아!"

"못 참으면 어떻게 하려고?"

"……"

화가 나서 선전포고는 했는데 대책은 없는 성질 급한 임금님이 딱 이 모양일 것이다. 진은 손등에 긁힌 상처를 혀로 핥으며 물었다.

"운이 있는 곳이 어디인지는 알고 있고?"

“……”

“아까 그 남자는 네가 운이란 사람이 잠든 곳을 알고 있다는 투로 말하던데 정말 몰라?”

방금까지 기세등등하던 J의 어깨가 점점 아래로 처지더니 이제는 진과 눈도 마주치지 못했다. 그러면서 아주 작은 목소리로 중얼거리기를.

“기억 안 나……”

진은 왠지 백발남자가 J에게 왜 그렇게나 화를 냈는지 조금은 납득이 되었다. 반면 그렇게 J를 잘 알면 이런 결말도 예상했어야지. 결국 백발남자 역시 J를 과대평가하고만 것이다.

“정말 아무것도 기억이 안 나? 잘 생각해 봐.”

“모른다꼬!”

적반하장이란 이런 거다. 자기 화난다고 회의실 집기들 다 부수고 그 과정에서 요원들에게 자잘하지만 상처까지 낸 주제에 도리어 큰소리다. 네 머리가 나쁜 게 내 탓이냐고 반박하려는 찰나, 아희가 떨떠름한 목소리로 진에게 말을 걸었다.

“저, 거기한테 물어보면 안 될까요?”

“거기 누구?”

“그 있잖아요, 마조 선배 집에 산다는 그……”

여전히 귀신이라는 단어는 입에 올리기 싫은 아희는 마조 집에 사는 귀신, 다휜의 이름이 생각나지 않아서 지시대명사만 읊었다.

“다휜?”

목하가 이름을 기억하고 말해주자 아희가 맞는다고 고개를 끄덕였다.

"아무래도 귀… 하여튼 그네들끼리도 네트워크가 있지 않을까요? 서로 정보 교환하면서 조심할 사람은 알아서 피해 다닐 것 같아요. 다휜은 상양도 알고, 나름 오래된 귀… 같던데 백발 남자 같은 능력자들에 대해 자기들끼리 한 번쯤 이야기했을지 누가 아나요."

제법 그럴싸한 의견에 다른 이들도 괜찮은 것 같다고 동의했다. 문제는 여기에 있는 어떤 이도 귀신과 대화를 나눌 수 있기는커녕 볼 수도 없다.

"전에 굿했던 무당 연락처 알아올까?"

"그럴 필요가 뭐 있어. 통역사가 저기에 버젓이 있잖아."

"당최 쟤를 믿을 수가 있어야지."

목하가 J를 가리키자 융이 못미더운 표정으로 고개를 살래살래 저었다. 그도 그럴 것이 마조가 없는 상황에서 J가 한 통역을 이해할 수나 있을지 의심스럽기만 했다. 하지만 낯선 무당을 데리고 가는 것보다는 친분이 있는—이들의 엄청난 오해이지만—J를 데리고 가서 물어보는 게 분위기상 좋을 듯도 했다.

가만히 이야기를 듣고 있던 진이 J를 돌아봤다. 곱하기는 물론 중요한 것조차 기억하지 못하지만, 귀신과 대화가 통하는 능력과 살림살이 부수는 것만은 인정해 줘야 할 능력자이다. 비상용으로 가지고 있는 마조의 집 마스터키가 있으니 안으로 들어가는 건 문제가 없을 것이다. 어차피 복불복이란 심정에 진은 J를 데리고 마조의 집으로 갔다.

"J가 원래 이런 능력을 가지고 있었나."

진과 J가 떠나고 회의실에 남은 요원들은 심란한 마음으로 자리에 주저앉으며 의문을 가졌다.

"어쩌면 상양의 문양이 깨어났다는 말의 의미가 이런 것일지도 모르겠다. 그동안 힘을 봉인하고 있다가 상양의 문양이 완성되면서 개방된 거지."

"만약 그렇다면 운이 잠들고 있다는 장소를 알아도 들어가기 쉽지 않을 수도 있겠네요."

"그게 무슨 뜻이야."

아희의 말에 효진이 궁금해하며 물었다.

"마조 선배가 납치를 당한 날과 오늘, 백발남자가 분명히 그랬잖아요. 상양의 문양이 깨어났으니 그걸 타고 오라고요. 만약 상양의 문양이 J의 힘을 깨우는 역할을 한 것이라면 그 힘을 이용해서 운이 잠든 곳으로 오라는 의미가 될 텐데……. 지금 J에게 그게 가능할까요?"

당연히 가능하지 않다. 오늘만 해도 자기 분에 못 이겨 이런 짓을 저지르고 말았다. 그럼에도 불구하고 J는 자신이 저지른 일에 대해 아무런 자각이 없는 듯 보였다. 컨트롤은 물론 자신에게 어떤 힘이 있는지도 모르는 멍청한 얼굴이었다.

"우리 마조 어떻게 한다니……."

걱정이 깃든 목하의 염려에 누구도 쉬이 대답할 수가 없었다.

오랜만에 찾은 집 안에 들어선 J는 신발을 벗고 안에 들어가자마자 다휜부터 찾았다. 여기 오면서 진에게 들은 충고가, 어떻게든 다휜을 잘 구슬려서 하나라도 정보를 캐내라는 것이었다. 다휜이 모르고 있으면 그의 친구들에게 알아보게 만들라고, 그것이 마조를 살리는 길이라고 귀가 닳도록 들었다.

집에 온 것은 좋지만 마조와 함께인 게 아니라 J에게는 아무런 의미가 없고 기쁘지도 않았다. 다시 이 집에 올 때는 마조와 둘이서 손 꼭 잡고 들어오고 싶었다. 그러기 위해서 일단 다휜에게 잘 보여야 한다는 본능이 J의 나쁜 머리를 앞섰다.

거실에 있는 TV에서는 드라마를 하고 있었다.

예전과 달리, 이제는 누가 들어와도 눈치 안 보겠다는 다휜의 의지인지 그는 인기척에도 불구하고 TV 전원을 끄지 않았다. 아무도 없는 집에 혼자 틀어져 있는 TV를 보며 진은 속으로 가늘게 혀를 찼다. 다휜이란 예쁜 이름을 가진 귀신은 왜 여자가 아닌지. 만약 여자애라면 이 순간이 참 즐거울 텐데 아쉬움에 입맛만 다셨다. 뭐 귀신과 어떻게 해보겠다는 게 아니라 이왕이면 다홍치마가 좋다는 주책적인 아저씨 마인드가 발동한 것이다.

—집주인은 안 오고 왜 저이와 둘이서만 온 것이냐.

거실에 모로 누워서 드라마를 보던 다휜은 진과 함께 들어오는 J를 보며 물었다. 전에 상양을 알려준 날로부터 J는 처음 보는 것이었다. 집주인은 그 후로 두 번 집에 들른 적이 있었다. 한 번은 J와 본인의 옷을 챙기러 왔고, 두 번째는 다휜이 적어준 주류 목록을 찬장선반에 가득 채워주기 위해 며칠 후에 다시 온 게다. 원래가 바쁜 사람이었기에 집에 오랫동안 오지 않는다고 해서 이상할 것은 없었지만 집주인의 동료가 이렇게 J와 달랑 집을 찾은 것은 이상한 일이다.

―무슨 일이 있었던 게야? 왜 이리 얼굴이 죽을 상…… 너, 일이 있었구나!

마지막 보았던 날의 J와 지금의 J는 무엇인가가 조금 달랐다. 고개를 갸우뚱거리며 차이점을 찾던 다휘의 미간이 설핏 일그러졌다.

―결국은 이리되었군.

심란하게 고개를 가로젓는 다휘의 앞에 다소곳이 앉은 J는 두 손을 무릎 위에 올려놓으며 심각한 어조로 입을 열었다.

"마조를 나쁜 놈아가 납치해 갔져. 어떠게 해야 돼?"

―그걸 왜 나한테 묻는 거냐.

"그렇게 물으면 어떻게 해. 먼저 백발남자에 대해 물어봐야지."

중간에서 끼어든 진을 보며 다휘은 순간 감이 왔다. 이제는 이것들이 대놓고 날 이용하려는가 싶어서 어처구니가 없어서 그만 헛웃음을 짓고 말았다. 하지만 이내 백발남자라면서 진이 보여주는 몽타주를 보고 표정이 절로 굳고 말았다.

진에게 건네받은 몽타주를 다시 다휘에게 내밀면서 J는 이놈에 대해 알고 있냐고 물었다. 잠시 말을 잊고 J와 진을 번갈아 쳐다보던 다휘은 몽타주로 그려진 비렴의 얼굴을 뚫어지게 보았다.

"표정이 이상해."

J는 진에게 다휘의 얼굴 표정을 설명했다.

"어떻게? 알고 있는 얼굴이야?"

J는 손가락으로 턱을 쓰다듬으며 관찰자의 눈으로 다휘을 쏘

아봤다. 그래 봤자 아무것도 알아내지 못해서 입을 꼭 다물었지만 말이다.

—이분이 집주인을 데려간 것이냐.

"응! 이놈아가 마조의 목을 쪼르고 질질 끌고 갔져."

진은 두 손으로 자기 목을 조르고 발을 버둥거리면서 끌려가는 흉내를 해 보였다. J는 자신이 보았던 박후와 응백의 연기를 실감나게 재연했다. 그걸 사실로 믿고 있었기에 절절한 감정을 담은 연기는 실감났다.

—그렇게 천박하게 굴 분이 아닌데…….

"이랬따니깐!"

실제 자기 눈으로 본 것처럼 확신하는 J 때문에 다휜은 고개를 살짝 갸웃거리면서도 믿을 수밖에 없었다. 그만큼 감정의 골이 깊었나 보다고 안타까운 마음에 애잔하게 몽타주를 바라보면서 한숨만 푹푹 내쉴 따름이다. 고아한 성품의 그가 어찌 그런 치졸한 짓을 했을꼬.

—나는 사실 누구의 편도 들 수가 없구나. 집주인이 좋은 사람이기는 하지만 그렇다고 내가 이분께 반기를 들 수도 없고 말이다. 그냥 이번 생에서는 죽고 다음엔 평범한 인간으로 다시 태어나거나, 본연의 자리로 돌아가는 건 어떠냐. 집주인에게는 안됐다만 그렇게 하는 게 모든 이들에게 좋은 일이다.

"나보고 그냥 죽으래."

다휜의 긴 이야기는 이렇게 뚝딱 정리되어서 진에게 전달되었다.

"뭐 이런 놈의 귀……. 아니, 그동안의 정리가 있지 어떻게 이렇게 여리고 작고 귀여운 우리 J보고 그렇게 죽으란 소리가 쉽게 나와. 귀… 는 의리도 없나!”

잘못 찾아왔다고 흥분하는 진을 쳐다보며 다휜은 뭔가 불쾌한 기분에 사로잡혔다. ‘귀……’ 라는 게 무슨 단어인지 잡힐 듯 말 듯하는 거다.

“진정해. 싸람이 진중한 맛이 업어.”

진을 향해 가볍게 혀를 찬 J는 다휜을 돌아보며 차분하게 묻고 싶은 것들을 물었다.

“너는 이놈아를 알고 있는 거지?”

―그래. 그러는 너는 진정 이분을 모르겠느냐.

“얼굴은 아는데 기억이 안 나.”

모르는 사람은 아니었다. 다만 기억이 나지 않을 뿐. 어렴풋이 미안하기도 하고 그리우면서, 또 무지 밉고 화가 난다. 정리되지 않은 감정들은 스스로에 대한 확신을 만들지 못했다. 그러나 분명한 것은 이 남자가 마조의 털끝 하나라도 건들면 가만두지 않겠다는 각오다. 남자가 마조에게 한 것처럼 목도 조르고 질질 끌고 다닐 거라고 단단히 결심한 채였다.

“글고 너는 운이 잠든 곳이 어딘지 아라?

―운님이 잠든 곳?

“웅. 이놈아가 그곳에 있대.”

몽타주를 손으로 쿡 찌르며 말하는 J를 다휜은 한심하다는 듯 쳐다보았다. 다른 것은 다 잊어버렸대도 자기 때문에 육신을 버린 운에 대해서는 잊으면 안 되는 것 아닌가. 스스로 버린 기억이니 마음만 제대로 먹는다면 되돌릴 수 있을 법도 한데, 기어

코 현실을 외면하며 안주하려는 모양이 처절하기도 하다.

―운님이라면 당연히 구름이 노니는 곳에 계시지 않느냐. 그곳에 인간들이 공원이라는 되도 않는 걸 만들었다지.

"공원?"

아무것도 없는 허공을 보며 혼자서 대화 중이던 J가 공원을 언급하자 진이 미간으로 눈썹을 모았다. 최근 공원이라 하면 운락밖에 떠오르지 않았다. 그러고 보니 '운'과 운락 이름에서 맞아떨어지는 부분이 있었다.

"공원이라면 운락공원을 말하는 거야?"

"구름이 노는 곳이래."

그럼 운락이 맞다. 진이 장하다면서 어깨를 다정히 토닥여 주자 J는 귀찮다는 듯 그 손을 탁 쳐버렸다. 비록 마조의 말을 듣고 진을 따르고 있지만 이건 어디까지나 전략상의 연합일 뿐이다.

―같이 가줄까?

J의 편을 들 수는 없다. 그렇다고 비렴의 편 역시 들 수가 없다. 비렴이 원하는 되돌리는 것은 '그분'이 원하지 않는 일이기에. 처음에는 어떻게든 비렴을 막아보고자 하는 마음이 없던 게 아니었지만 일전에 J와 부딪쳤을 때 깨닫고 말았다. 저런 J에게조차 그대로 발린 자신이 비렴을 막다니 어불성설인 것이다. 그럼에도 지금 따라가겠다는 것은 비렴과 J 때문이 아닌 집주인에 대한 조금의 의리 때문이다.

진이 말한 그놈의 의리.

마조가 죽어 이 집에 새로운 집주인이 오게 된다면 생활의 질이 갑자기 떨어질 거라는 염려 때문이 절대 아니다. 오로지 그동안의 정리가 있는데 마조를 그리 가게 할 수는 없기 때문이다.

비렴이 원하는 것은 진천군으로서 J가 각성하는 것이다. 그래서 '그분'이 진천군에게 주었던 보인(寶印)을 빼앗을 계획인 것이다. 거기에 영혼은 인간의 윤회 속에 피신시킨 채로 육신과 보인을 무영호에 봉인시킨 운의 것과 자신의 것, 이렇게 세 개의 보인을 합쳐 천부인을 되살려서 인간으로 환생한 '그분'을 다시 돌아오게 만들자는 비렴의 계획은 사실 실현성이 극히 낮았다.

인간이 되어 떠난 분이 다시 돌아온다 해서 계속 있어줄 리가 만무하다. 원래 당신 하고 싶은 대로 하던 '그분'이었기에 붙잡는다고 머무를 분이 아니라는 걸 누구보다 잘 아는 비렴일 텐데 말이다.

그러나 적어도 세 개의 보인이 모이면 비렴이 혼자서 감당해야 할 무게는 줄어들 것이다. 운이 육신과 보인을 봉인하고 영혼을 떠나보낸 것은 현실적으론 현명한 판단이었다. 자신의 영혼이 서서히 균열하고 있다는 걸 깨달은 이상, 자신에게 무슨 일이 생긴다면 모든 부담이 비렴에게 가는 것은 인지상정. 육신을 스스로 봉인의 축으로 만든 다음, 영혼은 모든 것을 잊은 채로 인간으로서 자유로이 사는 것을 선택한 운의 결정은 분명히 옳았다.

다만 혼자 남은 비렴의 감정을 계산하지 못한 게 운의 가장 큰 실수였다. 비렴 역시 운과 같은 방법을 선택한다면 괜찮았겠지만 그의 자존심상 인간이 되는 것은 절대 있을 수 없는 일이다. 또한 '그분'을 찾기 위한 그의 노력이 어느 순간 광기로 변해 버린 이상 끝을 보기 전까지는 절대 멈추지 않을 터였다.

중요한 것은 J의 각성이었다. 그리고 인간의 몸으로 진천군이 각성하게 된다면 저 몸은 그 힘을 견디지 못하고 머지않아 갈기갈기 찢길 것이다. 지금은 상양이 깨어나 진천군의 힘을 조금 쓸 수 있지만 그건 어디까지나 인간의 몸이 감당할 수 있는 선에서다. 진천군의 기억과 힘, 그리고 보인까지 모두 각성하면 저 몸이 얼마 동안 버틸 수 있느냐가 관건이다.

예전 진천군의 전생들을 돌아보면 저 힘을 감당하지 못하고 젊은 나이에 졸한 경우가 많았다. 그러다 어느 순간부터 진천군의 힘을 가진 자아와 아무것도 모르는 인간의 자아를 분리해 전자를 꾹꾹 눌러놓거나 봉인해서 인간으로서 잘 살아가는 모습을 보였다. 바로 운이 인간의 몸을 하고 진천군을 찾아가고 난 후부터였다.

둘 사이에 무슨 사정이 있었는지는 모르겠지만 진천군의 다음 인생부터 편안해진 것을 보면 운이 진천군에게 방법을 알려준 듯했다.

아마도 이 세상 어딘가에 운의 환생 역시 있을 것이다. 수천 년이 지나서야 겨우 인간으로 환생한 '그분'을 찾을 수 있었기에 운의 환생체를 찾을 수 있을 거란 기대는 하기가 어려웠다. 다만 어딘가에서 인간으로 잘살고 있을 거란 확신만 들었다. 언제나 현명한 그였기에 진천군과는 비교도 안 되게 믿음이 가서 걱정도 안 된다.

　―너는 그냥 각성만 하면 되는 게야. 네가 마음만 잘 먹으면 굳이 집주인이 죽지 않고서도 각성할 수 있을 텐데 왜 이리 고집을 피워. 이번 생이야 그저 너에게 있었던 수많은 삶 중에 하나일 뿐인 것을.

　보인을 빼앗겨도 진천군은 진천군으로서의 힘을 계속 가지고 있을 터였다. 굳이 비렴의 손에 피를 묻히지 않더라도 자진 반납하고 죽어주면 집주인도 살고, 비렴도 원하는 것을 얻어 편안해질 것이고, 자신은 집주인과 이 집으로 돌아와 잘살 수 있을 텐데 말이다.

　―나랑 같이 가서 어떻게든 집주인이 살 수 있도록 노력해 보자꾸나.

　다휜의 말을 들어도 대부분 이해하지 못한 J는 그저 마지막 말만 듣고 만개한 꽃처럼 웃었다. 하나라도 마조를 구하기 위해 나선다면 좋은 일이라 여긴 것이다. J가 듣는 많은 수업들 중에서 서로의 힘을 모으면 못할 게 없다는 이야기가 있었다. 그것을 사람들은 협동이라 하였고, 함께하는 이는……

　"동지!"

　J가 자신의 앞에 있는, 상대의 어깨 부분이라 추측되는 곳을 손으로 탁탁 치며 동지를 외치자 진이 궁금해서 무슨 소리냐고 물었다.

　"이놈아도 같이 가준대."

　"운락공원에?"

　"마조가 살 수 있게 노력하재."

　"그것참……. 고마운 일이구나."

자신의 분수를 잘 알고 있는 진은 이번 일에서 자기가 할 수 있는 일이 거의 없다는 걸 잘 알고 있었다. 그래서 J의 표현처럼 동지가 생긴다면 반길 일이지만, 그 동지가 귀신이라는 걸 어떻게 받아들여야 할지 순간 먹먹했다. 점점 팀이 판타스틱해지고 있었다.

J의 말에 의하면 다휘을 데리고 '그곳'에 온 진은 본관 안으로 들어가기에 앞서, 다휘이 앉아 있다는 차 뒷좌석을 보며 몇 가지 주의상황을 말해주었다.

"살다 보면 나중에라도 J 같은 사람을 만나게 되는 일이 절대 없을 거란 보장은 없지 말입니다. 만약에 그때 '그곳'에 대한 이야기를 하는 것은 자제해 주셨으면 하고 미리 부탁드리는 겁니다. 이왕이면 그 왜⋯ 친구들에게도요. 소문이란 게 그렇잖습니까. 너만 알고 있으라고 말하는 게 한 명씩 늘어나게 되면 어느 순간 비밀이 소문이 되는 건 하루아침이지요."

아희가 언급했던 귀신들의 네트워크까지 걱정하면서 입단속을 시키는 자신의 처지에 진은 그저 허허룹게 웃고만 싶었다. 하지만 이왕 이렇게 된 상황에 귀신들의 네트워크를 무시할 수는 없지 않는가. 귀신들만 알고 지낸다면 상관없는데 그들 중에 J같은 존재와 어울려서 나불대는 귀신이 없으리란 법도 없고, 퇴마사나 무당에게 잘못 걸려서 자신이 아는 정보를 술술 불지 말라는 법도 없다.

─이제는 별것을 다 걱정하는군. 아서라, 걱정이 많으면 빨리 늙는다. 게다가 내 친구들 만난 지도 오래되었으니 쓸데없는 걱

정은 하지 마라.

"친구 업대."

"그래? 그럼 다행이다."

─요즘 만나지 않는다 하였지, 내가 언제 친구가 없다고 했느냐.

"친구 업는 게 부끄러운가 바. 얼굴이 빨개져서 막 소리 질러. 성질이 저러니 외토리지."

혀까지 차며 고개를 가로젓는 J를 보며 진은 귀신이 되어서도 친구는 있어야 하는구나 혀를 내두르고 말았다. 하긴 귀신이 돼서도 외톨이면 비참하기는 할 거다. J에 이어 운전석의 거울을 통해 불쌍한 시선을 보내는 진까지.

─이것들이 쌍으로······.

하지만 J야 무슨 말을 해도 자기가 듣고 싶은 말만 들으니 말이 안 통하고, 진은 아예 자신의 말을 들을 수 없으니 뭐라 변론해 봤자 통하는 게 없었다. 역시나 J의 이번 생은 여기서 조용히 끝내는 게 좋다. 어떻게든 집주인을 살리는 데 최선을 다하는 반면 J는 그냥 비렴에게 넘겨주자 결심한 다횐은 두 주먹을 불끈 쥐었다.

물론 진과 제대로 된 대화를 나눌 수 있는 방법이 아예 없는 것은 아니다. 인간의 귀에 들리게 말할 수도 있고 모습을 보일 수도 있다. 하지만 그럴 수 없는 건, 앞서 결심한 다횐의 계획 때문이다. 만약에 집주인 앞에서 J를 고스란히 비렴에게 넘기는 것을 보인다면, 집주인이 살아 돌아와도 지금처럼 윤택한 삶을 영위하지 못할 확률이 크기 때문이다. 음모란 최대한 비밀리에

최소의 증인만 남기고 진행해야 하는 법이다.

　—으흐흐흐.

자기 계획에 흥이나 그만 음흉하게 웃고만 다휘 때문에 J는 인상을 찌푸리면서 진에게 상체를 가까이 가져다 대며 아주 작게 속삭였다.

"재도 미쳤나 바."

하긴 만날 집에서 드라마만 보고 술이나 마시는데 정상일 리가 없다. 친구 없는 외톨이의 최후는 이렇듯 비참할 따름이다.

진이 J는 물론 보이지 않는 다휘까지 대동하고 회의실로 돌아왔을 때는 아까의 참상은 깔끔히 정리되어 예전과 같은 상태로 돌아와 있었다. 그 짧은 시간 동안 원래의 모습으로 돌아오게 만든 것은 미화부의 힘과 능력이었다.

도착하기 전에 본관에 남아 있는 동료들에게 회의실로 오라는 연락을 미리 보낸 덕에 박후와 문형, 그리고 아희와 효진이와 있었다. 진을 보자마자 궁금해서 못 참겠다는 표정으로 문형이 급하게 물었다.

"일은 잘 보고 왔냐?"

"운락공원이었습니다."

"운락공원이라면 설마 무영호?"

"네."

"백발남자가 무영호를 언급한 게 그냥 한 말이 아니었던 거군."

자리에 앉으려다가 박후의 혼잣말을 들은 진은 다휘이 있을 거라 생각되는 J의 왼쪽을 바라보며 물었다.

“백발남자의 이름이 뭔지 알고 있습니까?”

J를 비스듬히 지나친 빈 허공에 대고 갑자기 말을 거는 진의 행동에 다른 요원들은 머리 위로 물음표를 하나씩 그렸다.

—너희 같은 인간들이 함부로 불러도 되는 존함이 아니시다.

“쟤도 모르나 봐.”

—알고 있지만 안 가르쳐 주는 것뿐이다.

이를 갈듯 한 자 한 자 끊어 말하는 다흰을 불쌍하단 얼굴로 바라본 J는 아이를 가르치는 단호함으로 고개를 저었다.

“허세는 그만.”

—하!

닥터 홍에게 배운 가르침을 다흰에게도 전하는 J를 가리키며 아희가 진에게 물었다.

“J가 왜 저러는 거예요? 혹시 마조 일 때문에 충격받아서 저렇게 된 건가요?”

“그게 아니라 마조네 귀… 다흰이 여길 따라왔거든.”

“누구요?”

“우리가 질문하기 위해 찾아간 마조 집에서 살고 있는 다흰 말이야.”

진의 친절한 대답에 아희는 그 자리에서 부들부들 떨면서 문형의 뒤로 숨어버렸다. 이런저런 일을 다 겪다 보니 이제는 귀신의 존재 유무에도 의심을 가지지 않게 된 그녀였다. 하지만 그렇다고 해서 쉽게 받아들일 수 있다는 건 아니다. 한 공간에 있는 건 더욱더 그랬다.

—저 여인은 학질에 걸린 모양이군. 아픈 몸으로 공무를 위해

이리 열심히 일하다니 참으로 모범이 아닌가.

"설사병이야?"

학질을 설사병으로 마음대로 재번역한 J가 아희를 가리키며 묻자 문형이 자신의 뒤에 숨은 아희를 슬쩍 보면서 그냥 어깨만 으쓱해 보였다. 귀신을 싫어하는 아희에 대해 설명하자니 이 자리에 와 있는 귀신에게는 예의가 아닐 것 같아 그냥 입을 다문 것이다. 다행히 아희에 대해서는 다휜이나 J나 그 후로 별 관심을 보이지는 않았다.

진이 자리에 앉자 그의 옆자리에 쪼르르 앉은 J를 보며 다휜은 잠시 고민을 하였다. 이대로 계속 서 있다고 해서 딱히 다리가 아픈 건 아니지만 그럴 필요가 있나 싶었다. 자신이 J의 보디가드도 아니고 말이다. 그렇다고 아무도 자신에게 의자를 권하지도 않는데 의자를 내놓으라고 말하는 것도 자존심이 상한다.

성의없이 회의실을 둘러보던 다휜은 벽에 걸린 커다란 모니터를 발견하곤 얼굴에 금세 화색이 돌았다. 진과 J가 갑자기 집에 들어닥치는 바람에 한참 재미나게 보고 있던 드라마를 마저 보지 못했었다.

"무영호는 며칠 전에 다시 조사했지만 아무것도 나오지 않았잖아."

"공원 주변에 호수와 연결된 비밀통로가 있지 않을까요?"

"있으면 이미 나왔지."

"그럼 역시 J의 능력이 필요한 것인가 보네요."

"그게 무슨 소리야?"

효진의 말에 진이 의문을 나타내자, 그가 마조의 집에 간 사이에 자신들끼리 나누었던 이야기를 해주었다.

"J가 꼭 못하리란 법도 없잖아."

이야기를 모두 들은 진은 동료들의 가설에는 동의하지만 J의 무용론에는 이의를 제기했다. 회의실을 엉망으로 만든 그 힘이 무의식중에 나온 것이라면 '운이 잠든 곳' 의 통로를 여는 것 역시 본능적으로 할 수도 있는 일이다.

"하지만 무엇보다 그렇게 되면 J를 사지에 넣는 거잖아요. 우리가 백발남자에게서 J를 보호할 능력이 있는 것도 아니고……."

"나는 그보다는 백발남자가 언급했던 새로운 시대가 열릴 거라는 게 더 신경이 쓰여. 그렇지 않아도 각 분야의 유력인사들을 살해한 자 입에서 나오기에는 너무 위험한 발언 아니야?"

아직 J의 안전에 대해서는 언급할 단계가 아니라 여긴 박후는 효진의 말을 중간에 끊고 화제를 다른 것으로 바꿔 버렸다. 또한 백발남자의 말이 자신의 정복 야욕을 표현한 것이라면 어떻게든 그를 막아야만 한다. 남자가 J를 통해서 마지막으로 자신이 원하는 것을 이루고자 한다면 J는 무엇보다 지켜야 할 대상이 될 수밖에 없다. 유감스럽게도 마조를 구출하는 일보다는 그게 더 중요하다.

[당신이 내게 이럴 줄은 정말 몰랐어요. 잔인한 남자!]

갑자기 들리는 소리에 모두들 놀라 자리에서 벌떡 일어났다. 이미 너무나 황당한 일을 경험한 이들은 이번에는 또 무슨 일인가 싶어서 바삐 회의실을 둘러보았다. 그리고 아까 부서진 모니터를 대신해 새로 갖다 놓은 모니터에서 드라마가 방영되는 것을 보고 모두들 그대로 얼어붙고 말았다.

모니터 앞에는 구석에 잘 접어둔 의자 하나가 떡 하니 놓여 있었다. 당연히 그 위치에 의자를 놓은 사람은 여기에 한 명도 없었다.

"마조네 집에 사는 귀… 는 드라마를 무척이나 좋아한댔죠."

알아서 켜진 드라마, 방청하기 딱 좋은 위치에 놓인 의자, 진이 다흰을 데리고 왔다고 했지만 크게 실감하지 못했던 이들은 비로소 그 존재감을 두 눈으로 확인할 수 있었다. 아희는 이제 무릎에 올려놓은 두 손에 얼굴을 묻고 부르르 떨고 있었다.

[아니, 당신을 동료라고 믿었던 내가 멍청이였던 거죠. 그래도 난, 당신이 그 상황에 나를 선택할 줄 알았어요.]

[어리석게 굴지 마. 대를 위해서 소를 버리는 건 당연한 일 아니야? 사랑 따위, 동료애 따위 사치에 불과하다고. 그리고 무엇보다 당신은 이렇게 살아 있잖아.]

드라마는 '그곳'을 소재로 한 로맨스추리물이었다. 일과 사랑 사이에 방황하는 남녀의 이야기는 일을 우선시하는 냉혈한 남자 주인공으로 인해 점점 오해가 쌓이고 있는 중이었다.

"다행이야."

"뭐가요?"

문형의 말에 진이 뜬금없이 무슨 뜻이냐고 묻자, 문형은 효진을 턱으로 가리키며 답했다.

"저 드라마처럼 마조와 효진이 사귀는 게 아니라서. 적어도 신파 찍을 일은 없잖아."

옳은 소리였지만 웃음이 나오지 않는, 입안을 쓰게 만드는 농담이었다.

CHAPTER 04
그들이 소망하는 것들은……

　결론은 언제나 하나다. 공공의 이익을 위한 소수의 희생은 무시하라, 이다.

　한 명을 위해서 수십, 수백 명을 희생하는 어리석은 계산법은 필요없다. 만약 그 한 명이 수많은 사람보다 더 무겁고 중요한 목숨 값을 가지지 않는다면 계산 자체가 무의미한 시간 낭비다.

　"이건 해도 해도 너무하지 않습니까."

　국장실로 쳐들어간 진이 따져 묻자 마침 레몬 사탕을 먹고 있던 국장은 신맛에 인상에 찌푸리며 되물었다.

　"뭐가 그리 해도 해도 너무하다는 건데?"

　"마조가 납치당한 지 벌써 육 일째입니다. 그런데 무영호 쪽 조사팀도 철수시키고, J는 그 근처에도 데리고 가지 말라니요. 그 말은 마조를 포기하겠단 말씀인 겁니까?"

"이해력은 아직 남아 있군."

입안의 사탕을 바삭바삭 깨먹으며 국장이 무심히 대답했다. 믿었던 도끼에 발등 찍히면 발이 아픈 건지, 마음이 더 아픈 건지 헛갈릴 때가 있다. 이를 사리물며 주먹을 쥐는 진을 쳐다보던 국장은 앞자리에 놓인 방석을 손으로 가리켰다.

"올려다보기 목 아프다. 앉아라. 그리고 주먹도 풀고. 그걸로 누구를 치려고."

"너무 몸을 사리시는 거 아닙니까?"

"내가 나 하나 살자고 이러는 거냐. 대안이 없잖아, 대안이. 총칼로도 이길 수 없는 상대에게 그럼 마지막 카드를 고스란히 갖다 바치자는 소리야?"

백발남자가 하는 이야기를 들어보면 J를 죽여서 어떻게 해보자는 의도인 것 같은데, 일반인이라면 사이비 종교쟁이가 이제는 별 미친 짓을 다한다고 비웃었을 것이다. 하지만 현실은 이쪽이 비웃음을 당하는 처지다.

J와 백발남자의 비현실적인 능력들은 이미 확인된 바였다. 특히 J의 경우 만약에 그 아이가 죽어서 백발남자에게 더욱 강한 힘을 보태준다면, 지금도 감당이 안 되는데 앞으로 어찌 될지 눈앞이 깜깜할 정도다. 그러니 국장회의에서 나온 결론은 이성적으로 모두가 맞고 납득할 만한 사항들이었다. 다만 감성과 가슴이 받아들이지 못하는 것이다.

"그 남자가 종국에 원하는 것이 체제 변화라면 우리는 어떻게든 그것을 막아야만 해. 그 과정에서 우리들 중에 목숨을 잃을 이들이 전혀 나오지 않을 것 같나? 그중에 처음이, 그중에 하나는 누구라도 될 수 있는 거야.”

“꼭 J를 그에게 뺏길 거란 보장만 있는 건 아니잖습니까. 마조가 있는 곳만 알아내서 빼돌릴 수 있게⋯⋯.”

“어떻게?”

“그게⋯⋯.”

“만약 J의 능력이 어느 정도인지 우리가 확실히 가늠할 수 있고, 그 아이가 자신의 힘을 제대로 컨트롤할 수 있다면 한 번쯤은 시도해 볼 수 있겠지. 나도 그 정도로 꽉 막힌 인사는 아니야. 하지만 그게 아니잖나. 제 힘도 모르는 어린애를 데리고 뭘 어떻게 하겠다는 거야. 만약 그렇더라도 그들을 상대로 J를 서포트할 능력은 있고?”

객관적인 국장의 지적에 반박의 여지를 찾을 수 없는 진은 입을 꼭 다물며 불만스럽게 노려보는 것이 다였다.

“또한 마조가 잡혀 있는 곳이 무영호의 저 밑바닥, 우리로서는 갈 수 없는 다른 차원에 있다고 하자. 그래서 J를 이용하면 그 공간에 들어갈 수 있다, 뭐 그것까지 인정하마. 그런데 우리가 그곳에 들어갈 수 있다는 보장은 있는 거냐? 만약 그렇지 않으면 우린 어떻게 손도 못 쓰고 J를 그들 앞에다가 고스란히 바치는 꼴밖에 되지가 않아.”

하다못해 백발남자가 사회 유력인사들을 해치지 않았다면 시도 정도는 해봤을 수 있다. 그 남자의 입에서 새로운 시대라는 말이 나오지만 않았어도 1국장이 나서서 마조를 구원하기 위해 손을 거들었을 것이다.

“사람에게는 각각의 이름값이 있는 거다. 상황과 현실에 따라 그 이름값에 매겨지는 값어치가 매번 달라지는 게 세상이다. 지금 우리에게 있어 이름값을 감당해야 하는 것은 마조가 아니라 J다."

"……"

국장의 말에 입을 꾹 다물고 눈을 감아버린 진의 태도만 봐서는 그가 수긍을 한 것인지 아닌지는 알 수가 없었다. 그래서 결국 1국장은 최후의 수단을 쓰기로 했다. 위험한 시한폭탄을 옆에 두고 언제 터질지 계속 감시하는 것만큼 소모적인 것도 없을 것이다. 국장이 탁자 밑에 달린 버튼을 누르자 미리 대기시켜놓은 전투요원들 네 명이 국장실로 들어왔다.

"뭡니까?"

인기척에 눈을 뜬 진이 네 명의 전투요원을 노려보며 물었다.

"요즘 쉬지도 못했을 테니 좀 쉬어."

"저는 괜찮습니다."

"내가 괜찮지 못해."

자신을 끌고 가려는 전투요원들의 손을 쳐내면서 피하는 진이었지만 두 손으로 여덟 개의 손을 피하기란 쉽지가 않다.

"국장님, 이러면 후회하실 겁니다!"

"그 역시 내 몫일 테니 너는 걱정하지 마라."

국장의 말이 떨어지자마자 방황하던 진의 손이 툭 하니 힘을 잃고 밑으로 처졌다. 소모적인 다툼을 피하기 위해 준비해 둔 마취 침을 맞고 잠이 든 것이다. 전투요원의 등에 업혀 실려가는 진의 등을 보며 국장은 오늘도 하나의 고비를 넘겼다는 생각에 답답한 한숨을 토해냈다.

그리고 이 상황이 편한 것만은 아니다. 누구도 자신이 아닌 타인과 사회를 위하여 희생할 필요는 없고 그리하라고 강요해서도 안 된다. 그것은 '그곳'의 요원이라도 마찬가지라 생각한다. 하지만 일을 함에 있어 상대의 중요성과 무게를 따지는 것은 어쩔 수 없는 일이다.

선택의 대상은 누구나 될 수 있다. 가족, 사랑하는 사람, 친구, 동료, 그리고 바로 자기 자신. 이중 가장 현명하고 바른 선택을 할 수 있는 이성을 가지는 것이 '그곳'의 요원으로서 요구되는 중요 자질이었다.

*　　　*　　　*

다휜은 침대에 앉아 있는 J에게 다가가 조용히 말을 걸었다. 누구도 그의 목소리를 들을 자가 없다는 걸 알지만 지금 이 방을 주시하고 있는 귀와 눈이 많다는 것을 알기에 저도 모르게 나오는 행동이었다.

─여기 있는 사람들은 집주인을 포기한 것 같다.

"헉!"

─쉿! 아무 표정도 짓지 말고 그냥 책 읽고 노는 것처럼 행동해.

다휜이 동화책 한 권을 손으로 가리키자 J는 조금은 딱딱한 동작으로 그것을 들어 읽는 시늉을 해 보였다. 조금 무식해서 그렇지, 머리 자체는 잘 돌아가는 아이다. 그래서 다휜이 길게 설명하지 않아도 J는 상황 판단만은 잘하고 있었다.

—내가 알아보니 집주인의 동료까지 가둬놓은 상태더구나. 비렴님을 상대할 자신이 없으니 아예 널 숨겨놓고 대치하자는 작전인가 본데 이보다 어리석은 게 있을까. 그분이 마음만 먹는다면 못 갈 곳이 없고, 못할 일이 없으신데 너 하나 어찌 못해보겠느냐. 단지 그분은 네가 스스로 오기를 기다리고 있는 것뿐인데 말이다.

어리석은 것들이 괜히 시간만 잡아먹는다고 다휜은 투덜거렸다. 만약에 더는 참지 못하고 비렴이 직접 여기로 찾아온다면 집주인을 구출하고 J를 비렴에게 던져 주겠다는 그의 계획에 차질이 생긴다.

—이렇게 계속 시간이 가면 집주인의 생명을 보장 못하는데 참으로 답답하구나. 허허, 울지 말거라. 적들이 우리를 주지하고 있단다. 네가 이상한 낌새를 보이면 나와 작당모의를 하고 있다고 의심할 거 아니냐. 그러니 책장 넘기면서 책 읽는 척을 해야지, 옳거니.

마조가 죽을 수 있다는 말에 슬쩍 눈물을 보이려던 J는 다휜의 충고에 애써 아무렇지 않게 행동하려 노력했다. 하지만 손가락이 계속 떨리는 걸 감추기가 어려웠다.

—해서 생각해 보았는데 우리라도 탈출을 시도하자꾸나. 내가 무영호로 너를 이끌 테니 우리 둘이서 멋지게 집주인을 구출하고 당당히 돌아오는 거다.

다휜의 의견에 솔깃한 J는 무조건 고개를 끄덕였다. 다만 동화책을 읽으면서 책 내용에 고개를 까닥이는 것처럼 보였다. 하지만 이곳을 어떻게 빠져나가느냐가 문제였다. 이곳에서 여러

날을 지내온 J는 마조 없이 빠져나가거나 혼자 돌아다니기에 힘
든 곳이라는 걸 잘 알고 있었다. 다흰 역시 그 혼자라면 모를까,
J를 데리고 이곳에서 조용히 탈출하기가 쉽지 않다는 걸 숙지하
고 있었다.

—작전이 필요해.

양반다리를 하고 손바닥에 턱을 괴고 앉은 다흰이 심각한 어
조로 고민을 하자 J역시 그를 따라 똑같은 자세를 취했다. 한 배
를 탔으면서 서로 목적지가 다른 둘이었지만 아직까지는 같은
방향을 향해 배를 몰고 있었다.

어린아이 둘이 만든 작전은 의외로 단순했다. 바로 강행돌파
였다. 사실 이 둘이 몸이 아닌 머리를 쓰기란 굉장히 어려운 일
이었다. 몇 시간을 고민하고 머리를 쥐어짜도 아무것도 떠오르
지 않으니 어쩌면 너무도 당연한 결론인지 모른다.

—너는 아무것도 생각하지 않아도 돼. 그저 집주인만 생각하
면 되는 거다. 집주인에게 가고 싶다는 바람만 가지고 내가 하
는 대로만 따라오너라, 알겠지?

"웅!"

—나한테 말 걸지 말라고 했…… 하긴 내가 너와 같이 있는
걸 아는데 서로 따로 놀면 그게 더 의심을 살 수 있겠구나. 내가
동선을 파악하고 올 테니까 너는 그동안 마음의 준비를 하고 있
어라.

자리에서 털고 일어난 다흰은 비장한 표정으로 방을 나섰다.
벽이 가로막고 있어도, 굳이 문을 열거나 하지 않아도 그대로
통과할 수 있는 다흰은 숙직실을 나와 정보실 중앙센터를 둘러

보았다. 바쁘게 일하는 사람들 사이로 자동차 경보기가 한데 모여 있는 걸 발견한 다횐이 새치름하게 웃으며 얼른 다가갔다. 일하기에 바빠서 책상 구석에 놓인 자동차 경보기들에는 신경도 쓰지 않는 정보실 인간들 덕에 다횐은 매우 쉽게 그중 하나를 득템할 수 있었다. 다횐이 손에 쥔 순간 자동차 경보기는 투명하게 변하면서 허공에서 사라졌다.

"J는 지금 뭐 하고 있어?"

"동화책 보면서 놀아. 아까는 심각하게 팔짱 끼고 앉아서 가만히 있기에 뭐 하나 싶었는데 지금은 얌전히 있어."

"정말 위에서는 이대로 가만히 있을 계획인가?"

"어쩌겠어. 그날 운락공원 주위가 안개로 가득한 영상 너도 봤잖아. 기자들이 매복하고 있어서 그걸 다 찍었기에 망정이지 안 그랬으면 이번 일로 우린 완전히 매장당했을걸."

최근 계속된 살인사건으로 '그곳'의 능력을 의심받고 있는 상태였다. 그에 더해 운락공원에서 일이 터지고 말았으니 엄청난 비난이 따라오는 거야 당연한 수순이었다. 그런데 막상 각오했던 비난은 날아오지 않았다.

'그곳' 요원들이 운락공원에 잠복해 있었듯이 기자들 역시 그곳에서 한시도 카메라를 떼지 않고 있었던 것이다. 덕분에 그날의 기현상을 모두 영상으로 담을 수 있었다. 갑자기 안개 속에 파묻혔던 요원들은 몰랐지만 나중에 영상에 의하면 안개는 공원 중앙의 무영호에서 나오던 것이었다.

우윳빛처럼 하얀 안개가 공원을 비롯해 그 일대를 감싸안는 데는 3분도 채 걸리지 않았다. 동그란 돔처럼 안개가 공원을 에

워씨는 현상은 도저히 자연적이라 말할 수 없었다. 개중 몇몇 기자들은 카메라를 들고 안개 속으로 들어왔다가 한 치 앞도 분간할 수 없는 사태에 당황하고 두려워하기도 했다. 그 모든 게 고스란히 찍힌 영상에 비난은커녕 묘한 동정을 받고 있는 형편이었다.

인간의 영역이 아닌 것들과 싸우는 이들에 대한 우려와 동정, 그리고 미안함에 전날까지 쏟아지던 비난 여론이 쑥 들어가고 말았다.

그런데 정말 무서운 것은 마조와 진의 구역에 있던 기자들이 찍은 영상이었다. 그들이 찍은 것에는 아무것도 없었다. 그들도 마조가 납치를 당하는 것까지 모두 눈으로 목격하고 하나도 놓치지 않고 찍었는데, 막상 화면에는 아무것도 없었던 것이다.

하얀 안개만 가득한 화면에는 기자들이 자기들끼리 놀라서 외친 소리와 잡담의 내용들만 녹음되어 있을 뿐이었다. 일단은 그들의 입을 막아놓았기에 '그곳' 요원이 납치당한 사실은 알려지지 않았지만 향후 전개는 누구도 장담할 수 없는 일이다.

만약 요원을 구하려다가 백발남자가 원하는 J를 빼앗겼을 경우는 비난 정도에서 끝나지 않을 것이다.

"그런데 정말 저 방에 J가 귀신하고 같이 있는 게 맞아?"

분주히 주위를 살피던 다휜의 동작이 딱 멈추었다.

―귀신?

J와 함께 방에 있는 것은 자신뿐이니 저들이 말하는 귀신이 누구를 가리키는 것인지는 뻔했다.

"3국의 아희가 기절했다잖아."

"TV가 혼자서 켜지고 의자가 막 움직였다지."

"참 오래 살다 보니 별일을 다 당해."

"그래도 마조만 하겠어."

문제의 귀신도 마조 집에서 살던 것이고, J와 연루되어서 이제는 인간 같지도 않은 자에게 납치까지 당했으니 올 한 해 동안 그만큼 파란한 일을 겪은 이도 없을 것이다. 모두들 수긍하는 가운데 다휜은 혼자서 귀신의 여파에 빠져 허우적거리고 있었다.

—허허, 나보고 귀신이라니……

그제야 집주인의 동료가 자신에게 말을 걸 때마다 '귀……'라고 했던 게 무얼 의미하는지 깨달았다. '그곳' 인간들이 쌍으로 자신을 물 먹였다는 생각에 다휜은 진심으로 자신의 진면목을 보여주리라 결심했다.

—어디에다가 감히 귀신을 붙여. 지금은 참지만 가만두지 않으리라.

원래 오지랖이 넓어서 집에 들어오는 사람마다 의도치 않게 내쫓았던 다휜이 이렇게 참는 것은 매우 드문 일이었다. 이만큼 집주인을 구출하기 위해 여기서 빠져나가기를 기원하는 그의 마음이 크다는 의미였다.

"참, 신용 대출 신청한 거 잘됐어?"

"당연하죠! 저 신용 대출 가능한 여자라고 그렇게 누누이 말씀드렸잖아요. 이제야 드디어 내 명의로 집이 생긴다는 거 아닙니까."

흐뭇하게 웃고 있는 여자의 뒤를 지나면서 다휜은 두 눈을 부라렸다. 요 며칠 뜬금없이 신용 대출을 외치던 J의 뒷배경을 안 것이다. 어찌나 당당해하던지 다흰은 정말 J가 신용 대출이 가능한 줄 알았다.

이를 갈면서 정보실 사람들 사이를 오가던 다흰의 눈이 번쩍 뜨일 만한 것이 보였다. 본관에 있는 모든 문들을 통과할 수 있는 마스터키가 버젓이 놓여 있는 책상이 있었던 것이다. 손을 뻗어 슬금슬금 마스터키에 다가가려는데 달영이 그것을 주워 주머니에 쓱 넣어버렸다.

—이런 싸……. 흠흠! 어서 다시 마스터키를 내놓아라. 그렇지 않으면 불태워 버릴 테다.

구지가를 인용한 이상한 주문을 해대었지만 한번 주머니 속에 들어간 마스터키는 나올 줄을 몰랐다.

"그러고 보니 내 마스터키가 어디에 있지?"

달영이 마스터키를 챙기는 걸 본 수문이 불현듯 자신의 것을 찾았다. 주머니와 책상 위를 다 뒤져도 나오지 않자 서랍을 꺼내 뒤집기까지 했다. 그 와중에 수첩과 필기도구 몇 개가 바닥에 떨어져 뒹굴었다. 수첩 사이에 삐죽 나와 있는 마스터키를 발견한 다흰은 사냥물을 낚아채는 매의 발톱으로 그것을 채갔다. 자동차 경보기와 마스터키면 탈출하기 위한 레어 아이템은 모두 모은 셈이다.

지하주차장으로 내려온 다흰은 경보기를 먼저 눌러보았다. 멀리서 차 문이 열리는 소리가 들렸다. 주차한 차들 사이로 몇 블록 걸어가자 헤드라이트가 깜빡이는 차 한 대를 찾을 수 있었다. 차 안으로 들어간 다흰은 내비게이션에 운락공원을 입력하는 것까지 마쳤다.

드라마만 봐온 인생 어언 40여 년. 다흰은 웬만한 기계들은 직접 다뤄보지는 않았어도 이용 방법은 거의 다 꿰고 있었다. 홈쇼핑도 즐겨 보았기에 최신기기의 사용법도 웬만한 것은 다 알고 있어서 다루는 데 크게 어려움은 없었다. 능숙하게 일을 처리한 다흰은 머릿속으로 탈출 경로를 계획하고 나서 J가 있는 숙식실로 돌아왔다.

여전히 마스터키를 찾고 있는 수문의 옆에 다가가 '미안허이!'라고 사과하는 것도 잊지 않았다.

―준비는 되었느냐?

"응!"

―그럼 내 손을 꼭 붙잡고 내가 달리는 대로 따라와야 한다.

"알았따니깐!"

다흰이 계속 같은 말을 반복하는 바람에 J는 신경질적으로 대답하며 손을 내밀었다. 전 같으면 이게 다 누구 좋으라고 하는 일인 줄 아냐고 따지며 J의 손을 내쳤을 다흰이지만 오늘만은 꾹 참았다. 그래 오늘, 많아도 내일이면 저세상으로 갈 아이를 상대로 진지하게 화내는 것도 인정머리없는 짓이라 여겼기 때문이다.

―그럼 가자!

"콜~!"

닥터 홍을 따라 하며 J는 힘차게 외쳤다. 마조가 나쁜 놈에게 납치당했는데도 구하러 가지 않는 어른들을 대신에 J는 이렇게 분연히 일어섰다.

J에게는 다훤이 항상 보이는 존재였기에 언제나 같은 모습으로 보이지만 일반인들에게 그는 없는 존재와도 같다. 하지만 귀신이란 소리까지 들은 다훤은 떠나더라도 이곳 사람들에게 한 방 먹이고 싶었다. 스스로 본인은 뒤끝없는 성격이라고 선전하고 다니지만 그런 경우치고 진짜 뒤끝없는 이는 없다.

뒤끝 많은 다훤은 자신의 몸을 물리적으로 형상화해 일반인 사람들조차 보이게 만들었다. 그래서 다훤이 J와 함께 숙직실을 나올 때는 모두의 시선이 그에게로 향했다. 경악한 눈동자 하나하나에 자신의 모습을 찍어준 다훤은 무림의 고수처럼 사자후를 날렸다.

—누구보고 감히 귀신이라는 게냐! 무식한 것들, 못난 것들, 나쁜 것들, 이 후안무치, 두더지 같은 것들! 내 무지한 너희를 위해 진정한 귀신이 무언지 알려주마!

다훤의 말이 끝나자 우우웅거리는 소리가 나며 지하에 있는 정보실 중앙센터 안에서 바람이 불기 시작했다. 철을 해놓지 않은 낱 종이들이 바람에 펄럭이며 공중으로 날아올랐다. 난방 장치가 고장 난 것처럼 공기가 대번에 차가워지면서 온몸에 소름이 오슬오슬 올라왔다.

그리고 삼위의 귀신들이 중앙센터에 나타났다. 모두들 다훤이 사는 곳에 이웃해 사는 넋들이었다. 셋이서 평소에 스토커처럼 주위를 빙빙 도는 게 조금 귀찮기는 하지만 부르니 이렇게 와주어서 조금 고맙기도 했다.

여기까지 찾아와서 수고해 주는 삼위의 넋들에게 고맙다는 뜻으로 손을 흔들어주며 다훤은 J와 함께 당당하게 정보실을 나

왔다. 등 뒤에서 J를 붙잡기 위해 따라오려다 처녀귀신에게 목
덜미를 잡힌 달영이 괴이한 비명 소리를 질렀다. 물론 그뿐만
아니라 정보실 중앙센터에서는 차례로 비명 소리와 의미 불명
의 소리들이 메아리처럼 들려왔다.

"우와~ 너도 친구가 있구나!"

어떠냐고, 내가 원래 이런 몸이라고 으쓱하는 다흰에게 J가
친구 타령을 했다. 비상벨이 울리기 전에 얼른 이곳을 탈출해야
만 하지 않았다면 불러낸 삼위의 귀신들에게 J를 던져 줬을 텐
데, 어느 의미로 지독하게 운이 좋은 J였다.

정보실 사람들은 삼위의 귀신들에게 시달리느라 미처 비상벨
을 누르지 못한 모양이었다. 주차장까지 아무 방해 없이 도착한
J와 다흰은 훔쳐 타려는 자동차 앞에 다다라서야 첫 번째 난관
을 만나고 말았다.

운전석 쪽에 떡 하니 서 있는 대머리 청년은 4국의 율도였다.
좀처럼 얼굴 보기 힘든 4국의 요원은 J의 옆에 있는 다흰을 흥미
로운 시선을 바라보았지만 별말은 하지 않았다. 그저 운전석 문
을 열어주며 옆으로 살짝 비킬 뿐이었다.

―무슨 의미로 이러는 거냐.

잡는 대신 차 문을 열어준다고 해서 경계심을 늦출 수가 없었
다.

"그저 이번 국장회의의 내용이 마음에 들지 않은 일개 요원
의 작은 반항쯤으로 보면 됩니다. 빨리 서둘러야 할 겁니다. 비
상벨이 울리지 않도록 막는 것도 10분이 한계거든요."

이 자리에 있는 율도가 비상벨을 막고 있다는 소리는 아닐 것

이다. 그렇다면 이 일에 동참하는 요원이 또 있다는 건데, 다횐은 의문이 들 수밖에 없었다. 원래 '그곳' 은 요원들 사이에 직급에 따른 상하의 구분이 모호한 곳이다. 나이나 임관받은 연수로 선후배 따지는 정도인데 그것도 모두 제각각으로 특정한 규정은 없다. 하지만 국장의 명령에는 필히 복종하는 분위기가 형성되어 있다. 어쩌니저쩌니, 토를 달고 반항하기는 해도 결국에는 들을 수밖에 없다. '그곳' 에서 국장에 대한 하극상은 용납하지 않는다는 게 다횐이 아는 상식이었다.

드라마로 얻은 지식이지만 요즘은 드라마라도 고증을 확실히 해서 사실에 입각한 내용으로 만들었다. 허무맹랑하거나 현실과 괴리가 있는 정보는 웬만해서 배제하기 때문에 다횐이 아는 정보가 대충 맞을 것이다.

그런데 감히 일개 요원이 국장회의에서 결정 난 사항에 반기를 드는 것은 있을 수가 없다. 그것도 한 명이 아닌 적어도 둘 이상이 말이다. 계속 다횐이 의심을 풀지 못하자 율도는 시간을 확인하며 재촉했다.

처음 코코아를 만들어주었고, 요즘 마시고 있는 것들도 율도가 타주고 있다는 것을 아는 J는 처음부터 그를 보고 반가워했다. J에게 있어 세상은 마조, 자신에게 먹을 것을 주는 착한 사람, 먹을 것을 주지만 별로 마음에 들지 않는 사람, 좋지도 싫지도 않은 사람, 무조건 싫은 사람들로 나눠지는데 율도는 바로 두 번째에 속하는 사람이었다.

때문에 별 의심 없이 바로 차를 탄 J는 다횐이 얼른 차에 오르기만을 조급하게 기다렸다. J도 그렇고 시간이 없다는 율도의 말이 사실이기도 해서, 설마 자동차에 폭탄을 설치하진 않았겠지 싶은 다휜은 주저하면서도 차에 탔다. 시동을 걸자 내비게이션에 미리 입력해 놓은 목적지를 향해 자동차가 자동으로 달리기 시작했다. 마조가 직접 운전하는 것만 봐온 J는 자동 시스템으로 달리는 차는 처음 본 거라 무척이나 신기해했다.

"우와~!"

놀라서 입을 다물지 못하는 J에게 다휜은 어깨를 으쓱하며 이런 건 대수롭지 않다고 대답했다.

"그래도 대단해."

—드라마만 잘 보면 돼. 드라마 속에선 삶의 지혜가 녹아 있거든.

정신과 클리닉에서 인상 깊은 수업을 받을 때처럼 J는 입을 벌리며 무조건 고개만 끄덕였다. 다휜의 콧대가 아까보다 조금 더 높이 솟은 것처럼 보이는 것은, 그의 턱이 점점 위로 올라가기 때문일 거다.

J와 다휜이 탄 차가 본관 정문을 무사히 통과한 것까지 확인한 율도는 우진에게 무사히 임무를 완수했다고 전했다.

[하여튼 우리 국장님 소심한 것은 알아줘야 한다니까.]

툴툴거리지만 그게 꼭 싫다는 기색이 아니라서 율도도 웃으며 답했다.

"어쩌겠어요. 다른 국장님들이 마조 선배의 구출에 회의적인데 혼자서 당신은 다른 생각이라고 말할 수 있는 주변머리가 없는 분이시잖아요. 수줍음이 많아서 다른 국 요원들과 얼굴 마주치는 것도 벌벌 떠는 분인 걸요."

다른 국장들과 생각을 달리하는 4국장은 결국 앞에서는 아무 말도 못하고 뒤에서 이런 공작을 꾸미고 말았다. 국장회의 때마다 한마디 말도 없이 무게를 잡는 것은 그저 수줍어서 말도 못한 것뿐이라는 걸 아는 사람들은 오로지 4국 요원들밖에 없었다.

"이제야 울리는군요."

두 명의 탈출자가 떠난 지 2분여가 지나자 본관 전체에 비상벨이 울렸다. 건물 내는 물론 밖에까지 울리는 비상벨에 율도는 담 너머에 있는 마을을 내려다보며 씁쓸하게 혼잣말을 중얼거렸다.

"요양원에서 환자가 탈출한 줄 알고 한바탕 난리가 나겠네요."

민둥한 정수리에 차가운 바람이 닿자 으스스 몸을 떤 율도는 총총걸음으로 자리를 떴다. 얼른 사무실로 돌아가 따뜻한 코코아를 마시고 싶었다. 이왕 타는 김에 조금 더 많이 만들어서 정보실 사람들에게도 돌려볼까 생각하는 자상한 율도다.

정보실 중앙센터에서 한바탕 소란을 피운 재미에 빠진 귀신들은 그 후로 두 시간을 더 논 다음에 각자의 집으로 돌아갔다. 유감스럽게도 따뜻한 코코아로도 정보실 사람들의 심신을 달랠 수는 없었다.

*　　*　　*

나쁜 놈에 의해 목이 조이고 질질 끌려서 납치를 당했다는 오해를 사고 있는 마조는 인질로서는 질 좋은 대우를 받고 있었다. 폭력도 없고 제공되는 음식은 모두 맛나고 좋았다. 머물고 있는 방 역시 깨끗하고 넓어서 부족함이 전혀 없었다.

더욱이 가장 좋은 것은 TV가 있다는 것이다. 드라마광인 다흰과 같은 이유가 아닌, 뉴스를 챙겨 볼 수 있다는 점에서 다른 무엇보다 가장 마음에 드는 대우였다. 적정 수준에서 방송은 막겠지만 아무것도 모르는 상태로 지내는 것보다는 나았다. 특히나 자신이 잡히던 날 운락공원을 감싸던 안개무덤은 어떻게 보아도 장관이었다.

숲에 있으면 나무만 보인다더니 그 멋있는 장면을 현장에 있었으면서 보지 못했다는 게 억울하기까지 했다. 자신에 관한 내용은 하나도 없는 것을 보면 ‘그곳’에서 이 일을 어찌 처리할지는 대충 감이 왔다. ‘그곳’에서 협상을 할 리도 없지만, 백발남자가 하는 행동을 봐서는 자신과 J 둘을 손안에 쥐려는 것이었다. 그랬기에 교환을 제시하지도 않을 터였다.

사건의 중심에 있는 것은 J다. 백발남자가 J를 원한다면 ‘그곳’에서는 어떻게든 J를 쥐고 놓아주지 않을 것이다. J의 목숨을 지키기 위함보다는 최후의 수단으로써 방어막이 될 테니 말이다.

“밥은 잘 먹고 있는지 모르겠네.”

먹는 걸로 J를 걱정하는 것만큼 쓸모없는 고민은 없겠지만 사람이란 게 알면서도 그렇게 된다. 리모컨으로 방송채널을 무의미하게 계속 넘기는 마조의 머릿속에는 오로지 J밖에 들어 있지 않았다.

[현재 이 차량은 경찰과 '그곳' 의 추격을 피해 도로를 역주행하고 있는 것으로 알려졌습니다. 차 안에는 납치범이 신상이 공개되지 않은 인질을 잡고 탈주 중이라고 합니다. 이들의 목적지는 운락공원으로……]

'그곳' 과 운락공원이라는 단어에 마조는 채널을 고정한 채로 속보로 나오는 뉴스를 유심히 보았다. 화면에 비치는 하얀 자동차의 번호판을 본 순간 마조는 자신의 눈을 깜박여 보았다. 여러 번 눈을 감고 떠봐도 변하지 않는 번호에 이제는 눈까지 비벼보았지만 마찬가지였다.

"왜 국장님 자가용이 저기에……."

다른 국도 아닌 1국장의 자가용이 지금 납치범에 의해 도로를 역주행하고 있었다. 이게 말이 되는가 말이다. 분명 이 시간이라면 '그곳' 본관 지하주차장에 안전하게 주차되어 있을 차가 왜 저기에 있는지 이해가 되지 않는다.

눈에 힘을 주며 달리는 자가용 안을 살펴보았다. 선탠이 되었지만 규정에 어긋나지 않은 정도라 자세히 보면 안을 보는 데 무리없는 정도다. 비록 카메라를 거쳐 이차적으로 화면을 통해 보는 것이지만, 눈이 좋은 마조는 빠르게 스쳐 지나가는 자동차가 남긴 잔류 현상까지도 모두 잡아낼 수 있어 상관없었다.

운전석에 앉아 있는 이는 마조도 모르는 인물이었다. 운전대를 잡고 신나게 운전하는 품이 꽤나 재미있다는 표정이다. 아마도 그가 납치범 같은데 그러기에는 너무 어려 보였다. 잘해봐야 십대 중반으로 보이는 소년을 보며 마조는 저도 모르게 혀를 차고 말았다.

"어린것이 벌써……."

어떻게 1국장의 자가용을 탈취했는지 몰라도 네 미래도 진정 어둡구나, 중얼거린 마조는 소년 납치범의 옆에 앉아 있는 이를 보고 자리에서 벌떡 일어나고 말았다. 인질이 J였던 거다. 그것도 해맑은 표정으로 손뼉까지 치면서, 입 모양을 보니 '쪼았써~!'라고 소리치고 있었다.

"너는 거기서 뭐 하고 있는 건데!"

그렇게 아무나 따라가지 말라고 신신당부를 했었건만 사람 말을 아예 귓등으로 들은 모양이었다. J에게 화가 나면서도 나중을 위해 저렇게 웃고 있는 장면이 찍히면 안 되는데, 하고 걱정할 즈음에 화면은 헬리콥터가 위에서 찍은 도로를 비추고 있었다.

아파오는 골치에 두 손으로 머리를 감싸는 동안에도 뉴스에서는 신원미상의 납치범과 인질로 인해 벌어지는 추격전에 대해 이야기하고 있었다. 아직까진 가벼운 접속 사고조차 없었다는데 그게 과연 다행인지 아닌지 판단이 서지 않았다.

[갑자기 도로면이 파손되어… 지진으로 예상되는… 피해가…….]

갑자기 날카로워진 기자의 목소리에 마조는 한숨을 내쉬며 숙인 고개를 번쩍 들었다. 화면에는 지진이 나서 갈라진 것처럼 보이는 도로를 비추고 있었다. 그런데 이상한 것은 J가 탄 자동차가 지나가고 나서야 도로가 마른 가뭄철의 길바닥처럼 금이 쫙쫙 벌어진다는 것이다. 마치 갈라짐의 원인이 그 자동차인 것처럼 말이다.

얼마 지나지 않아 금이 나서 벌어진 틈새로 물이 솟구쳤다. 콸콸 솟는 모양이 도로 밑으로 지하수가 강처럼 흐르는 게 아닌지 착각이 들 정도로 많은 양이다.

뉴스에서도 당황한 기자가 지진과 지하수에 대한 상관관계를 비전문적인 지식으로 횡설수설 중이었다. 도로법과 표시를 무시하고 무조건 달리고 있는 국장의 자가용과 그 차가 지나간 자리마다 쩍쩍 갈라지고 벌어지는 도로. 하늘로 솟구치는 지하수가 만들어낸 무지개. 이런 이상한 기적을 만들어내면서 자가용이 향하는 곳은 운락공원이었다.

"지금 나에게 오고 있는 길이니?"

대답을 듣지 알아도 왠지 들은 것 같은 기분이 들어서 마조는 앉아 있던 소파에 등을 깊숙이 묻었다. 하여튼 지지리도 말을 안 듣는 아이였다.

"기분이 안 좋아 보입니다."

들어오고 싶을 때마다 노크도 없이 자기 마음대로 불쑥불쑥 나타나는 양승을 볼 때마다 마조는 자신의 처지를 새삼 인지했다. 인질의 인권에 사생활이란 없었다.

"노크할 줄 몰라?"

"매번 하도 싫어하기에 오늘은 노크를 했습니다. 똑똑똑, 세 번씩 정확히 네 번."

"안 들렸어."

"못 들은 거겠죠. 딴것에 정신이 팔렸는데 들릴 리가 있나요."

양승의 시선이 TV 화면 속, 도로를 질주하는 자동차에 꽂혔다. 저 차에 J가 타고 있다는 걸 알리면 안 되었기에 마조는 재빨리 TV를 꺼버렸다.

"더 안 보십니까."

"재미있는 게 없어."

"나는 재미있던데요. J가 당신을 만나기 위해 '그곳'을 탈주하고 도망치다니 누가 상상이라도 했겠습니까?"

"젠장!"

양승은 이미 모든 걸 알고 마조를 찾은 것이다. 그렇다면 굳이 숨길 이유도 없기에 마조는 다시 속보를 틀었다. J가 어디까지 왔는지, 사고가 나지는 않았는지, 차에 동승한 그 어린애는 누구인지, 궁금한 것투성이라 안 보고는 참을 수가 없었다.

"대체 어떻게 하면 J의 마음을 이토록 사로잡을 수 있는지 궁금하군요."

"알아서 뭐 하게. 어차피 죽일 거라며."

"환생을 믿으십니까?"

"차라리 도를 믿느냐고 물어줘."

"도를 믿느냐고 물으면 어떻게 대답하시려고요?"

"안 믿어."

단호한 대답에 양승은 설핏 웃으며 TV 화면에 시선을 고정했다.

"나는 믿습니다. 그래서 다음을 한번 노려보려고요. 이번 생에서는 어차피 어떤 식으로든 좋은 관계는 틀렸으니 다음 생에서는 나도 J에게 사랑받는 사람으로 태어나고 싶어서요. 노하우를 알면 좀 더 쉽지 않겠습니까."

　양승의 대답에 마조는 턱을 문지르며 그를 게슴츠레 쳐다보았다. 지난여름 해변에서 J와 함께 우연히 마주쳤을 때, 양승은 대놓고 J에게 호감을 보였었다. 그런 그가 저번에는 J를 죽이겠다고 선전포고를 해서 적이 놀라기도 했었다. 그런데 여전히 J에게 호감을 보이는 양승의 속내가 도통 갈피를 잡을 수가 없었다.

　"다음 생까지 따라붙겠다는 의지는 접고 이번 생에서 어떻게 좀 잘해볼 생각은 없어? 애정으로 극복하지 못할 문제는 없다고 보는데."

　"필요와 대립되는 애정은 항상 지게 마련이죠."

　"좋아하되 필요에 의해 죽일 수밖에 없다? 사람 목숨보다 중요한 그 대단한 필요가 무언지 알고 싶군. 아아, 알기도 전에 죽을 거라고 했으니 물어도 대답해 주지 않겠군."

　선우연의 학교에서 만났을 때 양승이 했던 말을 떠올리며 마조가 고소를 지었다.

　"대신 재미있는 거 하나 알려 드릴까요?"

　"뭔데."

　"저 차를 운전하는 이가 누군지 아십니까?"

　양승의 물음에 마조는 TV 화면을 보았다. 이제는 자동차를 가까이서 클로즈업하지 않아 운전자의 얼굴을 다시 확인할 순 없었지만, 마조의 기억이 정확하다면 어린 소년은 분명 처음 보는 얼굴이었다. 고개를 젓는 마조에게 양승은 짧게 이름만 알려 주었다.

　"다휜."

“다횐?”

양승의 대답에 그게 누구지, 하며 눈살을 찌푸리던 마조는 점점 커지는 눈동자를 양승에게 향하며 재차 다시 물었다.

“우리 집에 사는 그 다횐?”

“네, 당신 집에 사는 다횐님 맞습니다. 설마했는데 역시나 알고 계셨군요.”

“설마 너희가 보냈던 것이야? 귀신까지 스파이로 이용했던 거냐!”

원래 무뚝뚝하고 감정 변화가 별로 없는 마조이건만 요즘 들어 만날 놀라는 표정을 얼굴에 달고 사는 기분이었다. 반면 귀신까지 이용할 수 있는 이들의 능력에 한기까지 들었다. 귀신을 스파이로 썼다면 이건 정말 상상 이상이다.

“정확히 말하면 다횐님이 살고 있는 집에 당신이 들어가 산 겁니다. 그분은 오랫동안 그 집에 사셨지요.”

부정하는 양승의 대답에 마조는 집을 계약하면서 들었던 귀신 이야기를 떠올렸다. 그 귀신이 다횐이 맞는다면 순서상 중간에 끼어든 것은 자신이었다. 그렇다면 우연이 겹쳐서 하필 양승과 친한 귀신이 사는 집에 스스로 들어갔단 이야기가 된다.

“기구하군.”

“오해가 있으신데 다횐님은 딱히 우리 편을 들지는 않으셨습니다. 오히려 우리를 말리는 입장에 가까우실 겁니다. 그런데 갑자기 저리 행동하시니 우리도 무척이나 당황스러운 심정입니다. 물론 우리의 수고를 덜어주었다는 점에서 고맙다는 생각은 들지만요.”

　양승의 개입으로 인해, J를 제물로 내주고 집주인을 구해 집으로 돌아가 예전처럼 살고자 하던 다횐의 계획이 틀어지고 말았다. 만약 그의 계획이 성공한다면 앞으로의 삶이 꽤나 고단해질 일만 남은 셈이다.

　"그런데 너흰 어떻게 알게 된 사이지? 원래 너희 같은 자들은 귀신들하고도 서로 친한가?"

　"하하하, 귀신이라니요. 다횐님의 친구 중에는 신선이 된 분도 계시고, 어느 나라에서는 신으로 모셔진 분도 계시지요. 다횐님 역시 원한다면 언제든지 그리되실 분입니다. 귀신이라 취급당하실 분이 절대 아니지요."

　양승이 아무리 그래 봤자 마조에게 있어 다횐은 드라마광에 알콜중독인 귀신일 뿐이다.

　"그래서 너희와 친하다는 거야, 아니라는 거야."

　"서로 존재만 알고 있을 뿐입니다. 다횐님은 나를 좋아하지 않으시죠."

　"네 말은 아직 만나본 적도 없는데 널 싫어한다는 건가? 그리고 넌 그걸 알고 있고?"

　뭐 이런 것들이 다 있나 싶은 생각에 마조는 어이가 없었다. 반면 그로서는 이해하기 어려운 저들만의 상성인가 싶어서 자세히 알고 싶다는 욕망은 들지 않았다.

　"이제 곧 도착하겠군요. 슬슬 가봐야겠습니다."

　"같이 가줄까?"

　은근슬쩍 중간에 끼어들려는 마조를 양승은 의외로 쉽게 승낙했다.

"원하신다면."

갈 때 마음과 갔다 오고 난 후의 마음이 다르다더니, 양승이 너무 쉽게 승낙하는 바람에 오히려 찜찜해지고 말았다.

"이럴 땐 안 된다고 강경하게 말해야 하는 거 아니야?"

"왜 그래야 하는 거죠? 어차피 두 번 걸음 하는 것보다는 한 번에 모두 끝내는 것이 편하지요."

친절한 양승은 마조에게 앞서 가라며 길을 터주었다. 양승의 앞에 서서 한길로 쭉 이어진 복도를 걸으며 마조는 깨달았다, 잘못된 선택은 늦게 찾아온 후회만큼이나 주워 담기 힘들다는 것을.

자동 운전으로 달리는 자동차를 언젠가부터 몰게 된 다휜은 오늘이 그의 생애 첫 운전임에도 불구하고 훌륭한 드라이버의 자질을 보여주었다.

"으아아아악~!"

처음 다휜이 운전대를 잡고 도로를 종횡 무진할 때는 자기도 좋아서 박수까지 쳤던 J는 이젠 안전벨트를 꼭 잡고 연신 비명을 질러댔다.

─어디서 피해자 코스프레야!

'그곳'에서 추격팀이 따라붙는 바람에 자동운전으로는 곧바로 붙잡힐 것 같아 직접 운전을 하게 된 다휜은 J를 노려보았다. 탈출하는 와중에도 TV는 보고 싶다는 욕망을 못 이긴 다휜은 공중파 방송을 틀었더랬다. 이 시간에 흔하게 하는 드라마 재방송은 이미 한 번씩 보았지만 다시 봐도 재밌는 것들이었다.

그러다 추격팀이 붙어서 열심히 도주하는 와중에 드라마 대신 속보가 뜨면서 자신이 어느새 납치범이 되었다는 걸 안 다휜이었다.

─이건 수치야, 수치, 수치스러워!

격해진 감정만큼 자동차 속도가 빨라지자 J는 감당이 안 되는지 비명을 질렀다. J의 비명이 커질수록 그들이 지나온 도로는 더욱 크게 금이 가 벌어졌다. 하늘을 향하던 물줄기의 높이는 더욱 높아졌다.

분노의 질주로 인해 예상보다 운락공원에 빨리 도착한 다휜은 자신들의 앞을 가로막고 있는 일단의 바리게이트를 발견하고 순간 당황하고 말았다. 겹겹이 둘러진 방어막 뒤에는 '그곳'의 전투요원들이 총을 들고 대기 중이었다. 총으로 이쪽을 겨냥하고 있다 해도 결국은 차체가 아닌 타이어를 쏘겠지만 정면으로 마주하니 순간 멈칫한 게 사실이다.

그러나 무서움보다는 흥분으로 몸이 오싹 달아올랐다. 이런 건 액션 드라마나 영화에서나 흔히 나오는 장면인데 자신이 직접 경험해 보니 마치 주인공이 된 기분이 들었다. 인간이었다면 아드레날린의 분비로 심장이 벅찰 정도로 흥분했을지도 모른다.

길을 막고 있는 방어막과 타이어를 펑크내기 위해 도로에 깔아놓은 금속 스파이크를 보면서 다휜은 승부사의 표정을 지었다.

─이까짓 것들로 나의 길을 막다니. 실망스럽군!

악당이 할 만한 대사를 읊으면서 다휜은 입꼬리를 살짝 올렸다. 집에서 만날 TV와 술병만 끌어안고 산다고 해서 그 본질이 사라지는 게 아니다. 쓰지 않는 능력이 퇴보하는 수준 낮은 단계도 아니었기에 다휜은 운전대가 아닌 자신의 의지로 자동차를 움직였다.

달리는 속도를 줄이지 않은 채로 자동차를 서서히 공중에 띄운 다휜은 그대로 계속 호수를 향해 돌진했다. 하지만 모든 게 순탄한 것만은 아니었다. 자동차가 전투요원들의 머리 위를 지날 때, 다휜은 저들이 총을 쏘지는 않을 거라 예상했다. 다휜이야 상관없지만 어쨌든 저들은 J를 지키려 할 테니 말이다.

하지만 그의 예상은 보기 좋게 빗나가고 말았다. 전투요원들은 자신들의 머리 위로 차가 지나는 순간을 놓치지 않고 총을 쏘았다. 정확히 J가 앉아 있는 좌석을 향해.

추격전을 하는 동안 자신의 힘을 개방한 J가 무의식중에 차체를 보호하지 않았다면 인간인 J는 이미 벌집이 되었을 것이다. '그곳'에서는 J를 백발남자에게 보내느니 차라리 없애 버리자는 결론을 내린 것이다.

—이런… 구남친보다 더 찌질한 것들이 있나.

J가 비럼에 의해, 그의 목적하에 죽음을 맞이하는 것에는 별 반감이 없다. 이번 생이 끝나도 J에게는 다음 생이 있을 테니 말이다. 인간의 윤회라는 게 원래 그런 식으로 계속 돌고 도는 거 아니겠는가.

그러나 인간들에 의해 J가 살해당하는 것은 말이 달라진다. 그래, 마조가 J에게 조금이라도 서운한 짓을 할 경우에 순간 자신이 더 화가 났던 것처럼 말이다.

그저 아무 생각 없이 차가 하늘을 나는구나, 시끄러운 소리가 밖에서 들리는구나, 정도만 의식하고 신기해하는 J 대신에 다흰은 화를 냈다.

다흰의 화에 영향을 받은 자연이 수군수군거리며 들썩였다. 공원을 둘러싸고 있는 장식용 나무들이 마른 가지를 흔들며 날카로운 바람을 만들었다. 길을 포장한 작은 자갈들이 공중으로 날아올라 일제히 전투요원들을 공격하고, 땅에선 흙먼지로 된 회오리바람이 불어 그들의 눈을 가렸다.

이럴 때 너무 잘난 체하거나 음하하하, 웃으면 없어 보인다는 걸 다흰은 잘 알고 있었다. 시크하게 한번 비웃어주고 제 갈 길을 조용히 간다, 는 콘셉트는 멋있지만 아무에게도 주목받지는 못했다. 다흰은 액션 영화에 나오는 악질 납치범1일 뿐이었다.

전투요원들이 흙먼지와 자갈들과 사투를 벌이는 동안 자동차는 유유히 무영호 안으로 들어갔다. 바닥이 보일 정도로 푸른 호수의 물결은 자신의 품으로 들어오는 자동차의 외관을 공기층으로 감싸며 안으로 물이 들어가지 않게 보호해 주었다.

가속으로 달리다 하늘까지 날았던 자동차는 호수 안에서는 깃털마냥 가볍게 부유하면서 서서히 밑으로 가라앉았다. 호수의 가장 밑바닥 중앙에 자동차가 내려앉자 J는 신기한 듯 창밖을 내다보았다. 작고 예쁜 물고기들이 뽐내듯 비늘을 자랑하며 J가 앉아 있는 유리창 앞을 지나갔다.

—내리자꾸나.

추격전을 벌이는 동안 흥분했던 감정을 어느새 진정시킨 다흰은 여상한 어조로 J에게 말하며 차에서 내렸다. 다흰도 그렇고 J 역시 차에서 내렸는데도 숨을 쉬기 어렵다거나 몸에 물이 스며들지 않았다. 호수 밑바닥이나 땅 위에서나 그들의 행동과 모습은 하나 변함이 없었다.

다만 둘의 주위를 맴도는 아름다운 물고기들과 수중을 떠도는 플랑크톤이 호수 면에 비치는 햇살을 받아 보석처럼 반짝반짝 빛나고 있는 것은 달랐다. 조금씩 움직일 때마다 작은 공기방울들이 형성되어 위로 떠오르는 게 재미있어서 J는 제자리에서 폴짝폴짝 뛰어보기도 했다.

―정신 사납다. 언제까지 이러고 있을 게냐. 어서 집주인을 만나러 가야지.

"응!"

오늘따라 대답만은 기똥차게 잘하는 J가 고개를 끄덕이다가 다흰을 빤히 바라봤다. 그 시선에 다흰인 왜냐고 눈빛으로 묻자 J가 고개를 갸우뚱거리며 물었다.

"마조는 어디 있써?"

―…….

"여기 아무도 업잖아. 물고기만 있고 나 생선구이는 별론데."

별로라면서 입맛을 다시는 J의 말이 끝나자마자 그 주위에서 놀고 있던 물고기들이 약속이나 한 듯이 한 번에 다른 곳으로 꼬리를 보이며 도망가 버렸다. 뒤늦게 해치지 않는다고 손을 내밀었지만 물고기들이란 원래 의심이 많은 종족이다.

―여기까지 왔는데 정말 아무것도 느껴지는 바가 없는 게야?

다흰이 냉랭하게 묻자 J는 호수 위와 자신이 서 있는 바닥과 주위를 둘러보기도 하고, 코를 킁킁거리며 냄새를 맡아보기도 했다. 그러다 너무 크게 들이마시는 바람에 호수 물이 콧속으로 들어가 잠시 켁켁거리기도 했다.

―짜증나는 인간 같으니! 대체 상양은 왜 불러내지 못하는 게야? 네 등짝에 있는 것이 그냥 장식으로 있는 줄 아느냐?

"지이는 가슴도 장식이야."

일전에 정보실 인간들은 마조가 어떻게 J가 여자애인 줄 모를 수 있냐고 어이없어한 적이 있다. 조금 보이시해도 엄연히 여자라는 느낌이 물씬 풍기지 않으냐고 동조를 구하는 질문에 수문은 머뭇거리며 이렇게 대답했다.

"가슴이 장식이라……."

그 한마디에 모든 의문은 종결되었다. 코코아를 마시면서 조용히 자기에 대한 이야기를 듣고 있던 J는 고개를 숙여 자신의 가슴을 내려다보았다. 그날 J는 '아, 이것은 장식인가 보구나' 라는 잘못된 지식을 습득하였다.

―자, 자랑이다.

떨떠름하게 대답하면서 다휜은 역시 진천군의 이번 생은 여기서 빨리 끝내는 게 서로가 위하는 것이라는 자기변명을 하였다.

―하여간 어떻게든 해보거라. 여기까지는 왔다마는 더는 내 능력으론 안 된다. 삼사(三師) 중에 한 분인 운님이 만든 결계를 내가 뚫을 리 만무하지 않느냐.

J는 바닥을 뚫어지게 노려보았다. 여기까지 와도 뭐가 뭔지

아무것도 모르겠지만 감이란 게 있다. 친근하고 한없이 애틋한 감정은 마조가 가까이에 있기 때문인지, 아니면 다른 무언가가 있어서 그런지 모르겠으나 누군가가 계속 부르는 듯 아련하다.

제자리에 쪼그리고 앉은 J는 호수바닥의 진흙을 한 손에 그러쥐었다. 어느 진흙과 달리 손가락 사이로 부드럽게 흘러내리는 것을 보면서 J는 손으로 바닥을 쓸어보면서 눈을 감았다. 잔잔한 호수의 물결이 J의 주변을 흐르면서 반갑게 맞이하는 게 느껴졌다. 물은 하나의 생명을 가진 존재처럼 사고와 의지를 가지고 있었다. 상양이 깨어났기에, 상양을 끌어내지 않아도 물은 J를 알아보았다.

그리고 한때는 진천군이었고 지금은 진천군의 영혼인 J만이 물이 말하는 소리를 들을 수가 있었다.

—구름으로 만든 결계는 물을 받아들여요. 물을 좋아해요.

자기가 말해놓고 좋아서 까르르 웃는 호수 물은 조금은 부끄러워하는 것 같았다. 오랫동안 결계와 함께 있으면서 정분이라도 났는지 물은 바닥에 있는 결계를 사랑스럽게 어루만지고 있었다. 지금의 J는 모르지만 이 호수 자체가 운이 만든 결계에서 흘러나온 물로 만들어진 것이었다. 사이가 나쁠 리가 없었다.

물을 좋아하는 결계와 물을 좋아하는 결계의 주인.

이에 다른 설명이 무에 필요할까. 비렴이 왜 굳이 상양을 깨웠는가 하는 문제는 너무도 당연한 결과였다. 상양을 지닌 진천군은 결계에게 거부당할 일이 없었다. 자신에게서 나온 물을 결계가 사랑하듯, 결계를 만든 이 역시 자신과 어우르는 특별한 물을 매우 아꼈다.

감고 있던 눈을 천천히 뜨는 순간 J의 등에서 하얀빛이 흘러나왔다. 빛은 날개가 되어 결계 위를 덮었다.

상양이 날개를 펼치는 순간을 옆에서 지켜본 다휜은 기회를 놓치지 않고 얼른 J의 옆으로 다가가 옷자락을 잡았다. 상양의 날개는 처음엔 빛이 되었다가 물이 되었고 어느 순간 구름이 되어 결계와 합쳐졌다.

호수의 밑바닥 전체에 그려진 결계가 활짝 문을 열면서 J를 받아들였다. 더불어 다휜도 별 무리 없이 운이 만든 결계 너머로 들어갈 수가 있었다. 무영호에 J와 다휜이 들어왔을 때부터 계속 지켜보고 있던 비렴은 결국 혀를 끌끌 차며 잠들어 있는 운의 육신을 돌아봤다.

"누구보다 진천군에게 엄하던 너였지만 결국은 제일 무른 것도 너였지."

꽁꽁 얼어붙은 구름 안에 잠들어 있는 운은 희미한 윤곽만 가까스로 보일 뿐 얼굴이나 몸은 전혀 보이지 않았다. 그래서 그를 보아도 그를 보는 것 같지가 않았다. 육신만 버리고 보인(寶印)과 본연의 힘 모두를 지니고 인간이 된 진천군과 달리, 운은 육신에 보인과 본연의 힘을 모두 남겨주고 영혼만 떼어 인간이 되었다. 덕분에 운의 육신만으로도 그의 존재감은 강하게 세상을 지배하고 있었다.

하지만 영혼이 없는 육신은 결국엔 빈 껍데기나 마찬가지다. 이리 마주 보고 있어도 비렴은 무척이나 외롭다는 생각이 들었다.

서서히 운과 비렴이 있는 공간이 술렁이기 시작했다. 구름으로 이루어진 벽 너머로 들리는 타다닥 뛰어오는 소리가 누구의 것인지 아는 비렴의 눈초리는 점점 냉랭해졌다.

"우와~!"

결계의 끝이자 봉인의 중심인 곳에 도착한 J는 주위를 보며 감탄성을 터뜨렸다. 구름으로 된 뭉글뭉글한 벽과 바닥이 마냥 신기하고 예뻐서 손가락을 대보았다. 아무것도 잡히지 않고 조금은 축축하게 느껴지는 감촉에 J는 눈을 반짝이며 이곳저곳을 푹푹 찔러보았다.

―오랜만입니다.

정신 산만한 J와 다르게 다휜은 대번에 비렴을 발견하고 그에게 인사를 건넸다. 날을 세는 게 힘들 정도로 서로 보지 않고 지낸 세월이 길었지만 언제 보아도 반가운 것은 사실이다. 상대에게 소원했던 시간이 마음의 거리를 의미한 게 아니기에 더욱 그랬다.

"다휜, 네가 이곳까지 올 줄은 미처 생각도 못했다."

비렴의 차분한 목소리에 구름 벽에 정신이 팔려 있던 J가 퍼뜩 놀라 그를 바라봤다. 물리적인 힘이 없는 구름 벽인데도 편하게 등을 기대고 서 있는 비렴을 본 J는 움찔 놀라며 시선을 옆으로 피했다.

이곳에 생각지도 못한 사람이 있는 것에 놀란 것인지, 그 사람이 하필 비렴이라 놀란 것인지는 J만이 알겠지만 얼굴이 편해 보이지는 않았다. 비렴을 피해 시선을 옮긴 J는 그의 뒤쪽에 있는 구름기둥을 발견하고 다시 한 번 멈칫할 수밖에 없었다. 하지만 비렴 때와는 달리 J의 얼굴에는 환한 미소가 떠올랐다. 두 팔을 활짝 벌리고 구름기둥으로 달려간 J는 그것을 끌어안으며 반가운 이에게 볼을 비비듯 얼굴을 갖다 대며 비볐다.

"마조다!"

"저것이 아직까지 정신을 차리지 못한 모양이구나."

차릴 리가 없다. 상양이 깨어났을 뿐, J가 진천군으로 각성한 것이 아니기에 기억도 없고 이성은 더욱더 없어 보인다.

―저건 어쩔 수 없다고 봅니다. 지금 J에게 세상에서 가장 좋은 것은 마조라는 인간이니까요. 때문에 그와 비슷한 감정을 느끼게 하는 것은 모두 마조라 착각하는 모양입니다.

J의 정신 상태에 대해 설명하던 다훤은 순간 아차 싶었다. 집주인을 온전히 데리려가려면 이런 말을 해서는 절대 안 되는 것이다. J에게 있어 집주인의 가치를 더 낮춰서 인질로서의 가치를 떨어뜨려야 하는데, 이러고 있다. 울상이 된 다훤은 구석으로 가서 자신의 머리를 쥐어뜯었다. 누구보고 바보라고 무시할 입장이 아닌 게다.

이상한 행동을 하는 다훤에게 잠시 시선을 주었다가 다시 J를 돌아본 비렴은 착잡한 심정을 감출 수가 없었다.

사실 상양이 깨어나면 조금쯤은 J가 진천군으로서 자신을 자각하지 않을까 기대했었는데 결국 불발이었다.

진천군은 J로 태어났을 때 제이라는 이름을 붙여 분리시킨 그의 또 다른 인격체에 상양을 함께 봉인시켰다. 그랬기에 제이가 죽었다 여긴 순간 상양 역시 사라질 수밖에 없었다. 보통 이런 경우엔 'J'가 죽어야지만 상양이 깨어나 다음 생으로 환생할 수 있었다.

그런 상양을 비렴이 강제로 깨운 것이다.

약물중독자들을 자살하게 만들고 살인을 저지르게 해서 그런 상양의 문양은 사실 아무 의미 없는 퍼포먼스에 불과했다. 상양의 문양은 무영호의 호수 물을 이용해서 비렴이 이미 땅 위에 직접 그려놓은 상태였다. 그것에 자신의 보인과 운이 남겨놓은 보인의 힘을 깃들게 해서 스스로 죽었다 착각하고 있던 상양이 눈을 뜨게 한 것이다.

약물중독자들이 저지른 퍼포먼스는 단순히 시선을 끌기 위한 것이었다. 또한 다시 돌아올 '그분'이 살 땅에 지저분한 것들을 미리 치워놓기 위한 청소였다. 그리고 기억을 닫은 J를 계속적으로 자극시키기 위한 수단이기도 했다.

그런데 기대와는 다르게 J는 기억의 문을 더욱더 꽁꽁 잠가버렸다. 본능적으로 철저하게 자신을 보호하는 얍삽함에 혀를 내두를 정도였다. 절대로 자기한테 불리한 일은 하지 않는 진천군이었다.

"이제 그만 떨어져라. 대체 누굴 누구와 감히 착각하는 것이냐. 네가 바라는 그는 아직 여기에 없다."

"이거 마조 아니야?"

J는 비렴의 눈치를 보면서도 차갑게 얼려 있는 구름기둥을 손주먹으로 통통 치며 물었다. 두 눈에 어린 불신으로 보건대 J는 구름기둥 안에 있는 인물이 마조라 확신하는 듯했다.

"보기 싫어도 곧 있으면 만날 것이다. 그러니 거기서 떨어져라. 네가 그러고 있는 게 심히 거북하구나."

"지이는 이러고 있는 게 조아."

마조가 아니라도 좋다. 기분이 나긋해지고 편안해지는 게 마음에 들어서 J는 구름기둥을 두 팔로 꼭 안고 서 있었다. 처음 비렴을 보고 본능적으로 어렵고 꺼려하던 태도는 사라지고 본연의 성격을 점점 드러내 놓고 있었다.

"너는 항상 쓸데없이 제멋대로에 눈치도 없었지."

"너는 부정쩍이야. 우중충한 쉐리!"

마조가 J에게 이런 말을 한 적이 있었다, 너를 대놓고 싫어하는 사람들은 성격이 부정적이라 상대하지 않아도 된다고. 괜히 어울렸다가 함께 우중충해진다고 가까이하지 말라고 했었다. 마조의 웃기지도 않은 콩깍지 발언을 진실이라고 고스란히 믿는 J의 당당함은 하늘을 찔렀다.

—우중충한 것은 사실 운님이었지요. 만날 무표정에 무뚝뚝하고 잘 웃지도 않으… 죄송합니다.

어느 사이에 자기비하에서 벗어난 다흰이 평소 운에 대해 생각했던 바를 무심결에 말한 순간, J와 비렴의 공공의 적이 되어 버렸다. 팬덤이 강한 아이돌이 TV에 나오면 이래서 다른 연예인들이 몸을 사리는 모양이라고, 다흰은 그답게 납득을 하였다. J 하나만 있으면 어떻게든 같이 대거리할 수 있으련만 비렴은 너무 벅찬 상대다.

그런데 순간 다흰은 고개를 갸웃거렸다. 비렴은 당연한 반응이지만 J가 어째서 자신을 노려보았을까. 분명 J는 운의 이름만 가까스로 알 뿐 그 이상은 아무것도 기억나지 않는다고 말했었다.

—J, 네가 왜 화를…….

다흰이 그에 관해 J에게 물어보기도 전에 양승이 마조를 데리고 봉인의 중심에 도착했다. 이곳에서 양승을 볼 줄은 몰랐던 다흰은 궁금증도 잃고 불쾌감을 드러냈다.

—이곳은 개나 소나 다 오는 곳이 아닐 텐데.

"마조는 개 아니야!"

마조가 등장하자마자 구름기둥을 내버린 J가 쪼르륵 그에게 달려가 안기면서 다흰의 말에 반박하고 나섰다. 다흰이 노려보는 시선과 불쾌감의 대상이 양승이라는 건 조금만 지켜봐도 알 수 있는데도 말이다.

"그래, 개는 아니지……. 그런데 쟤가 다흰인가."

긴 머리를 하나로 땋아 묶고 정강이 중간까지 오는 하얀 도포 차림의 아이는 통통한 볼을 부풀리며 양승을 째려보다, 마조의 말에 번뜩 놀라 자신을 돌아보았다. 다흰의 계획이 마조 앞에서는 모습을 드러내지 않는 것이었는데 깜박하는 사이에 몸을 숨기지 못한 것이다. 뒤늦게나마 원래 그랬던 것처럼 몸을 투명하게 만들어 마조에게 보이지 않게 하려 했지만 뜻대로 되지가 않았다.

"이곳에서는 네 힘이 통하지 않을 것이다."

삼사의 하나인 운이 직접 만든 결계로 둘러싸인 봉인 안에서 다흰이 힘을 쓸 수 있을 리가 없다. 그러기는 양승도 마찬가지여서 마조를 이곳까지 데리고 오는 것으로 그의 할 일은 끝인 셈이었다.

운을 제외한 비렴과 진천군도 이곳에서는 제대로 된 자신의 힘을 온전히 쓸 수가 없다. 그럼에도 비렴이 이곳으로 J를 끌어들인 것은 이만한 장소가 또 없기 때문이다.

진천군의 보인은 J가 죽는 순간 아주 찰나에 개방이 된다. 그마저도 J가 진천군으로서 각성을 하고 나서야 가능하지 그렇지 않으면 한낱 인간의 죽음과 다르지 않는다. 진천군으로서 인간의 몸으로 죽어야 영혼과 육신이 분리되는 과정에서 보인이 모습을 드러내는 것이다. 그 순간을 놓치면 보인은 진천군의 영혼과 함께 다시 봉인이 되어 윤회의 굴레로 떨어져 버린다.

개방된 보인을 거둬들여도 진천군의 영혼과 완벽하게 격리를 시키지 않는다면 소용이 없다. 비렴은 진천군의 보인을 운의 육신이 봉인된 구름기둥에다 임시적으로 보관할 계획을 가지고 있었다. 삼사의 보인 세 개를 합쳐 다시 천부인으로 만들려면 보인들이 한자리에 모여야만 한다. 그래서 따로 결계를 만들어 진천군의 보인을 보관하기보다는 이왕이면 운의 보인과 함께 두는 게 효율적이다.

운의 결계와 봉인이 같은 삼사인 비렴과 진천군에게 큰 제약을 주지 않고 자유로이 드나들 수 있도록 만들어져 있어서 가능한 일이다. 이는 운이 그만큼 비렴과 진천군을 믿었다는 의미일 것이다. 자신의 본원인 육신과 보인이 있는 곳을 이리 허술하게 열어두었던 것을 보면 말이다. 하지만 비렴과 진천군을 제외한 이들에게는 그리 너그럽지 않았다.

양승이 마조와 함께 이곳으로 들어올 수 있었던 것은 비렴이 길을 터주고 그들이 들어올 수 있도록 허락했기 때문이다. 다흰 역시 이와 비슷한 경로다. 그가 J의 옷자락을 붙잡아서 결계에 들어올 수 있었던 게 아니라, J가 무의식중에 다흰도 결계 안으로 데리고 가려고 했기에 가능했던 것이다.

비렴과 J의 허락과 동의가 없었다면 둘을 제외한 누구도 이곳 구름의 성에 들어오지 못한다.

어떠한 힘도 쓸 수 없게 된 다휜은 오만상을 쓰면서 뒤로 물러섰다. 이러던 게 아닌데 이상하게 계속 계획이 어긋나고 있었다. 지금은 집주인을 살리는 것보다 차라리 새로운 집주인을 찾는 게 나을 것 같아서 다휜은 대번에 우울해졌다. 우아한 시청자와 음주가의 생활은 과연 이대로 안녕인 것인가.

구름으로 된 벽에 기대서 혼자서 우울해하는 다휜을 보며 마조가 J에게 살짝 물었다.

"쟤는 왜 저러고 있니. 둘이 싸운 거야?"

원래 J와는 사이가 안 좋다고 짐작하기에 혹여 여기에 오는 도중에 둘이 크게 싸웠나 싶은 것이다.

"마조한테 개라고 해서 미안한가 바."

"……"

분위기 파악 못하는 J의 뚱딴지에 여럿의 마음이 복잡다단해졌다. 대뜸 보자마자 자신에게 반감을 표현하는 다휜의 반응에 맘이 상하지 않았다면 거짓말인 양승, 그러니까 집주인에게 한 소리가 아니라고 외치고 싶지만 이미 의욕을 상실해 버린 다휜, 분명 자신에게 한 소리가 아닌 것 같은데 J 때문에 한순간에 개가 되어버린 마조.

철저하게 자기중심적인 비렴과 J만이, 분위기가 어쨌든 누가 상처를 받았든 간에 제 생각과 계획을 진행해 갈 뿐이었다.

그 첫 번째가 마조를 인질로 J에게 협박하고 잔인하게 살해할 예정인 비렴이었다. 그는 마조에게 찰싹 달라붙은 J를 일별하고 자신의 뒤에 있는 구름기둥을 돌아보았다. 오로지 마음에 쓰이는 것은 이곳에서 피를 보게 되는 것이 운에게 미안할 따름이었다. 정작 운이라면 관심없다는 투로 하고 싶은 게 있으면 마음대로 해보라고 일렀을 것 같지만.

"그럼 이제 슬슬 우리가 여기에 모인 이유를 풀어보기로 하지."

"치이는 실은데……."

"이 상황에서 너의 의견은 필요없다는 걸 이미 한번 겪지 않았었나, 어리석은 J."

지금의 J는 기억하지 못하겠지만 올 초에 큰아버지 일가가 살해당한 현장에서 그 나름으론 반항이란 것을 하긴 했었다. 하지만 이내 자신의 힘으로는 어쩔 수 없겠다는 걸 판단한 J는 그 순간에 자신의 의식을 완전히 닫아버렸다. 어차피 그럴 줄 알았기에 그때는 이곳으로 유인하지도 않았었다. J가 큰아버지 일가를 좋아하긴 했지만 비렴 앞에서 각성을 할 정도는 아니었다.

사실 마조의 등장은 예상치도 못한 큰 변수였다. 의식을 닫아버린 상태에서 상양을 깨웠다면 J가 진천군으로 각성하는 데 더 수월했을 터였다. 일단 J라는 인격 자체가 사라진 몸에서 상양이 깨어나면 진천군이 각성하는 데 방해가 없기 때문이다.

그런데 J는 닫았던 의식을 다시 열었고 예전보다 더 까다로운 상태가 되어버렸다. 반면 다르게 생각하면 마조라는 약점이 생겼다는 장점도 존재했다. J, 아니, 진천군의 지난 전생과 지금의 생을 모두 통틀어서 마조와 같은 존재는 없었다. 이건 마치 진천군이 운에게 집착하고 의지했던 것과 같아서 혹시나 하고 기대했던 적도 있었다.

보인을 가지고 윤회를 거듭하는 진천군은 태어날 때마다 뚜렷하게 존재감을 보였다. 보인은 감출 수도 없고 속일 수도 없는 낙인과도 같았다. 반면 운은 처음 인간이 되었을 때를 제외하면 한 번도 흔적을 남긴 적이 없었다. 이는 '그분' 도 같아서, 수많은 세월 동안 한 번도 찾을 수가 없었던 그분의 환생체을 찾아낸 것은 정말이지 기적에 가까웠다.

하지만 운이 아무런 힘도 가지고 있지 않다고 해서 평범한 인간이 되는 것은 아니다. 영혼 자체가 인간과 다른, 삼사의 운이다. 선우연이 '그분' 의 환생체인 것을 알아볼 수 있었듯이 마조가 만약 운의 환생체라면 비렴이 먼저 알았을 것이다.

즉, J는 아무것도 아닌 것한테 달라붙어서 꼬리를 흔드는 똥개가 된 것뿐이었다.

생각하면 할수록 화가 난 비렴은 마조를 자신 쪽으로 끌어당겼다. 비렴의 근원인 바람이 마조를 묶어서 비렴에게로 끌고 갔다. 아니, 끌고 가려 했다. J가 바람을 물로 만든 칼로 잘라내지 않았다면 말이다.

"왜 이번에는 저번처럼 가만히 구경만 하기 싫은 거냐? 그냥 그때처럼 차라리 의식을 닫아버려라. 네가 아무리 발버둥친다고 해서 결과가 달라지지는 않을 테니."

"마조 괴로피지 마!"

손에 칼의 형상을 한 찰랑거리는 물을 손에 꼭 쥔 J가 비렴을 노려보며 마조의 앞에 섰다. 작은 키와 덩치로 그렇게나마 비렴에게서 마조를 지키려고 했다. 바람에게서 풀려난 마조가 J의 어깨에 손을 올리고 옆으로 밀려고 했지만 꼼짝을 안 했다.

"걱정 마! 마조는 내가 지켜줄 고야. 나 믿지?"

"못 믿겠으니 제발 옆으로 비켜. 어른들 일에 애가 끼어드는 거 아니다."

마조의 말은 어느 면에선 굉장히 아이러니했다. 육체의 나이로 치자면 J가 가장 어리지만 그게 꼭 진실인 것만은 아니다. 둘이서 또 영화를 찍는구나 싶어서 짜증이 난 다휜은 이 틈을 타서 비렴의 옆으로 다가가 작게 소곤거렸다.

─비렴님, 그냥 집, 아니, 마조는 보내주시지요. 사실 인간을 이 일에 끌어들여서 이러는 것도 조금 우습지 않습니까.

"그럼 너는 내가 지금 우스운 짓을 하고 있다는 것이냐."

작은 목소리로 이야기한 다휜과는 다르게 비렴은 차분하지만 작지 않은 음성이었다. 덕분에 서로 앞에 서겠다고 실랑이를 벌이던 마조와 J, 그리고 한쪽에서 조용히 구경만 하던 양승이 일제히 비렴을 보았다.

"그새 저이와 정이라도 들었던 게냐. 그래서 구명 활동을 하려고 여기까지 온 것이고."

─정이 들었다고 해도 제게 비렴님과 '그분' 보다 소중하지는 않습니다. 단지 저는 더는 무의미하게 인간의 피를 흘리는 것은 좋지 않다 여기기 때문입니다. '그분' 께서도 비렴님이 이렇게까지 하시는 걸 절대 반기지 않으실 겁니다.

"너에겐 이 모든 게 그저 무의미한 짓거리로만 보이는 것인가."

─…….

다흰은 대답을 하지 않음으로써 자신의 뜻을 밝혔다. 일순 비렴의 눈빛이 차갑게 변하려 했지만 그는 이를 사리물고 눈을 꾹 감았다. 그의 주변으로 날카롭게 부는 바람들이 다흰의 옷깃에 부딪치며 불안한 공기를 만들어냈다. 계속 눈을 감고 있던 비렴이 두 팔을 벌려 그 안으로 다흰을 품었다.

작고 여린 어깨가 부들부들 떨렸지만 다흰은 자신을 안은 비렴의 품에서 빠져나오지는 않았다. 온기라곤 하나 없는 비렴의 손이 다흰의 작은 머리를 쓰다듬었다. 그러는 동안에도 눈을 뜨지 않은 비렴이 만들어낸 불온한 기운에 J는 슬며시 마조의 팔에 매달렸다.

"다흰아."

─네…….

"네 말에 나는 무척이나 화가 나는구나."

화를 눌러 참는 비렴의 목소리에 다흰은 어떤 변명 대신에 그저 한숨만 내쉬었다. 비렴의 잘못을 지적했지만 또한 그를 완전히 이해 못하는 것도 아니다. 다흰 역시 인간이 아닌 진정한 '그분'을 다시 만나고 싶었다. 객관적이고 혼자 고고한 척 비렴을 비난하지만 결국 그의 등을 떠밀고 있는 것은 자신인지도 모른다.

코끝이 알싸하게 아픈가 싶더니 결국 눈물을 뚝뚝 흘리고만 다흰은 고개를 푹 숙이고 말았다. 비렴이 여기에서 멈춰주기를 바라면서 또한 그의 바람이 이루어지는 것을 보고 싶은 자신이 있다. 어느 말을 하더라도 결국은 위선일 수밖에 없었다.

“그리고 매우 슬프구나.”

천천히 품에서 다흰을 놓아준 비렴은 손으로 다흰의 눈물을 닦아주었다. 어차피 한 몸과 같았던 삼사도 서로 다른 길을 가고 있는 지금이다. 다흰이 다른 의견을 가지고 있다는 게 새삼화가 날 일도, 슬픈 일도 아닌데 마음이 그를 따라주지 않으니 힘든 것이다.

비렴이 다흰을 놓아주자 차갑고 불안하게 날뛰던 바람과 공기가 다시 차분해지면서 원래로 돌아왔다. 그와 함께 다흰이 바닥으로 스르륵 미끄러지듯 쓰러졌다. 그러나 바닥에 닿기 전에 바람이 다흰의 몸을 들어 양승에게 건네주었다.

“데리고 가거라. 저이의 말이 맞다. 어른들 일에 아이가 끼어들어서는 안 되지.”

마조가 아까 J에게 했던 말을 인용하며 양승에게 다흰을 데리고 이곳에서 떠나라 명령했다. 잠시 J와 마조를 바라보던 양승은, 둘에게 고개를 숙여 인사하며 다흰을 고쳐 안았다. 그의 인사가 마치 이젠 다시 볼 수 없는 사람에게 하는 마지막 작별인사 같아서 마조는 일부러 외면해 버렸다.

“꺼져 버려.”

역시나 분위기 파악 못하는 J는 다흰과 양승 둘을 한꺼번에 치워 버린다는 생각에 신이 났다. 마조는 J의 머리를 주먹으로 꾹꾹 찍어 내리듯 쓰다듬으며 속으로 한숨과 함께 속마음을 깊숙이 삼켰다.

‘네 머리는 장식이지?

분명 장식인 게 맞다. 하지만 여기서 양승이 빠지는 것은 확실히 괜찮은 전개였다. 집에 사는 귀신이 이번에 한몫한 셈이었다. 만약 이곳에서 살아 돌아간다면 알콜중독 귀신에게 샤또 라피뜨 로칠드를, 그가 원하는 년도로 사줄 용의도 있었다.

"다음에는 부디 좋은 인연으로 서로 만나면 좋겠습니다."

양승의 말이 무슨 의미를 지니고 있는지 너무 잘 알기에 마조는 J의 귀를 두 손으로 감싸듯 막았다. 이런다고 안 들리는 게 아니지만 그만큼 들을 가치가 없는 소리란 의미에서 하는 행동이었다.

다흰을 안고 왔던 곳을 되짚어가는 양승의 입가에 설핏 비소가 스치고 사라졌지만 마조는 애써 신경을 거두었다. 이제 배경을 장식하던 이들이 사라졌으니 본격적인 대결이 남은 격이지만 사실 어떤 식으로 비렴을 상대해야 할지 난감했다. 아무 힘도 없는 자신이 비렴을 상대로 어떤 식으로 싸워야 하는지, 납치당한 후로 계속 생각해 왔지만 답을 찾을 수는 없었다. 그렇다고 너희들끼리 한번 싸워보라고 J를 비렴 앞에 밀어 넣을 수도 없었다.

"이건 정말 궁금해서 묻는 건데 대체 나와 J를 죽어서 네가 얻는 게 무언지 말해줄 수 있을까? 적어도 이유는 알고 죽어야 덜 억울하지."

주위를 둘러봐도 이곳이 어디인지 당최 감조차 오지 않는 마조였다. 그랬기에 시간을 끌면 증원이 올 거라는 기대 역시 없다. 단지 기대하는 것은 진실을 알고 싶다는 인간적인 호기심과 비렴의 뒤에 있는 기둥이 계속 신경 쓰인다는 것 정도다. 희뿌연 기둥 안에 아련히 사람으로 보이는 형태가 미묘한 긴장감을

야기하고 있었다.

"예전에 나와 내 친우 둘이 모시던 분이 있었다네. 어느 날 그분이 떠나면서 당신이 가지고 있는 것을 세 개로 나누어 우리들에게 하나씩 주셨지. 원래 하나였던 것이라 셋은 함께 있어야만 했는데 한 명이 제멋대로 떠나 버렸지."

"나쁜 놈이었나 보군."

마조의 말에 옆에 있는 J가 흠칫 어깨를 움츠렸다.

"정직하게 말하면 나쁜 게 아니라 어리석었지."

대답을 하던 비렴이 J를 보며 웃자 뭔가 깨달은 바가 있는 마조도 J를 내려다보았다. 고개를 모로 돌린 채 시선을 아래로 하고 있는 J의 동그란 머리통을 보니 감이 왔다.

"그 멍청이가 여기에 있나?"

"우리 셋 모두가 이곳에 있다네. 이렇게 함께 모인 지가 과연 몇천 년 만인지."

몇십 년도 아니고 몇백 년도 아닌, 몇천 년이란 단어에 마조는 하염없이 천장을 올려다보았다. 뿌옇고 뭉실뭉실한 구름들로 이뤄진 천장부터가 현실감이 없는데 천 년이라는 단위를 어찌 받아들여야 할지 전혀 모르겠다.

J가 그 정도를 살았을 리는 없을 터, 양승이 말하던 환생이나 다음 생이 이런 뜻인가 싶었다.

"당신도 환생을 한 것인가?"

"아니라면 믿을 수 있겠는가."

환생한 것도 아니라면 그 긴 시간을 죽지 않고 살아왔다는 의미일 테니, 믿을 수 있겠냐고 반문하는 비렴의 의도를 알겠다.

그러나 이제 와서 부정하고 현실주의자인 척해봤자 이미 너무 많은 것을 목격한 마조는 대답 대신 고개를 끄덕였다.

"그럼 그 뒤에 있는 자가 나머지 한 명인가 보군. 그는 어쩌다가 저 속에 갇힌 거지?"

"스스로가 들어간 거라네. 자신을 지키고 나를 지키기 위해. 그래서 아주 오래 고민을 해왔지, 엉클어진 매듭을 어찌 풀어야 하나 말일세. 그러다가 우리가 모시던 '그분'을 기적적으로 찾게 되었다네."

계속 고개를 숙이던 J가 고개를 번쩍 들어 비렴을 보았다. 그 행동에 비렴이 눈을 가늘게 뜨자 J는 마조의 옆에 다가가 입술을 삐죽이며 중얼거렸다.

"눈이 못떼게 생겼어. 노려보는데 지이 무서워서 혼났져."

손가락으로 자기 눈초리를 추켜올리면서 비렴의 외모를 폄하하던 J는 이내 시무룩한 표정으로 집에 가고 싶다고 투덜거렸다.

"애는 무시하고 계속 이야기나 합시다."

"남은 이야기는 별거없다. 그래서 '그분'을 원래대로 돌려놓기 위해서 그분이 우리에게 주었던 것을 돌려주고자 하는 거라네. 나와 이 친구의 것은 있으니 남은 것 하나만 받아내면 되는 거지."

J에게 향하는 비렴의 시선을 보며 마조는 궁금한 것을 조심스럽게 물었다.

"그것을 돌려주면 J는 어떻게 되지?"

"돌려주고 싶다고 해서 돌려줄 수 있는 게 아니라네. 저 몸이 죽는 아주 짧은 순간에만 가능하거든. 그리고 우리가 가진 보인 세 개를 한꺼번에 감당할 수 있는 이는 '그분' 밖에 없기에 이는 정말 수천 년 만에 우리에게 찾아온 기회지. 절대로 놓칠 수 없고 놓쳐서도 안 되는……."

보인을 하나라도 감당할 수 있는 이는 삼사뿐이다. 이들조차 두 개 이상은 감당할 수 없었다. 그래서 진천군에 의해 흐트러진 균형을 알고 있음에도 도로 잡을 수가 없었던 것이다. 진천군에게서 보인을 가져온다 해도 그것을 유지시킬 수 있는 이가 없기 때문이다. 보인 하나도 이럴진대, 세 개가 모여 이뤄진 천부인은 누구도 감히 견뎌낼 수가 없다.

오로지 '그분'이 아니고서는 절대 불가능한 그 일에 한 번의 기회가 찾아온 것이다.

"그래서 J를 죽여야 한다고? 당신들 좋으라고 이 아이의 부모를 죽이고, 친척을 죽이고, 이제는 이 아이마저 죽여서!"

하나하나 지적하다 감정이 끓어오른 마조는 잠시 숨을 토해내며 J를 보았다. 새까만 눈동자엔 어떤 감정도 깃들어 있지 않지만 뚫어지게 그를 올려다보는 J의 시선은 맹목적이고, 조금은 기뻐하는 듯 환희에 빛나는 것처럼 보였다.

"마조는 지이가 죽는 게 시러?"

"당연한 거 귀찮게 묻지 마."

"지이도 마조가 죽는 거 시러."

마조의 허리를 꼭 끌어안으며 애절하게 소원했다. 신파를 찍는 거야 두 사람의 사정이었고, 비렴은 기회를 놓치지 않고 마조를 향해 바람의 창을 던졌다.

바람이 바람을 만들면서 창이 되어 날아오는 것은 가공한 위력을 가진 무기였다. 재빨리 물로 방패를 만들어 막았지만 삼분의 일이 방패를 뚫고 나와 마조를 향해 계속 날을 세웠다. 살아있는 생물처럼 꿈틀거리면서 방패를 뚫고 나오려는 것 앞에 새로운 막을 만들어낸 J를 보며 비렴이 미소를 비틀면서 말을 했다.

"아무것도 기억이 안 난다면서 하는 행동들은 참으로 재빠르단 말이야."

J의 행동들과 보여주는 힘들을 보면 여간 의심스러운 게 아니었다. 그래서 비렴은 마조를 집중적으로 공격했다. 만약 J 본인의 주장대로 아무것도 모른대도 마조를 보호하다 보면 상양의 힘이 점점 강해져서 진천군의 각성을 재촉할 수 있었다.

"으… 으으윽!"

창 하나를 막는데도 벅찬 J에게 이제는 무수히 많은 비수들이 날아왔다. 바람으로 만든 비수라 할지라도 웬만한 금속무기보다 날카롭고 위험해서 고스란히 맞는다면 고슴도치가 될 판이다. 투명하지만 모양을 갖춘 비수들을 보며 마조는 J를 자신의 몸으로 감쌌다. J가 저것들을 막을 수도 있겠지만 두 눈으로 보면서 그대로 마냥 있을 수만은 없었다.

그 순간 시원하면서도 축축한 물 덩어리들이 그의 등을 감싸며 보호했다. 자신을 안은 마조의 팔 밑으로 팔을 앞으로 쭉 내민 J의 손바닥 위로 청명한 물소리가 나는 물 덩어리가 올려 있었다. 찰랑찰랑 거리는 물은 점점 커지더니 지름 30센티미터 정도 되자 바로 비렴에게 날아갔다.

비렴의 몸에 닿기 전에 가로막힌 물공은 열 개로 나눠지고 그
것이 또다시 열 개로 나눠지는 식으로 무수히 작은 물방울로 화
하여 비렴에게 달라붙었다. 살갗이나 옷에는 직접적으로 닿지
못하지만 계속 그 주위를 배회하며 귀찮게 굴었다. 비렴이 바람
으로 털어내도 다시 덤비고, 털어내도 또 날아와 빙글빙글 주위
를 맴돌았다.

"꼭 자기같이 귀찮은 것만 만들어내는군."

짜증을 내던 비렴은 자신의 몸을 감싸던 바람을 빠르게 회전
시켜 주위의 온도를 낮게 만들었다. 바람에 휘말려 구르던 물방
울들이 차가운 공기에 하나씩 얼어서 바닥으로 떨어져 나갔다.
물방울들이 대충 다 얼어붙자 비렴은 바람을 이용해 그것들을
다시 J에게 보냈다.

바람에 섞인 얼음알갱이들은 J가 만들어낸 방어벽에 막혀 더
는 나아가지 못하다가 하나씩 녹으면서 방어벽과 하나로 섞였
다. 고개를 돌려 뒤를 돌아본 마조는 자신이 J를 안고 보호하는
것이 오히려 방해되는 게 아닌지 걱정이 되었다. 팔을 풀어 놓
아줄까 갈등하는 마음을 알았는지 J는 오히려 품으로 꼭 들어오
면서 떨어지지 않았다. 슬쩍 시선을 내려다보자 J가 해사하게
웃으며 마조의 턱에 입을 맞췄다.

이 상황에서 그러고 싶냐고, 기가 막혀서 헛웃음이 나오던 마
조는 어릴 적에 보았던 만화영화가 무심결에 생각나는 바람에
급속도로 굳어버렸다. 오래된 만화 시리즈를 리메이크해서 극
장판으로 만든 그것은 제목부터가 웨딩 뭐라고 하던 굉장히 낯
간지러운 만화였다. 웨딩드레스를 입고 악마에게서 지구를 구

하는 변신물로, 사랑의 멋짐을 모르는 당신이 불쌍하다는 대사
와 함께 싸움 도중에 키스를 하던 어처구니가 없는 내용이었다.

　누나 때문에 어쩔 수 없이 봤었지만 보는 내내 머리를 싸매고
괴로워했던 그것을, 혹여 자신이 재연하고 있는 게 아닌가 하는
생각에 마조는 소름이 돋았다. 기름칠이 필요한 목을 가까스로
움직여 뒤를 돌아보자 역시나 일그러진 표정을 감추지 못하는
비렴이 보였다.

　"젠장……."

　마조는 오늘 죽음보다 더한 수치라는 게 어떤 건지 몸소 깨닫
고야 말았다. 사랑의 멋짐이 뭔지 자기 혼자만 잘 알고 있는 J만
신이 나서 활활 날았다. 그래서 J가 만들어낸 물방울들과 물결
들로 이루어진 무기들이 유난히 맑고 깨끗해서 마조는 눈앞이
시렸다.

　못 볼 것을 본 경우 대부분은 두 가지 반응을 보인다, 지치거
나 발악하거나. 비렴은 후자에 속한 인물이었다. 공간의 끝과
끝에서 맛보기 용으로 상대를 공격하던 틀에서 먼저 벗어난 것
은 비렴이었다.

　그는 바람처럼 방어벽을 뚫고 들어와 마조의 어깨를 공격했
다. 내내 물과 바람을 이용한 2차적 공격을 하다가 갑자기 비렴
이 몸으로 부딪쳐 오자 당황한 J는 미처 방어하지 못했다. 마조
가 J에게서 떨어져 바닥을 뒹구는 것을 보고 화가 난 J가 물결로
검을 만들어내 가까스로 반격을 하였다.

　비렴에게 맞아서 벽에 부딪치고 바닥을 뒹굴었지만 마조는
예상보다 적은 충격에 손바닥으로 자신이 쓰러진 바닥을 더듬

어보았다. 눈으로 보았을 때도 구름 같아 보이던 바닥은 역시나 구름이 맞았다. 손을 바닥 저 밑면까지 쑥 넣어보았는데도 단단한 밑면이 만져지지 않았다. 그럼에도 몸이 밑으로 꺼지지 않는 게 신기한 반면 자신의 몸이 생각보다 멀쩡한 것에도 놀랐다.

비렴에게 당한 어깨가 무척이나 아팠지만 뼈에 이상이 생긴 정도는 아니었다. 아무래도 이건 비렴이 마조를 봐줬다고밖에 생각이 들지 않았다. 당장 죽이겠다고 으름장을 깔며 겁을 준 것에 비하면 이건 양호한 정도가 아니었다. 비렴이 무슨 생각인지는, 그가 아닌 관계로 알 수 없지만 마조가 보기에 J에 대한 비렴의 감정은 애증에 가까웠다.

애증이란 게 종이의 앞면과 뒷면처럼 하나 안에 담겨진 것이기에 어느 쪽을 펼치는지에 따라 결과가 달라지는 감정놀이기도 하다.

물과 바람으로 싸우는 두 사람은 당장에라도 상대를 죽일 듯 매섭고 사나웠지만 어느 것도 치명적인 공격은 없었다. 상처는 줄 수 있지만 죽이기에는 부족해 보이는 공격들을 주고받는 걸 보고 일단 안심했던 마조는 자신이 얼마나 안일했는지 30여 분이 지난 후에 깨달았다.

마조는 비렴과 J의 정확한 이야기는 잘 모른다. 그들이 가진 힘의 종류와 크기 역시 몰랐다. 비렴이 J에게 하는 말투로 보아서 친구라고 했기에, 저들에게 있어 친구라는 게 서로 비등한 관계와 힘의 균형을 가진 존재라 생각해서 J가 비렴과 조금은 대등한 입장인 줄 알았었다.

그런데 싸우는 시간이 점점 늘어날수록 J의 열세가 눈에 띄게 보였다. J가 여자이고 아직 어리기 때문이 아니었다.

바람의 창을 휘두르는 비렴의 얼굴에선 전혀 곤란하다거나 힘든 내색이 보이지 않았다. 시간이 지나도 지치기는커녕 고양이가 쥐를 구석에 모는 여유와 교활함이 언뜻언뜻 비쳤다. 반면 J는 처음의 여유와 장난기 넘치던 반응은 사라지고 계속 구석으로 몰리면서 이마가 땀으로 범벅이 되었다. 지친 기색을 숨길 수가 없었다.

자신이 저 사이에 끼어들어서 무얼 할 수 있다는 보장도 없으면서 마조는 자리에서 일어났다. 생각보다 많이 다치지 않았다 뿐이지, 전혀 괜찮지 않은 것이 아니었기에 자리에서 일어나는 동작 하나에도 어깨에서부터 손가락 끝까지 찌릿거렸다.

"이제 슬슬 정리할 시간이 되었군."

구경만 하던 마조가 자리에서 일어서는 걸 힐끗 바라본 비렴이 입가를 비틀며 J에게 말을 걸었다. 수십 개의 채찍으로 화한 바람을 막기에 급급하던 J의 입에선 단내가 풀풀 나고 있었다. 원하면 어떻게든 목을 축일 수 있는데도 그럴 틈이 없어서 목이 말라 입안이 찢어질 것처럼 아팠다.

"기세등등하던 게 어디로 사라지고 이런 꼴이 되었을까."

"씨… 시이…… 발……."

애초에 인간의 몸을 가진 J가 비렴을 상대로 이길 수 없는 게임이었다. 인간의 몸으로 진천군의 힘을 쓸수록 몸에 무리가 갈 수밖에 없다. 이는 각성을 하든, 안 하든 마찬가지였다. 마조가 보았던 것처럼 비렴이 J에게 애증을 가지고 있는 것은 사실이다. 원망도 미움도, 그리고 애틋한 그리움까지 모두 가지고 있었다.

하지만 이는 진천군에게 가지는 그의 마음이지 인간인 J에게 품은 게 아니다. 부들부들 떨면서 점점 꺾이는 J의 다리를 차가운 시선으로 바라보며 비렴은 슬며시 입꼬리를 말아 올렸다. 일부러 지겹게 질질 끌던 싸움이 슬슬 종장을 바라보고 있었다.

"많이 아플 것이다."

비렴은 채찍처럼 휘두르던 바람을 거둬 거대한 창으로 만들었다. 휘이이잉 바람 부는 소리가 제법 떨어진 거리에 있는 마조에게까지 들린 정도였다. 분위기가 심상치 않음을 깨달은 마조가 비렴에게 가려 했지만 투명한 막에 가로막혀서 앞으로 더는 가지 못했다. 길을 막은 게 처음은 바람인 줄 알았다. 비렴이 자신의 길을 막고 J를 해치려는 줄 알고 이를 악물던 마조는 이내 자신의 눈을 크게 떠야만 했다.

아무것도 모르는 일반인 마조가 볼 때도 바람은 비렴의 무기이며 힘의 근원이었다. 반면 J는 물이었다. 그런데 지금 자신의 앞을 가로막고 있는 것은 바람이 아닌 물이었다. 푸른 물결들이 만들어낸 벽을 처음엔 바람의 흐름인 줄 착각했지만 아니었던 거다.

물의 막 건너로 보이는 J는 구석에 몰려 서서히 무너지고 있었다. 바람 창을 물의 검으로 가까스로 막고 있지만 검이 점점 얼어붙으면서 우수수 부서지는 게 마조의 눈에 보였다. 그런 와중에도 마조를 가로막듯 보호하고 있는 막은 더욱 단단하고 견고해지고 있었다.

"젠장. 이런 곳에 쓸 힘이 있으면 네 몸이나 지켜!"

　소리쳤지만 지금의 J에게 들릴지는 의문이었다. 자신을 둘러싼 물의 막이 자신의 목소리를 튕겨내며 메아리치는 것을 다시 들으며 마조는 계속 제자리를 서성거렸다. 어떻게 해야 하는지 방법을 알 수 없고, 능력도 없다. 자신이 이토록 무능력하게 느껴지는 것은 처음이었다.

　아무것도 못하고 그저 당황하고, 비렴에게 들리지도 않을 화를 내는 것 말고는 아무것도 못하는 자신에게 짜증이 나던 마조의 눈에 구름기둥이 보인 것은 그때였다. 뿌연 구름 사이로 보이는 흐릿한 형상은 비렴과 J의 친우라 했다.

　"당신도 이 상황이 마음에 들지는 않을 거 아니야."

　왠지 그럴 것 같았다. 죽은 건지, 아니면 그저 잠들어 있는 것인지는 모르겠지만 그 역시 마조와 같은 생각일 것만 같았다.

　"당신이라도 어떻게 좀 해봐. 난 이 모양이라 아무것도 할 수 없지만 당신은 적어도… 나 같지는 않을 거잖아."

　미동도 않는, 잠들어 있는 이에게 마조는 진심을 다해 기도했다.

　"겨우 이 정도로 지쳐 떨어지면 어쩌자는 거냐."

　언뜻 자상하게 들리는 어투와는 달리 비렴의 얼굴에는 비웃음이 가득했다.

　"우이씨……."

　"저이를 지키려는데 힘을 낭비하지 말고 조금이라도 너를 지켜야지."

　"마조는 건들지 마."

"네가 그럴수록 내가 그러지 않을 거라는 걸 알아야지."

비렴이 바람의 창에 힘을 꼭 주며 내리누르자 가까스로 버티고 있던 물의 검이 바스락 부서지면서 산산이 흩어졌다. 바람의 창과 부딪치며 얼어버린 검의 파편은 반짝반짝 빛을 뿌리며 아름답게 사방으로 퍼져 나갔다. 몇몇 조각들은 J의 얼굴에 떨어져 녹아내리는 바람에 마치 눈물처럼 볼을 타고 흘러내기도 했다.

"두 눈 크게 뜨고 너는 지켜보고 있어라. 내가 저이를 어떻게 죽이는지 말이야."

창이 J의 심장 바로 옆을 찌르고 나오자 붉은 피가 뿜어져 나왔지만 그대로 구름에 스며들어서 피 웅덩이를 만들지는 않았다.

"끄윽, 켁! 콜록……."

기침을 하는 대로 피거품이 입가로 흘러넘치는 것을 만족스런 눈빛으로 확인한 비렴은 이제는 마조에게로 다가갔다. 하지만 발목에 들러붙은 J의 손을 보며 인상을 찌푸렸다.

"나와… 나한테…… 해……."

"나는 도통 네가 무슨 말을 하는지 모르겠구나."

자신의 발목을 잡은 J의 손등에 창을 꽂고 비틀어 버린 비렴은 그 길로 걸음을 멈추지 않았다.

마조의 주위를 감싸고 있는 물막을 살피며 비렴은 의외라는 듯 입을 열었다.

"J의 지금 능력으로 이만한 것을 만들지 못할 텐데 꽤나 심혈을 기울였군. 쓸데없는 것에 힘을 쓰는 것이 기억이 있으나 없으나, 하는 짓은 똑같아.”

“J를 어떻게 한 거지?”

비렴의 뒤에 쓰러져 있는 J를 보며 마조가 차갑게 물었다. 비렴이 J의 심장 부근과 손을 찌른 것을 보긴 했지만 피가 많이 보이지 않아서 상처가 어느 정도인지 가늠하기 어려웠다.

“죽지 않을 정도는 될 걸세. 적어도 그대보다 빨리 죽지는 않을 테니 너무 속상해하지는 말게나.”

“화가 나는군.”

“그대보고 화를 내라고 이런 일을 벌인 게 아니야.”

네 까짓 게 화를 내봤자 아무 소용도, 쓸모도 없다는 듯 비렴은 귀찮아했다.

“이렇게 화가 나는 건 정말 오랜만이야.”

“그래서? 그대가 화를 낸다고 해서 이 상황을 다르게 바꿀 수 있다고 믿는 거냐. 마음만으론 아무것도 할 수 없다는 걸 나는 아주 옛날부터 깨달았다네. 뼛속 깊이, 마디마다 새겨진 후회와 좌절은 아무것도 바꿔주지 못해.”

J가 만든 물막에 오른손을 댄 비렴은 쉴 새 없이 흐르는 물결 사이사이로 바람을 집어넣었다. 깨부수는 데 시간도 시간이지만 많은 힘을 소모해야 할 정도로 물막은 견고하고 완벽했다. 하지만 그밖에는 다른 방법이 없었기에 비렴은 흐르는 물결 틈새로 보이는 공기들을 잡아 바람을 집어넣었다. 이는 세밀하고 정성이 들어가기 때문에 한동안 정신을 집중해야만 하는 고도의 작업이었다.

비렴의 비웃음에는 그의 깊은 절망이 물들어 있었다. 그렇다고 그를 동정하거나 위로해 주기엔 마조는 자신의 발등에 떨어진 불이 우선이다. J가 저기서 피 흘리고 쓰러져 있는데 남 생각해줄 이유도 여유도 없었다. 물론 그러기 전에 자신의 목숨부터 어떻게든 챙겨야 할 입장이었다.

마조가 비렴을 상대로 몸싸움이 가능할까 고민하는 동안에 물막 사이로 쓰며든 바람이 점점 팽창해 가고 있었다. 바람이 팽창하면서 물과 물 사이를 밀어내 공간을 벌렸다.

서로 마주 바라보고 서 있는 두 남자 사이에 흐르는 물과 바람은 할퀴듯 상대를 견제하며 싸워댔다. 누가 우위라고 자신할 수 없을 정도로 밀리고 다시 막아내는 힘의 대립이 막상막하였다. 그래서 몸싸움을 대비하는 마조보다 온 신경이 물막을 해체하는 데 집중하고 있는 비렴에겐 틈이 많았다.

심장 부근과 손등에 구멍이 난 J는 많은 피를 흘렸지만, 구름이 흡수한 자신의 피를 다시 끌어모아 몸 안으로 끌어들이고 있었다. 마조를 보호하고 있는 물막을 유지하기 위해 자신의 상처를 막을 여력은 부족한 J는 흘린 만큼의 피를 어느 정도 충당하고 나서야 다시 움직일 수가 있었다.

최대한 기색을 감춘 J가 서서히 다가오는데도 비렴은 물막에 집중하고 있었다. 마조는 이쪽으로 다가오는 J를 보았지만 어떠한 표정도 지을 수가 없었다. 이곳으로 오느니 차라리 도망가라는 소리도 할 수 없었고, 걱정하는 마음을 표현할 수도 없었다. 혹시나 눈동자가 흔들릴까 봐 물막에 대고 있는 비렴의 손바닥만 뚫어지게 노려볼 뿐이었다.

2미터 정도의 거리를 남겨두고 J가 비렴을 공격하기 위해 뛰어오른 순간, 물막을 부수는 데 온 신경을 모으고 있던 비렴의 얼굴에 불현듯 사이한 미소가 떠올랐다. 바로 그 직후, 물막에 대고 있던 손을 거두고 대신 J를 향해 손을 뻗었다.

물막을 해체하기 위해 손바닥에서 뿜어져 나오던 가느다란 바람의 줄기들이 그대로 모두 J를 공격하였다. 미세하게 가늘어서 뭇사람들의 눈에는 절대 보이지 않을 바람들이 촉수처럼 공기에 나부끼며 J의 몸을 관통하는 것을, 마조는 모두 보았다.

눈이 좋다는 것이 어느 때는 고문일 때가 있다. 바람들은 생명에 지장이 있을 수 있는 J의 얼굴과 몸 급소들은 최대한 피했지만 온몸을 벌집으로 만들어 버린 매정함을 지니고 있었다.

허공에서 피를 뿌리며 바닥으로 떨어지는 J를 보는 순간, 여태껏 마조를 통제하고 막았던 '또 다른 자신'이 그의 안에서 눈을 떴다.

CHAPTER 05
바람과 비가 그에게 바라다

상식과 이성, 그리고 현실이 가끔은 진실을 덮을 수가 있다.

　J가 자신을 등한시하면서까지 만들고 유지시켰던 물막은 너무도 허무하게 부서져 버렸다. 그것은 J가 큰 상처를 입고 쓰러졌기 때문도 비렴의 바람에 의해서 무너진 것도 아니었다. 물막이 보호하고 지키고자 했던 마조에 의해 산산이 부서져 흔적도 남김없이 사라지고 말았던 것이다.
　"이게 무슨……?"
　물막이 부서진 원인이 마조라는 걸 눈치챈 비렴이 경악했지만 이조차도 안 들리는지 마조는 멍한 시선으로 J를 보았다. 한 발 한 발 J에게 다가가 그 앞에 무릎 꿇고 앉은 마조는 잘게 떠는 손을 들어 목에다 갖다 대었다. 느리게 뛰는 혈관을 손가락으로 느끼고 나서야 아직 살아 있는 J로 인해 안도했다.

비렴은 아까 물막이 있었던 곳과 마조를 번갈아 보다 이를 악물고 바람의 창을 다시 만들었다. J에게 상처를 냈던 창은 아까와 달리 이번에는 마조의 심장을 노렸다. 한 번에 죽일 생각은 없었지만 출처를 모르는 힘을 사용하는 마조를 상대로 자칫 지루한 싸움을 할 수는 없었다.

하지만 그의 계획은 바람의 창이 마조의 심장을 찌르지 못하고 튕겨 버린 바람에 실패하고 말았다.

"하?"

인간은 물론이거니와 비렴의 바람 창을 튕겨 버릴 수 있는 이는 현존하지 않은 상태다. 운의 육신은 말 그대로 잠들어 있고, J는 인간의 몸이라는 한계를 벗어날 수 없다. 게다가 이곳은 운이 만든 결계 안이다. 이곳에선 비렴조차 자신의 온전한 힘을 전부 쓸 수가 없었다. 그런데 어느 누가 자신의 창을 막을 수가 있단 말인가.

"설마……!"

있다면 운의 환생체 정도일 것이다. 운의 힘과 보인이 잠들어 있는 이곳에서라면 평범한 운의 환생체라도 힘을 쓸 수가 있을 터였다.

"운?"

하지만 온몸에서 피를 흘리고 있는 J로 인해 반쯤 이성이 날아가 버린 마조는 비렴의 질문을 제대로 듣지 못했다. 아니, 듣는다 해도 답해줄 만큼 그 자신도 아는 게 없다는 게 맞다.

"찌질하게 구는 것도 정도가 있는 거다."

얼음조각보다 더 차가운 마조의 음성에 비렴은 흠칫 놀랐다. 마조가 만약 운의 환생체라면 그를 이기기 어려운 것도 있지만 싸울 이유가 없었다. 아니, J 때문에라도 싸울 수밖에 없는 것일까.

펵.

비렴이 고민하는 사이에 마조의 주먹이 그의 얼굴을 때렸다. 재빨리 바람으로 막아냈지만 마조의 주먹을 막지 못하고 허무하게 흩어지고 말았다. 공중에 붕 떠올라 벽에 등을 맞고 바닥으로 굴러떨어진 비렴의 앞으로 어느 사이에 성큼 다가선 마조는 두 손으로 비렴의 멱살을 틀어쥐었다.

"콜록……."

뺨 한 대 맞고 반대편 끝까지 날아가 벽에 부딪친 비렴은 눈을 끔벅이며 머리를 가로저었다. 이런 물리적인 충격을 당한 게 그에게는 처음이나 마찬가지였다. 바람을 주관하던 그는 싸움을 하거나 누군가와 이렇게 몸으로 드잡이를 할 일이 없었다. 누가 있어 그에게 몸으로 덤벼들 것이며, 그나마 힘으로 상대가 되는 운과 진천군하고도 이런 몸싸움을 할 일이 없었다.

오늘 진천군과 힘을 겨루며 싸워본 것이 그의 생애 처음이었다. 그마저도 주먹으로 얻어터지지 않았으니 이런 손찌검에 아픔을 느껴본 것 역시 처음일 수밖에 없었다. 소위 나를 때린 것이 네가 처음이라는 말을 마조가 듣는다고 해도 이상할 게 없는 비렴의 사정이었다.

"운이 맞는가?"

마조에게 멱살이 잡힌 채로 찢어진 입을 훔치던 비렴이 열망이 가득한 눈을 올려다보며 물었다.

"네가 무슨 말을 하는지 나는 모르겠지만, 우선 좀 맞자!"

마조는 자신이 비렴을 죽일 수 있다는 생각은 하지 못했다. 워낙에 경이로운 그의 힘과 능력을 보았기에 자신이 어떻게 할 수 있는 인물이 아니라 여겼기 때문이다. 그런데 격분한 나머지 날린 주먹이 먹히자 그에 고무되어 비렴에게 폭력을 쓰고 있었다. 폭력이 통한다면 그보다 더한 것도 할 수 있을 거라는 가능성은 배제하고 일단 마음껏 때려보는 게 당장의 소원이었다.

"내가 너 때문에 한 고생을 생각하면 이것으로도 부족해. 거기에다 J를 저렇게 만들어! 저 작은 게 어디 하나 때리고 괴롭힐 구석이 있다고. 원래대로 다시 말짱하게 만들어, 피 한 방울까지 모두 다 주워 담아서 돌려놓으란 말이다."

마조의 주먹과 발에 무차별적으로 얻어맞은 비렴은 상대가 운의 환생체라도 이건 아니라는 생각이 들었다. 초반에 움찔해서 기선을 제압당했지만 상대는 어차피 '인간'이 아닌가 말이다. 이곳이 운의 결계 안이라도 어느 정도 대거리는 가능할 것이다. 무엇보다 맞아서 아픈 것은 참기가 무척 힘들었다.

"저 정도 가지고 죽지는 않아!"

바람을 일으켜 잠시 마조를 움직이지 못하게 묶어놓고 뒤로 빠진 비렴은 이를 악물며 소리쳤다. 어차피 죽을 정도로 만든 게 아니기 때문에 가만히 두면 J 스스로 피를 쓸어 담을 수 있다. 피도 액체이기에 J가 원한다면 이 공간에 뿌린 모든 핏방울들이 도로 돌아갈 것이다.

"저 정도로 죽지는 않아도 죽을 만큼 아프기는 하지."

　J의 숨소리가 점점 고르게 변하는 것을 귀로 듣고 있는 마조는 그래도 분을 삭이지 못하고 비렴에게 이단 옆차기를 시도했다. 몸을 움직이는 것보다 바람으로 자신에게 가해지는 폭력이나 위험을 막아내는 것이 자연스러운 비렴은 이번에도 그리하였고, 비참하게 맞아서 구름 바닥을 데굴데굴 구르고 말았다.

　"크윽. 언제나 넌 진천군에게 쓸데없이 약했어. 이젠 슬슬 정을 뗄 때도 되지 않았나?"

　"대체 아까부터 누구한테 이야기하는지 모르겠군. 그리고 J에게 정을 떼긴 뭐 하러 떼! 저렇게 귀여운……."

　떼긴 떼야 할 것 같았다. 눈에 붙어버린 콩깍지를.

　씩씩거리며 비렴을 쏘아보던 마조는 문득 자신의 손바닥을 내려다보았다. 평소와 전혀 다를 게 없는 이 손으로 비렴을 저렇게 만들었다는 게 신기했다. 대체 무엇 때문일까. 그리고 비렴은 대체 자신을 누구로 착각하고 있을 것일까.

　"너는 나를 뭐라고 생각하고 있는 거지? 아까만 해도 아랫것을 내려다보듯이 나를 대하더니 갑자기 평어를 쓰면서 '너'라고 부르는 이유가 뭐냐. 아, 방금 전에 나보고 운이라고 했었지."

　운이라 하니 뒤에 있는 구름기둥이 거슬렸다. J는 물, 비렴은 바람, 그렇다면 운은 그 이름처럼 자연히 구름일 터다. 구름으로 만들어진 이 공간과 구름기둥 안에 있는 자, 모두 운이란 이름으로 한데 묶을 수가 있었다.

　"너는 내가 운일 거라 생각하는 거냐?"

　"운이 아니라면 이곳에서 나를 이길 수 있는 '사람'이 없으니 당연히 네가 운이겠지."

"정말 내가 운인가?"

"몇 번을 말해야 하나. 운이 아니라면 누가 나를 이렇게 만들 수가 있겠나."

비렴은 코에서 흐르는 비혈을 손가락으로 닦아내며 무심히 말했다. 당연한 사실을 말하는데 열성을 보일 여력도 남아 있지 않았다.

"그런데 왜 나는 구름으로 아무것도 할 수가 없는 거지?"

내가 너희와 비슷한 종류라면, 너희들처럼 특성을 가진 원소를 마음대로 쓸 수 있어야 하는 게 정상이지 않느냐고 마조는 묻고 있었다.

"어, 어어어…… 어?"

마조의 의문에 비렴 역시 이상하다 여기면서 그럴 리 없다고 마조와 이 공간을 채우고 있는 구름들을 보았다. 그리고 다시 마조를 뚫어지게 보면서 그의 내력을 살폈다. 전에 한번 그가 혹시 운의 환생체가 아닌지 의심했던 적이 있다.

그때 그가 운이 아니라고 생각했던 이유는, 그의 영혼에 운의 흔적이 전혀 없기 때문이었다. 평범한 인간으로 살아도 영혼은 변함이 없다. 영혼에서 흔적을 찾을 수 없는 것은 J가 진천군으로 각성하지 못한 것과 다르다. 나무의 나이테처럼 하나씩 새로운 테가 생길 뿐 예전의 것이 지워지지 않는다는 의미다. 그리고 그때는 물론 지금도 마조에게서 운의 흔적을 찾을 수는 없었다.

"그렇다면 대체 너는 무엇이냐?"

멍하니 자신을 올려다보며 묻는 비렴에게 마조는 어깨를 으쓱해 보였다. 자신이야 당연히 사마조라는 흔한 답변 말고는 해줄 게 없기 때문이다.

운의 흔적을 찾을 수가 없다고 해서 마조가 그저 평범한 인간일 리는 없다. 그래서 비렴은 운에만 한정하지 않고 계속 마조의 영혼을 더 깊숙이 훑어보았다. 자신의 영혼이 누군가에게 검사받고 있다는 것을 알 리 없는 마조는 순간 몸에 소름이 끼치면서 부르르 몸을 떨었다. 개미가 몸을 기어가는 찝찝함과 불쾌함을 동시에 느낀 마조는 이제 비렴을 어떻게 해야 할까 고민했다.

원인은 모르겠지만 힘으로 비렴을 제압할 수 있는 기회가 흔하지는 않을 터였다. 당장에 손발을 묶어 구속하든지 아까 하던 걸 계속해서 반 죽여놓을까, 진지하게 고민했다.

"어, 어떻게!"

"뭐가?"

비렴이 부들부들 떨면서 손가락으로 마조를 가리키고 있었다. 눈썹을 살짝 추켜세우며 마조는 이번엔 또 뭐냐는 의미로 비렴을 노려보았다. 그러나 비렴은 대답 대신에 계속 어떻게를 반복하더니 스르륵 옆으로 쓰러져 기절하고 말았다.

"지금 기절하면 어떻게 하자는 거야!"

기절해 버린 비렴을 붙잡고 뺨을 왔다 갔다 계속 때렸지만 정신을 차릴 낌새조차 보이지 않았다. 그래 마조는 비렴을 내던지고 다시 J에게로 갔다. 바닥에 피 웅덩이가 생기지 않으니 얼마만큼 피를 흘렸는지 가늠하기 어려워 되레 속이 탔다.

J를 안아 자신의 허벅지 위에 머리를 누인 마조는 보이는 곳곳마다 하나씩 상처를 살펴보았다. 상처에서 끊임없이 흐르던 피는 어느새 멈춰서 벌써 딱지가 생겨나고 있었다. 출혈이 멈췄다는 것에 안심하며 마조는 J의 앞머리를 조심스럽게 넘겨주었다.

"얼른 일어나야 집에 돌아갈 수 있지."

하지만 J에게선 아무런 대답도 돌아오지 않았다.

양승은 계속 시간을 보면서 힐끔힐끔 결계와 이어진 입구를 바라보았다. 그가 다휜을 데리고 결계를 나온 지도 세 시간이 지났다. 이 정도 되면 비렴에게 연락이 올 줄 알았는데 아니라서 점점 조바심이 끓어올랐다.

―시간을 본다고 해서 일이 해결되누.

"다휜님은 걱정되지 않습니까?"

―내가 누굴 걱정해야 하지? 비렴님? J? 아니면 집주인을? 어느 누가 되었든 결국에는 내가 원하는 결말은 나올 수가 없어.

그도 맞는 말이라 고개를 끄덕이는 양승을 기이한 눈으로 바라보며 다휜은 물었다.

―너는 '그분'이 돌아오면 너희 일족에게 내렸던 저주를 거둬줄 거라고 믿는 것이냐?

"믿지는 않지만 기대하고 있습니다."

―무엇을?

"선우연님을요. 그분이라면 진실을 안 연후에 저를 불쌍히 여겨주시지 않을까 하는 기대. 이 기나긴 저주가 얼마나 끔찍한지 조금은 알아주시지 않을까 하는 기대가 저에게는 있습니다."

　—그런데 선우연? 그가 정말 '그분'인 것은 맞는 것이냐?

　"비렴님께서 확인해 주셨으니 맞을 겁니다."

　—그래?

　하지만 이상하게 다휜은 믿겨지지 않았다. 무려 수천 년 동안이었다. 그 기나긴 시간 동안 오로지 '그분'을 찾는 데 혈안이 되었던 비렴이 끝끝내 찾아낸 것은 당연한 기로이지만 왠지 의심스러웠다. 무려 수천 년 동안 이루지 못한 것을 이번에 해냈다는 게 쉬이 믿어지지 않은 것일 수도 있다.

　—하긴 비렴님이 아니면 누구도 확인할 수 없는 일이니 믿어야 하겠지,

　만약 운이 '그분'을 찾는 데 열을 올렸다면 이미 오래전에 뜻을 이룰 수도 있었을 것이다. 보이는 것에서만큼은 삼사 중에 그의 눈을 따라갈 이는 없었으니 말이다. 그러나 운은 '그분'을 찾는 것이나 그 후의 일에 대해서는 회의적이었다. 뜻이 다르니 결국에는 서로 다른 길을 가버린 삼사가 조금이라도 자신을 버리고 전체를 생각했더라면 하는 아쉬움이 항상 따라다녔다.

　투덜거리던 다휜은 자신을 뺀히 쳐다보는 양승의 시선에 눈살을 찌푸렸다.

　—뭐, 하고 싶은 말이라도 있나 보지?

　"아니요. 이야기만 전해 들었었는데 이렇게 직접 뵈니 조금 신기해서요."

　—무슨 이야기를 들었는데?

"보는 그대로의 성격이시라고요."

양숭의 말에 자리에서 벌떡 일어난 다흰은 눈앞에 상이라도 있었으면 뒤엎을 기세였다. 인간의 성체 모습을 가질 수 없는 다흰에게 있어 외양에 관련된 말은 언제나 그의 콤플렉스를 자극하기에 충분한 소재였다. 거기에 성격까지 운운하면 바로 한 방이었다.

─너, 너, 네가 감히!

"왜 그러십니까? 저는 다흰님이 외양처럼 귀엽고 순수한 분이란 이야기를 들었습니다. 혹시 무슨 문제가 있으신지요."

아름다운 얼굴로 순수하게 왜 화를 내는지 모르겠다는 표정으로 눈을 말똥하게 뜨고 쳐다보는데, 거기에다 대고 차마 화를 낼 수가 없는 다흰은 속으로 끙끙 앓을 수밖에 없었다. 칭찬을 하는 사람에게 화를 내면 스스로가 자신의 외양이 자라지 않는 것에 자격지심을 가지고 있음을 시인하는 꼴이었다. 그리고 자라지 않은 이유가 바로 자신의 성격 탓이라는 것도.

분명 저것은 다 알고 저러는 것이다. 아까 결계 안에서 자신을 보고 싫은 내색을 보인 것이나, 선우연을 의심하는 발언에 은근슬쩍 웃으며 속을 뒤집는 것이다.

무서운 것. 역시나 그 저주받은 일족의 수장답게 속이 시커멓고 구린내가 풀풀 풍긴다고 다흰은 개인적인 악감정을 담아 양숭을 폄하했다.

─아! 오시는군. 그런데…….

결계의 입구가 술렁이며 문이 열리고 있었다. 원래 운이 만든 결계는 운락공원의 무영호가 입구이자 출구다. 그런데 비렴이

자신이 거처하는 곳과 결계를 연결하는 길을 하나 더 만들어서
이었다. 그래서 운의 결계로 들어가는 이곳 입구는 비렴의 기운
이 깃들어져 있어서 바람의 흐름과 공기의 술렁거림을 쉽게 느
낄 수가 있다.

해서 비렴이 입구를 통해 나오는 걸 밖에서부터 느낀 다횐은
순간 고개를 갸웃거렸다. 그러기는 양승도 마찬가지였다. 결계
를 나오는 이는 모두 셋이었다. 결계가 열리고 먼저 모습을 드
러낸 비렴의 뒤로 마조가 J를 두 팔로 안고 걸어나왔다. 이게 어
찌 된 건가 싶어서 다횐과 양승은 서로 바라보다가 다횐이 먼저
콧방귀를 뀌며 고개를 돌렸다.

"어떻게 되신 겁니까."

양승이 비렴에게 다가와 뒤에 있는 마조와 J를 훔쳐보며 속삭
이듯 물었다. 세 시간 사이에 진이란 진은 다 빠져서 폭삭 늙어
버린 느낌의 비렴은 대답 대신 한숨을 푹 내쉬며 중얼거렸다.

"모든 게 헛되고 헛되다."

더욱더 알 수 없는 난해한 혼잣말을 남기며 비렴은 자신의 방
이 있는 곳으로 걸어갔다. 그러다 불쑥 뒤를 돌아 마조를 바라
보더니 다시 한 번 크게 한숨을 내쉬며 원망이 가득한 목소리로
양승에게 명을 내렸다.

"마, 아니, 저분을 방으로 안내해 주고 J를 치료해 줘라."

"네?"

"그렇게 해. 그렇게 해야 하는 거다."

터벅터벅 가버린 비렴을 붙잡고 설명을 듣기엔 분위기가 너
무 우울했다. 하릴없이 양승은 마조가 전에 썼던 방으로 그를

안내하려 했다.

"저기로 가면 되는 거지?"

"어, 네."

자신이 썼던 방으로 가는 길을 기억하고 있는 마조가 양승의 안내가 필요없다는 듯 앞장 서 걸어가 버렸다. 너무나 당당하고 자신있는 행동에 남은 다흰과 양승은 어쩔 줄 몰라 했다. 서로의 얼굴만 쳐다본다고 해서 해답을 얻을 길이 없다는 걸 안 다흰과 양승은 바로 행동으로 나섰다. 양승은 비렴을 찾아 우아하게, 다흰은 집주인에게 체통을 지키며 몇 걸음 가다가 이내 후다닥거리며 뛰어갔다.

—집주인아!

"조용히 좀 해줄… 래. J가 자고 있잖아."

처음 다흰을 보기 전까지 마조는 그를 귀신 취급하면서 그래도 연배가 있을 테니 나름 말을 높여주었다. 하지만 막상 그 실상을 보고 나니 도저히 말을 높여줄 수가 없었다. 겨우 십대 중반으로밖에 보이지 않는 도령에게 존대는 마조의 높은 자만심으론 무리였다. 다행히 호기심에 가득 찬 다흰이 그 차이를 인지 못하는 덕분에 그에 대해서는 별다른 충돌이 없었다.

—대체 무슨 수를 써서 비렴님의 마음을 돌릴 수 있었던 게야?

"양승은? J의 상처에 어서 약이라도 발라야 하는데 왜 오지 않지?"

—그는 비렴님께 갔지. 그리고 심장이 뛰는 한 이 정도로 J가 죽을 일은 없을 테니 너무 걱정 말아라.

“너희들은 지독하게도 똑같군.”

―……?

예상치도 못한 마조의 서늘한 비난에 다휜은 동그란 눈을 크게 뜨고 끔벅거렸다.

“사람이 죽을 만큼 다쳤다. 죽지 않았어도 죽을 만큼 아팠을 거라는 걸 왜 모르지? 너희들의 계획을 위해 아프고 죽임을 당해도 아무렇지 않을 만큼 인간의 생명은 가볍지 않아.”

―그래도 죽은 것보다는 다행이잖은가. 상처에 나는 딱지는 어서 낫고 새살이 돋으라고 생기는 것이지 계속 뜯어서 흉터를 되새기라는 게 아니다.

“네 말이 맞아. 과정이 아무리 아름답고 고아도 결과가 안 좋으면 소용이 없는 거지. 하지만 적어도 사과는 있어야 될 거 아니야. 아이를 이렇게 만들어놓고 안 죽었으면 됐지? 인정도 없고, 개념은 더욱더 없는 것들!”

집주인이 바락바락 화를 내는 바람에 다휜은 입을 꼭 다물고 시선을 피하다가 엉망으로 다친 J의 팔을 살펴보았다. 수백 개의 바늘로 사람을 쪼아놓은 것같이 처참한 J의 몸을 보니 마조가 화를 낼 만도 했다.

하긴 이토록 어린아이를 꼬였는데 자기가 위해줘야지. 안 그러면 집주인은 사람이 아닌 게다. 다휜은 자신이 J를 비렴에게 넘기려 했던 지난날의 계획은 슬며시 묻어두었다. 어차피 그에 관해서는 비렴에게 제대로 말도 못 꺼냈으니 자신만 입 다물면 진실은 애초에 존재조차 하지 않는 게 된다. 이왕 집주인에게 모습까지 드러내 보였으니 돈독한 관계 개선을 위해선 현명한 선택이 필수였다.

다흰은 엉망으로 다친 J의 몸을 살피다 치명적인 상처는 없는 걸 확인하고 자신이 할 수 있는 선에서 천천히 치유에 들어갔다. 당장은 피부에 붉은 상처자국 정도는 남겠지만 그만하면 거의 완벽에 가까운 치료나 마찬가지다.

비렴에 대한 화로 씩씩거리던 마조는 J를 치유하는 다흰을 보며 의외라는 듯 눈초리를 슬쩍 올렸다. 술 먹는 귀신에, TV 보느라 전기 잡아먹는 귀신이 의외의 쓸모를 보여주자 그 역시 계산기를 누를 수밖에 없는 것이다.

"제법이네."

—흐음, 이 정도쯤이야. 원래 아무것도 아니지.

"하지만 나는 이런 거 처음 봐. 몰랐는데 꽤나 능력자군."

—내가 좀 하지.

"아까 네가 비렴에게 대들어준 거 고마웠다."

다흰의 속셈을 몰랐던 마조로선 J를 이곳까지 끌고 온 것만 빼고 나름 이것저것 고마운 마음이 있었다. 지금도 이렇게 J를 치료해 주고 말이다.

—너와 J를 위해서가 아니었다.

다흰은 콧대를 높이 세우며 입에 걸리는 미소를 새치름히 감췄다. 귀밑머리에 있는 잔머리를 귀 뒤로 넘기면서 슬쩍 마조를 쳐다보는 품새가 칭찬할 게 있으면 더 해보라고 은근히 보채는 분위기다.

"그래서 만약 오늘 살아 돌아가게 된다면 너에게 샤또 라피뜨 로칠드를 사주자 맹세도 했었는데 이렇게 살았지 뭐야."

샤또 리피뜨 로칠드는 전에 다횐이 마조에게 넘긴 주류 목록
안에 있긴 했지만 염치를 알기에 가격대가 낮은 것들로 골라 넣
었었다. 그런데 마조가 굳이 언급하는 것을 보면 그 외의 것도
가능하다는 의미일 거다.

—몇 년 산으로?

"네가 원하는 것으로."

—J가 얼른 나아야 빨리 집으로 돌아가겠구나.

천천히 J의 몸을 치유해 주던 다횐은 돌연히 의욕을 불태우며
잽싸게 행동했다. 더디게 치유되던 상처들이 조금 전과는 비교
도 되지 않을 속도로 금세 나아지고 있었다. 피딱지들이 떨어지
며 선홍빛 자국들이 남은 피부만으로도 마조의 걱정과 화가 많
이 누그러졌다.

"고마워. 진심으로 하는 말이다."

—뭐 겨우 이것 가지고.

원래 이 방으로 달려왔던 이유는 망각한 채, 샤또 라피뜨 로
칠드에 대한 기대와 마조의 칭찬에 몸 둘 바를 몰라 하며 다횐
은 혼자서 저 멀리 망상의 나라를 허우적거렸다. 그런 다횐을
바라보며 마조는 조금은 세상을 쉽게 사는 방법을 터득한 기분
이 들었다.

"그게 무슨 말씀입니까?"

"마조… 그가 바로 '그분'이었다."

"어, 어떻게 그런 일이 있을 수가! 그럼 선우연님은요?"

따지듯 묻는 양승의 태도는 평소라면 절대 상상도 못할 행동

이었다. 그만큼 이 문제는 그의 생애 가장 중요한 일이었다. 제대로 납득하지 못한다면 절대 물러서지 못할 것이다.

"선우연의 영혼에서 분명 '그분' 의 흔적을 발견했었다. 수천 년 동안 그만큼도 지닌 사람이 없었기에 나는 당연히 '그분' 이라고 자신했던 거야. 그런데 오늘 마조에게서 찾아낸 것은 선우연과는 비교도 되지 않은 것이었어."

"전에 마조가 운님이 아닐까 기대하시고 영혼을 살피신 적이 있지 않습니까."

그때는 몰랐던 것이 이제야 나타난다는 게 양승은 선뜻 이해가 되지 않았다. 비렴의 말대로 선우연은 비교도 되지 않을 정도라면 그때 알아봤어야 하는 게 옳다.

"보통 영혼에서 전생이나 본질에 대한 정보를 캐낼 때 흔적의 모양이 어떤 식으로 나올지는 아무도 모르는 법이다. 너무 미미해서 그냥 놓쳐 버릴 수도 있고, 숨이 막히도록 뚜렷하게 나타날 수도 있지. 그것은 영혼의 성격에 따라 자연스럽게 드러나는 특성들이지. 하지만 '그분' 과 운의 경우에는 일부러 감추고 변형을 해놓아서 작정하고 보지 않은 이상 쉽게 찾아내기가 힘들단다."

마조를 운이라 생각하고 운의 특질들만 찾으려고 했던 게 '그분' 의 흔적을 놓친 이유였다.

"나는 선우연에게서 느꼈던 '그분' 의 흔적이 비록 희미하고 미미해도 일부러 감추었기에 그런 줄 알았던 게야."

스스로 모든 것을 버리고 떠난 '그분' 이었다. 수천 년 동안 쉬이 찾을 수 없었던 것도 모두 철저하게 영혼에 새겨 있던 자신의 흔적을 그분이 스스로 지웠기 때문이라고 비렴은 판단했었고 그게 사실이다. 그래서 비록 희미하고 보잘것없지만 선우연에게서 '그분'의 흔적을 찾았을 때에 비렴은 확신했던 것이다. 하지만 오늘 마조에게서 본 것은 '그분'의 본체에 가까운 흔적이었다. 선우연에게서 흐릿하고 미미하게 묻어났던 것과는 차원이 다르게 말이다.

"다시 한 번 확인을 해봐야겠다."

충격을 받아 기절까지 했지만 더 이상 마조에 대해서는 확인이란 절차가 필요하지 않았다. 다만 문제는 선우연이었다. 그에게서 '그분'의 흔적을 발견할 수 있었던 이유를 알아내야만 했다. 선우연이 잠들어 있는 방을 찾아 나서며 비렴은 양승에게 자신이 시켰던 일에 대해 물었다.

"J에게는 가봤느냐."

"다흰님이 대신 가셨습니다. 그런데 J는 이대로 그냥 둘 생각이십니까?"

"저대로 두지 않으면? 그 뒷감당을 할 자신이 있나?"

마조가 '그분'이라면 J에게 더는 손을 댈 수가 없다. 기를 쓰고 막을 마조의 대응을 어찌 감당한다고 해도 차후에 밀려올 책임추궁은 또 어쩌고.

"둘이 아예 모르는 관계였다면 좋았을 텐데……"

하다못해 둘이 만난 지 얼마 되지 않았을 때 떼어놓았다면 이런 골치 아픈 결말은 나오지 않았을 게다. J가 마조에게 유난히 반응을 보이고 점차 마음을 열기에 이를 이용하려 했던 것이 이런 결과를 낳고 말았다.

“정말 한심하지 않느냐.”

누구를 탓할 것도 없이 이 모든 게 자신의 어리석은 일 처리였기에 비렴은 혀를 차면서 선우연의 방으로 들어갔다. 세 개의 보인을 모아 천부인을 완성시키고 나서 선우연에게 주려던 의식의 절차는 매우 복잡하다. 천부인을 받아들이면 더는 인간의 몸일 수 없겠지만 그전까지는 지극히 평범한 인간의 몸이라 의식을 견디는 게 매우 힘들다. 그래서 미리 선우연을 수면에 들게 해서 기운을 채우고 있었다. 그런데 만약 선우연이 ‘그분’이 아니라면 이 모든 게 쓸모없는 절차가 된다.

침대맡에 걸터앉아 선우연의 이마에 손을 갖다 댄 비렴은 다시 한 번 영혼의 흔적을 샅샅이 살폈다. 비렴과 선우연의 몸에서 은빛의 아지랑이가 피어올라 지켜보고 있던 양승은 뒤로 물러나 시선을 피했다. 차가우면서 은빛으로 빛나는 비렴의 기운에 눈이 시렸기 때문이다.

넓고 깔끔하게 정리된 방에 강풍이 몰아치는 것처럼 거친 바람 소리가 났지만 정작 바람에 날리며 나부끼는 물건은 아무것도 없었다. 분명 존재하기는 하나 어느 것 하나 건들지 않고 지나가는 바람은 한 시간가량 방 안을 돌아다닌 후에야 점차 조용해지며 사그라졌다.

비렴과 선우연을 감싸며 휘몰아치던 은빛 아지랑이가 사라지고 나서야 비렴은 하얀 눈동자를 떴다. 감정을 알 수 없는 하얀 눈동자는 그러고도 한참 동안 선우연을 내려다보았다. 양승은 차마 대답을 요구하지 못하고 초조하게 지켜보고만 있었다.

“허……”

오랜 침묵 끝에 내뱉은 비렴의 첫마디는 어이없는 한숨이었다. 어쩌면 자기비하에 더 가까울 것이다. 누구에게 책임을 전가할 수 없는 게 선우연이 '그분'이라고 자신했던 게 그 누구도 아닌 자신이었기 때문이다.

"아, 아니… 신 겁니까?"

비렴의 태도에서 이미 답을 얻었지만 양승은 그에게 직접 대답을 듣고 싶었다. 선우연이 '그분'이 아니라면 지금까지 자신이 했던 일, 그리고 그렇게나 숙원했던 일족의 바람까지 모두 헛것이 되고 만다.

"조각이다."

"……?"

비렴의 대답은 모호하고 양승의 지식에는 없는 내용이었다. 쉬이 이해하지 못하고 혼란스러워하는 양승을 지친 표정으로 돌아본 비렴의 눈동자에는 물기가 어려 있었다.

"오늘 마조에게서 느꼈던 '그분'의 흔적을 경험하지 않았다면 나도 끝까지 몰랐을 것이다. 인간이 된 '그분'에 영혼의 흔적이 어떤 모양을 하고 있는지 몰랐기에 이 아이의 것을 보고는 당연히 '그분'의 흔적이라 믿어 의심치 않았던 거야. 그런데 오늘 전체를 보고 난 후에 이 아이의 영혼의 흔적을 보니 여실히 깨닫게 되는구나. 이 아이는 단지 영혼의 흔적 일부를 가지고 있는 것뿐이라는 걸 말이다."

경악 어린 양승의 눈은 그게 가능한 일이냐고 묻고 있었다. 일반 인간과는 다르다 해도 그 역시 결국은 인간이다. 영혼 자체나 영혼의 흔적을 건들 수 있는 능력이 없다 보니 그것의 가능 여부도 막연할 뿐이다.

"그분이라면 가능하지. 우리 삼사에게도 어려운 일이지만 그분이라면……."

영혼의 흔적을 남에게 떼어주는 것도 불가능하지 않다. 다만 아무라도 그 영혼의 흔적을 감당할 수 있는 게 아니다. 자칫하면 받아들이는 쪽의 영혼이 소멸할 수도 있는 위험한 일이었다. 선우연에게서 느껴지는 '그분' 의 흔적은 매우 정교하고 부드러우며 따뜻하게 선우연 본연의 영혼을 감싸고 있었다. 이는 보호이기도 하고 특별한 능력을 하사한 것이기도 했다.

'그분' 은 이 선우연의 영혼을 특별하게 생각했던 것이다. 그리고 '그분' 의 영혼의 흔적 밑에서 보호받고 있던 선우연의 흔적을 발견한 비렴은 이해의 한숨을 내쉬고 말았다. 처음 '그분' 의 흔적을 발견한 것에 들떠서 그 밑에 은밀히 숨겨져 있던 선우연 본연의 영혼을 알아보지 못한 것은 분명 비렴의 실수다. 오늘 마조에게서 보았던 찬연한 '그분' 의 것을 보지 않았더라면 아마도 끝까지 눈치채지 못했을 것이다.

그만큼 심혈을 기울여서 '그분' 은 선우연에게 자신의 것을 하나라도 주고 싶었는지 모르겠다.

"이제는 이렇게 계속 재울 이유가 없으니 저녁쯤에는 깨우는 게 좋겠다."

"……."

선우연이 '그분' 이 아니라는 게 확실해진 마당에도 그를 대하는 비렴의 태도는 크게 달라지지 않았다. 조심스럽게 이불을 덮어주며 머리칼을 정돈해 주는 것이 어느 때와 조금도 다르지 않았다. 선우연이 '그분' 이 아니라면 제일 먼저 그를 내칠 거라 생각했는데 의외의 반응에 양승은 의문을 가졌다.

"이상하느냐?"

"네."

"조각이라 해도 이 역시 '그분' 의 흔적이거늘. 싫어질 리가 없지 않은가. 너는 이이가 '그분' 이 아니라고 해서 갑자기 싫어지거나 함부로 내치고 싶어진 게냐."

양승의 의문은 결국 우문(愚問)이었다. 비렴의 태도에 의문을 가졌던 양승조차 선우연이 갑자기 달리 보이거나 밉지는 않았으니 말이다. 선우연이 '그분' 인 줄 알고 마음을 주기는 했지만 지금에 와서는 그게 꼭 전부인 것만은 아니었던 것이다. 이는 비렴도 마찬가지였던 모양이다. 아니, 정확히 말하자면 비렴은 선우연의 영혼에 있는 '그분' 의 흔적이 조각이라 해도 그것마저 소중한 것이리라.

"일이 이 지경이 되었으니 너에게 미안하기만 하다. 오히려 너의 원을 망가뜨리고 말았으니……"

비렴이 미안한 것은 오로지 양승 하나였다. '그분' 이 돌아오면 가장 먼저 청하고자 했던 양승의 일족에게 내린 저주를 거둬 달라는 것도 이제는 허망한 꿈이 되고 말았다. 오히려 지금까지 일로 마조와 양승의 사이가 벌어졌으니 더 이상 악화되는 것이라도 막아야 할 실정이다.

"뭔가 쉽다고 생각했었습니다. 수천 년 동안 이루지 못했던 숙원이 제 대에서 이뤄진다는 게 꿈만 같았지만 믿기지 않았던 것도 사실입니다. 우리들의 숙원은 다음 세대에게 맡길 수밖에요. 그래서 외람되지만 질문 하나 드려도 되겠습니까.”

“해봐라.”

“이번에 실패하셨으니 이제는 포기하시렵니까.”

“그럴 것 같으냐?”

“저는 포기하지 않으셨으면 합니다. 그래서 제 시대에는 어쩔 수 없더라도 다음 세대에는 언젠가 꼭 이 굴레에서 벗어나기를 바랍니다. 그리되도록 비렴님께서 도와주시기를 바라고 있습니다.”

“그는 내가 너에게 해야 할 청이다.”

이번 일로 ‘그분’의 영혼의 흔적이 어찌 생겼는지 확인했으니 다음에는 더 수월하게 찾을 수 있을 것이다. 다음에는 ‘그분’과 진천군을 아예 만나지 못하게 감시해야겠다는 결심을 하며 비렴은 쓰게 웃었다.

“다음에는 꼭 성공할 것이다.”

유한한 양승에게는 막연한 다음 세대를 걸고 한 약속이지만 비렴에게는 잠시 잠깐 쉬어가는 하나의 건널목에 불과한 시간이다. 수천 년도 기다려 왔는데 겨우 몇십 년 정도로 인내의 한계를 느낄 정도는 아니었다.

“내게는 앞으로도 수많은 기회가 돌아올 테니 말이다.”

해탈하게 웃으며 비렴은 선우연의 머리칼을 정중하고 조심스럽게 넘겨주었다. 비록 일이 이렇게 일그러지고 말았지만 ‘그분’을 다시 만났다는 것만으로도 역시 기분 좋은 날이었다.

“그러고 보니 너와 나, 둘 다 ‘그분’께는 최악의 악질이 되어버렸으니… 어찌한다?”

이제야 번뜩 깨달았는지 비렴이 아연한 얼굴로 양승을 보았다. 이미 그에 관해서는 거의 포기해 버린 양승은 슬며시 비렴의 시선을 피했다. 일족의 저주를 풀지 못한다면 마조에게 미움받으나 그렇지 않으나 어차피 양승에게는 똑같았다. 하지만 아무래도 비렴은 그게 아니었다.

다시 온전한 '그분'을 만나는 게 아니라도 미움받는 건 사양이었다. 갑자기 심각해진 비렴에게 딱히 어떤 위안도 해줄 게 없는 양승은 천장을 보며 그저 한숨만 내쉬었다. 격변한 상황은 개개인의 사정에 따라 입장마저 변화시켰다.

*　　　*　　　*

샤또 리피뜨 로칠드에 넘어간 다휜은 집주인을 붙잡고 그간의 사정 이야기를 모두 해주었다. 중간 중간 마조가 이해하지 못했던 속사정들까지 전부. 아직 마조가 '그분'이라는 정보를 건네받은 것도 아니면서 딱 달라붙어서 어찌나 살갑게 구는지 사연을 모르는 남이 봤다면 예전부터 절친했던 사이로 오인할 정도다.

─비렴님을 너무 미워하지는 않았으면 좋겠다. 생각을 해보거라 그 기이~인 세월 동안 혼자서 이 생각 저 생각 하다 보면 엉뚱한 짓을 할 수밖에 없는 게야. 나같이 특별한 취미 활동이 있는 것도 아니고 혼자서 온종일 그 생각에만 몰두하고 있는데 시야가 좁아질 수밖에 없지.

다휜은 자신의 취미를 은근히 자랑하면서 마조에게 너는 운이 좋다고 어필하고 있었다. 이왕지사 이렇게 되어버린 마당에 서로 내외할 것도 없는데 속내를 감출 일이 없는 게다. 이제부터 나는 편하게 TV를 볼 것이니 너는 그냥 인정해라. 내가 TV 안 보고 온종일 생각만 하다 보면 나도 어찌 될지 모른다고 겁을 주는 것도 같다.

— 그런데 어찌해서 비렴님이 집주인을 놓아준 것이야? 절대 이대로 물러설 분이 아닌데 J도 살려주고 집주인도 이렇게 가만히 두니 이상하지 뭐야. 설마 오늘은 날이 아니니 다음에 다시 날을 잡자는 건 아니겠지!

집주인과 J가 살아서 돌아온 것만 생각해서 마음 놓고 있었더니 생각해 보면 비렴이 그리 녹녹한 이는 절대 아니다. 이유없이 살려주지 않았을 터인데 그 연유와 차후의 일이 걱정이 되는 것이다.

동그란 얼굴과 그에 못지않게 크고 동그란 눈을 깜박이며 걱정하는 다휜에게 마조는 심드렁한 목소리로 비렴에게서 들은 걸 이야기해 줬다.

"나보고 그분이라 하더군."

— 그래 집주인보고 그분이라고 했었군. 그래, 그런데 그분이 누구지?

"네가 아까까지 말했던 그분 말이다. 너는 선우연이 그분이라 했었지? 그런데 비렴은 나보고 그분이라고 말하더군."

— '그분'?

"맞아, 그분!"

— 허허허, 설마… 잠깐! 내가 더 자세히 알아보고 오겠다. 그

러니 여기서 얌전히 기다려야만 한다!

다휜이 여기에 가만히 있으라고 해도 탈출할 경로를 알지 못하는 마조는 가만히 있을 생각이었다. 싸우다가 갑자기 기절하고 일어난 비렴은 모든 의욕을 잃은 망연자실한 얼굴이었다. 마조와는 눈도 마주치지 못하고 혼자서 횡설수설했는데 가만히 듣고 있으니 어떻게 저자가 '그분'일 수 있냐는 서러운 불만과 불신이었다.

의욕을 잃은 것은 마조 역시 마찬가지였다. 자신과 J를 해칠 낌새를 더 이상 비렴에게서 느낄 수 없게 되자, 이제 다 되었다는 기분에 맥이 탁 풀린 것이다. 저 사람이 나중에 어떻게 돌변할지 모르는데 어찌 믿을 수 있는가 하는 의문 따윈 생기지 않았다.

마조는 자신이 비렴을 죽일 수 있다는 생각이 들지 않았다. 능력이 따라주고 말고가 아니라 의식과 몸이 비렴을 죽이는 걸 격렬하게 거부했던 것이다. J가 안전하고, 죽지 않을 거라고 안심하는 순간 몸 안에서 불던 분노가 순식간에 녹아서 사라져 버렸다. 그리고 비렴을 때리는 게 가능케 한 넘치던 힘이 사라져서 평소의 그로 돌아와 버렸다. 그 순간 비렴의 눈치를 보며 쫄지 않았다면 거짓말일 것이다.

그러나 정신을 차린 비렴은 더는 마조와 J를 공격하지 않았고 오히려 길을 안내해 이곳으로 데려오기까지 했다.

"내가 그분이라서 그런가."

비렴과 양승, 그리고 다휜이 줄줄이 이어서 말하는 '그분'. 만약 자신이 정말 '그분'이라면 아마도 자각하지 못하는 부분

에서 그들에 대한 신뢰와 애정이 있을지도 모른다. 그런 것치고
는 그들에 대한 첫인상부터가 썩 좋았던 건 아니지만 말이다.

마조는 J의 옆에 누워 시트를 목까지 끌어올리고 눈을 감았
다. 이곳에 잡혀온 날부터 계속 먹고 자고 먹고 자는 날의 반복
이었지만 신경마저 편했던 것은 아니다. 연일 긴장의 연속이었
고 오늘은 그간 쌓여왔던 게 모두 터진 날이었다.

너덜너덜 찢어지고 피 얼룩으로 더러워진 J의 옷이 걸렸지
만 그보다는 한숨 자고 싶다는 유혹이 더 강했다. 어차피 이곳
에 J의 여벌이 있을 턱이 없으니 더러우면 더러운데도 그냥 참
을 수밖에 없었다. 마조가 침대에 누워 눈을 감자 J가 본능적으
로 따뜻한 곳을 찾아 그의 가슴에 팔을 둘렀다.

J가 움직일 수 있다는 확인까지 마친 마조는 보다 편안한 마
음으로 깊은 잠에 들 수가 있었다.

J는 하품을 하며 기지개를 쭉 켰다. 팔에 닿는 단단하고 커다
란 몸이 누구인지 알고 있기에 자기도 모르게 히죽 웃고 말았
다.

"깨어났으면 좀 일어나 봐라."

이제 막 깨어나 잠기운도 다 가시지 않고, 눈에는 눈곱까지
끼어 있던 J는 자신을 보채는 목소리에 인상부터 썼다.

"어서 일어나래도."

고압적인 목소리에 J는 하릴없이 눈을 뜨고 자신을 내려다보
는 비렴을 노려보았다. 흘깃 눈길로 마조를 살펴보니 그는 여전
히 깊은 잠에 빠져 있었다. 잠귀가 밝은 그가 이런 상황에도 깨

지 않은 것은 비렴이 무슨 조치를 한 게 분명하다. 눈살을 찌푸리며 자리에서 일어나 앉아 뚱한 얼굴로 비렴을 보았다.

"이미 진천군으로 돌아왔었지? 그럼에도 모른 척, 모자란 척하면서 끝까지 발뺌하면 내가 모를 줄 알았나."

팔짱을 끼고 J를 추궁하는 비렴의 목소리는 꽤나 격양되어 있었다.

"지이는 무슨 쏘린지 모르겠져."

"진천군, 그만해라."

"쳇!"

어떻게든 버터보려던 J는 결국 혀를 차면서 도리어 비렴에게 짜증을 부렸다.

"그럼 어떡해. 난 너를 이길 자신이 없는걸. 내가 진천군으로 각성했다는 걸 알았으면 그 자리에서 바로 마조를 죽였을 거면서."

"죽일지 안 죽일지 네가 어찌 자신하지? 내가 그리 무도하게 사람을 죽이는 이라 여겼느냐."

"응."

바로 고개를 끄덕이며 대답하는 J에게 뭐라 반박하고 싶었지만 자신이 한 짓이 있으니 그러기도 면구한 입장이었다.

"하지만 네가 각성했다고 하면 어떻게든 최대한 죽이지 않으려 노력은 했을 것이다."

말을 하면서 자기 자신에게 확신은 없었지만 비렴은 뻔뻔하게 그리 대답하며, J 때문에 자신이 명분없이 마조를 괴롭혔다고 탓했다.

“사실은 제대로 말해야지. 네가 괴롭힌 것은 거의 나잖아.”

“그러게 누가 마조를 보호하라고 물막을 만들라 하였나. 그 것만 없었다면 나는 그를 고문하고 거의 죽을 지경까지 다다르게 만들었을 것이다.”

“그럼 나한테 책임전가 하는 게 아니라 고마워해야겠네.”

그도 맞는 말이라 비렴은 다시 입을 다물었다. J에게 따지기 위해 하늘까지 쌓았던 원망들을 풀어놓을 때마다 되레 자신이 당하는 것 같다. 진천군의 어리석은 짓을 탓하는 거야, 예전에 하도 많이 해서 그걸 새삼 꺼내 따지는 것은 흥미가 떨어진다.

“너는 운밖에 없다면서, 운을 찾아갈 거라더니 이리 변덕스러워서야.”

이러면 운이 너무 불쌍하지 않느냐고 말하는 비렴의 말에 J는 순간 흠칫했다. 진천군으로 돌아온 것이 얼마 되지 않아 머릿속이 제대로 정리된 것은 아니지만 운에 대한 기억만은 또렷하다. 그리고 언제나 직설적일 정도로 달리던 자신의 마음이 이곳에 딱 멈춘 것이 이상하기도 하다.

“하지만 마조가 좋은 걸. 그가 ‘그분’ 이라거나 운이 아니거나 상관없어. 나는 마조가 좋아.”

“넌 언제나 네 마음 가는 대로 하는구나.”

자신의 마음을 억제하지 못하고 마음 가는 대로 무작정 달리기만 하는 J는 어떻게 보면 정직하지만, 진실은 그저 가벼운 변덕쟁이에 불과할 수 있다.

“다음 생에서는 어떻게 될지 모르겠지만 지금의 나는 이 자리에 있을 거야.”

　J는 잠을 자고 있는 마조의 눈썹 위를 손가락으로 덧그리며 애달프게 맹세했다. 인간으로 살아온 수천 년 동안 깨달은 것은 다음을 기약해서는 안 되는 것이다. 인간의 다음처럼 허망하고 가볍고, 부질한 것이 없다. 그저 현재에 충실하고 이 순간을 원하는 대로 살면 되는 것이다.

　"그렇지 않아도 충동적이던 것이 더욱 제멋대로가 되어버렸군."

　"네가 말하는 것만큼 나는 충동적이지도 않고 제멋대로이지도 않아."

　"설마?"

　"너와 운보다는 조금, 많이 철이 없었다는 것은 인정하지만 너에게 이런 추궁을 들을 정도는 아니야."

　처음에는 기가 죽었다가 점점 되살아나는 J의 기세는 점점 뻔뻔해지기 시작했다. 콧김을 풍풍 내뿜고 앵돌아진 얼굴은 한 치의 주저도 없이 자신의 결백을 주장하고 있었다. 그 결백이란 것도 예전 그의 만행을 하나하나 짚어보면 바로 입을 다물 것들이면서 한 치의 앞도 모르고 당당하다.

　"그 옛날 너보고 철없는 어린애라고 했던 이의 고향에 세 달 내내 비를 내리게 해서 아주 처참하게 만들었지. 싫다는 운까지 끌어들여서 말이야."

　"덕분에 그 지역에 큰 강이 생겨서 최고의 곡창지대가 되었잖아."

　"백 년 후에 말이지."

　"집요한… 쉐리!"

J는 더는 비렴과 대거리하기 싫다는 투로 시트를 머리 위로 뒤집어쓰고 다시 자겠다고 마조를 끌어안았다. 최고의 아군을 방패 삼아 덤비는 J를 보며 비렴은 이를 갈듯 내뱉었다.

"이번에는 네 운이 좋았다고 여겨라. 하지만 다음에는 이런 운은 없을 것이다."

"다음은 다음의 일이야. 나는 오늘부터 지금 이 순간을 즐기며 살겠어. 사실 따진다면 나도 너에게 할 말이 많아. 우리 부모님, 큰아버지 내외와 내 사촌들. 모두들 좋은 사람들이었어. 나 때문에 그리 잔인하게 돌아가시고 고통받을 이유가 없던 사람들이야."

"……."

정곡을 찌르는 J의 비난에 비렴은 아무 대답도 하지 않았다. 그의 무반응에 얼굴 위로 뒤집어썼던 시트를 내려 눈만 빠끔히 내민 J는 비렴을 노려보며 물었다.

"적어도 사과 정도는 해야 하지 않아?"

"내가 왜?"

"그들은 모두 내 가족이었어. 나는 정말 힘들고 가슴이 아팠다고."

"그러는 너는 내게 한번이라도 제대로 된 사과를 해본 적이 있느냐."

비렴의 지적에 다시 입을 꾹 다문 J의 시선이 스르륵 마조에게로 향했다. 몇 번 고개를 젓고 끄덕이며 심사숙고하던 J는 손가락으로 자고 있는 마조의 어깨를 툭툭 쳤다. 그게 무슨 의미냐는 시선으로 내려다보는 비렴에게 J는 새침한 표정으로 대답했다.

"이 모든 것의 발단이 사실 따져 보면 내가 아니잖아. 탓할 게 있으면 '이분' 을 탓해. 나는 그저 '이분' 의 추종자로서 뒤를 따랐던 게 다야."

이보다 더 당당할 순 없는 J에게 할 말을 잃은 비렴은 이내 약점을 잡은 사냥꾼처럼 미끼 하나를 툭 던졌다.

"그럼 운은?"

"……."

"다음에 운을 만나게 되면 그래도 적어도 미안하다는 말을 꼭 하길 바란다."

"……."

비렴은 J에게 차가운 시선을 한번 주고 마조를 돌아보고는 그냥 아무 말 없이 시트를 잘 덮어주었다. 비렴이 방에서 나가고 한참이 지나서야 마조의 옆구리로 웅크리고 들어간 J는 누구도 들을 수 없게 작은 목소리로 속살거렸다.

"미안하다는 말 이미 수도 없이 했었다고."

다만 운이 사과를 받아주지 않았다는 게 문제다. 정확히 말하면 진천군의 잘못은 뚜렷하게 인지하고 있지만 굳이 사과까지 할 필요가 있냐는 입장이었다. 그저 모든 게 어쩔 수 없이 흘러간 일이었노라고 너무 자책하지 말라고만 했다. 그래서 더욱 미안하다는 걸 그는 잘 모르는 듯했다.

다음 날에야 잠에서 깨어난 마조는 어느새 깨끗하게 씻고 옷도 갈아입은 J를 보며 인상부터 찌푸렸다.

"누구 옷이야?"

　소매는 두 번 정도 걷어 올리고 다리는 질질 끌고 있는 게 영락없이 남의 옷 주워 입은 꼴이다. 이곳 사람들은 아이 옷을 엉망으로 만들었으면 새 옷으로 갖다 바치는 당연한 예의도 모르는 듯했다.

　―이 옷은 선우연의 옷을 빌려 입은 거란… 닙니다.

　J 대신 상황을 설명하던 다흰은 순간 마조에게 존대를 해야 할지 예전과 같이 대해야 할지 혼란을 느꼈다. 입버릇이란 게 무서워서 원래 하던 가락으로 자연스럽게 나오다가 그러면 안 된다는 이성에 입을 꾹 다물어 버렸다.

　"갑자기 왜 그래?"

　안 쓰는 공대를 하는 다흰에게 마조는 저게 낮부터 취했나 싶어서 게슴츠레 쳐다보았다.

　― '그분' 이라면… 서요. '그분' 인데 말을 놓을 수는 없지요.

　J를 진천군과 일직선으로 생각하지 않기에 함부로 대하고 말을 놓기는 하지만 마조를 그와 같이 대할 수는 없었다. 모르면 몰랐을까 원래 지위라는 것도 있고, 워낙에 어려운 상대라 편하게 말이 나올 수가 없었다.

　"원래 하던 대로 해. 너희들이 말하는 '그분' 이 나라는 자각도 없고 그 사람이 되고 싶은 마음도 없으니까 오버하지 마."

　―그, 그럴까?

　이제야 활짝 얼굴이 펴진 다흰이 역시 화통한 집주인이라고 마조의 등을 탁탁 쳤다.

　"오버하지 말랬지."

　냉정한 집주인의 반응에 시무룩해진 다흰이 TV가 있는 곳으로 가면서 역시 내겐 이것밖에 없다고 중얼거렸다.

"몸은 괜찮아?"

자신이 일어났는데도 말도 않고 시무룩하게 있는 J의 옆에 털썩 앉은 마조는 허리를 숙여 밑에서부터 J의 얼굴을 올려다보았다. 작고 도톰한 입술을 쭉 내밀고 있는 게 삐친 것 같기고 하고 화가 난 것 같기도 하다.

"왜?"

"우울해서. 그리고 미안해……."

이번 일이 모두 자기 때문에 일어났다는 자각이 있는지 J는 침울해하면서 마조의 눈치를 보았다. 돌아가면 이 일을 수습하는 게 보통 일이 아니라는 것도 알고 있다. 마조가 하는 일을 떠올리면 그가 부담해야 할 뒤처리도 만만치 않을 것이다.

"하지만 비렴은 그냥 두었으면 좋겠어. 원래 저런 짓 할 성격이 아닌데 많이 지쳤나 봐."

"그냥 두지 않으면? 어차피 어떻게 해서 잡아들인다고 해도 빠져나갈 사람들인데 어떻게 가둬. 하지만 다음에 또 이런 짓을 저지르지 않는다고 약속은 해줬으면 좋겠는데 말이지."

어제 비렴을 때리던 힘이라도 남아 있다면 어떻게든 해볼 만하지만 지금은 그런 힘도 없다. 오히려 비렴이 자신들을 그대로 돌려보내 주는 것만도 고마워해야 할 입장이다.

"다시는 안 할 거야. 적어도 마조가 죽기 전까진……."

마조가 죽고 다시 환생한다면 그 후에는 또 이런 일을 반복할 것이지만 적어도 그전까지는 괜찮을 것이다.

"흐음, 내가 살아 있을 때까지 아무 짓도 하지 않으면 나도 괜찮아."

돌아가서 사람들에게 나는 아무것도 모른다고 모르쇠로 일관
하면 끝이다. 이 상황에서 갑작스럽게 기억을 잃었다고 해도 믿
을 수밖에 없는 사정이니 말이다. 거짓말탐지기와 뇌파검사나
최면술을 쓰겠지만 그런 것은 통과할 자신이 있었다.

"그런데 J, 너 무지 똑똑해진 것 같다."

애가 두들겨 맞고 찔리고 피가 나더니 놀랄 정도로 똑똑해지
고 말았다.

"곧 원래대로 돌아갈 거야. 마조하고 이야기하고 나서……."

"그게 가능… 하긴 뭔들 못하겠냐. 그런데 원래대로 돌아가
면 어떻게 되는 거야?"

"진천군의 기억만 사라지고. 다른 것은 예전과 똑같아. 진천
군의 기억을 계속 가지고 있으면 이 몸이 견디기 힘들어하거
든."

하지만 마조가 원한다면 계속 이렇게 있어주겠다는 말을 했
다가 꿀밤을 맞았다.

"갑자기 똑똑하게 구는 너도 나쁘지 않고, 조금 덜 떨어졌지
만 하루하루 나아지는 너도 괜찮아. 무엇보다 가장 중요한 것은
역시 네가 건강한 모습으로 오래 사는 걸 보는 거다."

마조는 J를 두 팔로 꼭 안아주며 아무것도 마음 쓸 것 없다고
말해주었다.

"나는 네 자체로 그냥 좋은 거야. 그러기에 네 존재로 인해 벌
어진 일 같은 것은 신경 쓰지 마. 누가 그렇게 하라고 등 떠민 것
도 아닌데, 뭐."

토닥여 주는 마조와 열심히 피해자 코스프레 중인 J를 보며 다흰은 구석에서 혼자 헛구역질을 하며 고개를 내저었다. 저들은 어느 상황에서도 똑같은 것이 안심이 되기도 하고, 눈꼴이 시리기도 한 복잡한 심정이었다.

[이 납치범을 보신 분들은 아래 나오는 연락처로 신고 부탁드립니다. 외모는 어려 보여도……]

TV를 켜자마자 화면 가득히 나오는 자신의 사진에 다흰은 입을 쫙 벌리며 얼굴을 화면 가까이 들이밀었다. 운전 중이던 자신을 헬리콥터에서 찍은 화질 낮은 사진과 그에 따라 나오는 멘트에 다흰은 두 손으로 머리를 감싸고 옆으로 쓰러졌다.

─잠깐, 그거 수배령이지! 왜 내가 수배를 받아야 하는데.

다흰의 절규와 TV에서 흘러나오는 앵커의 발언에 마조는 그제야 잠시 잊고 있던 것을 기억했다. 그러고 보니 저 귀신이 J를 이곳까지 끌고 왔던 것이다. 불가피한 일이었다 해도 이것은 그냥 넘어갈 일이 아니다.

"그러고 보니 네가 우리 J를 여기까지 끌고 와서 온갖 고생은 다 하게 만들었구나."

─웽?

"난 처음엔 네가 양승 패거리와 같은 편인 줄 알았지 뭐야."

─아, 그게 말이다. 집주인, 내 말을 들어보거라. 과정이야 어쨌든 결국에는 모든 게 잘되었지 않았느냐. 만약 J가 계속 이곳에 오지 않았으면 더 많은 이들이 희생되었을지도 몰라.

다흰은 마조의 직업을 통한 사회적인 윤리와 생명존중사상을 강조하였다. 그러나 냉정한 집주인은 남의 사정 따위 자기 알

바 아니라는 소리로 다휜의 간담을 서늘케 했다.

—그러면 어디 쓰나! 적어도 집주인은 '그곳' 의 정의로운 요원이 아닌가.

"우리 입사 규정 중에 정의감은 그리 큰 덕목이 아니야."

괜히 정의감만 넘치는 이들이 얼마나 사건을 저지르고 다닌지 잘 아는 윗선에서는 정의로운 이들을 그리 좋아하지 않았다.

"집에 돌아가면 TV를 치워야겠어."

—헉!

다휜에겐 폭력보다 더 무서운 게 바로 이것이다. 술은 자신과 약속한 대가로 주었던 것이라 도로 뺏을 생각은 없었다. 하지만 TV에 대해서는 어떤 약조도 하지 않았기에 마조는 가벼운 마음으로 집에 돌아가면 보자고 이를 갈았다.

—안 돼! 집주인아, 어찌 그리 매정한 게야. 정말 TV를 치워버리면 나는 매일 술에 취해 집에다 맘껏 주사를 부릴 테다. 아니면 자수해서 이게 다 네가 사주한 것이라고 증언하고 말 것이야!

떼를 쓰는 것도 모자라 진상을 부리는 다휜을 보며, J는 그 옛날 운이 항상 자신보고 다휜과 똑같다며 혀를 차던 게 생각났다.

"나는 저 정도는 아닌데……."

자신은 저렇게 품위가 없지는 않다며 J는 고개를 가로저었다. 겨우 TV 가지고 참으로 웃기는 종자라고 생각했다. 십 일 전에 마조가 자신에게서 코코아를 빼앗아가자 저도 이와 같은 행동을 했다는 자각이 전혀 없는 J다. 덕분에 마조만 데자뷰로 괴로워했을 뿐이다.

마조의 귀환은 근사하지도 그렇다고 냉대받은 것도 아니었다. 그저 처절하였다. J를 데리고 유유히 '그곳' 본관으로 들어서는 마조를 보고 요원들의 반응은 모두 제각각이었다. 하지만 대부분이 호들갑을 떨면서 그를 맞이했다. 그의 무사귀환에 안심하고 반가워서가 아니라 '너는 누구냐', '진정 마조가 맞느냐' 하는 비상식적인 문제에서부터 시작한 불신 때문이었다.

이제 이들은 더 이상 못 믿을 것이 없는 사람들이 되어버린 상태였다. 또한 모든 걸 의심하는 단계에까지 이르렀다. 일련의 사건들도 그렇지만 마조의 집에 산다는 귀신도 직접 목격했고, 그 귀신이 운전을 하는 것도 모두 보았다. 그리고 그 귀신이 불러 모은 친구들에게 몇 시간 동안 당하기까지 했다. 이쯤 되면 마조를 보고도 선뜻 믿지 못하고 의심하는 것도 당연한 것인지 모른다.

"마조, 쟤들 이상해!"

내켜하지 않아하는 비렴의 도움으로 상양을 다시 잠재우고 원래대로 돌아온 J는, 자신을 둘러싸고 있는 사람들을 보며 마조에게 더욱 찰싹 달라붙었다. 눈을 번들거리는 사람들의 시선에 위기의식을 느끼고 두 주먹을 꼭 쥐고 마조를 올려다보았다.

'이것들 패도 돼?' 라고 묻는 듯한 몸짓과 표정에 J의 어깨를 감싸고 끌다시피 국장실을 향해 걸었다.

"대체 어떻게 된 거야. 마조 본인 맞아?"

"탈출한 거야, 놓아준 거야?"

"J도 함께라는 건 호수에 빠진 후에 J도 마조가 있는 곳으로 갔다는 소리잖아."

"그럼 역시 호수에 뭔가가 있다는 소리?"

검찰에 소환되는 유명인사에게 달라붙는 기자들과 크게 다르지 않은 요원들이었다. 카메라를 들이대지 않은 것만도 고마워해야 할 판이었다.

가까스로 국장실에 도착한 마조는 J를 방석에 앉히고 나서 그 앞에 자신도 앉았다. 몇 번 와봤다고 어느 정도 익숙해진 J는 국장의 눈치를 보며 도자기 항아리를 뚫어지게 바라봤다. 열망 어린 눈빛에 국장은 마조에 대한 볼일에 앞서 도자기에서 사탕 하나를 꺼내 J에게 주었다.

"고맙습미다!"

사탕을 받자마자 입안에다 넣은 J는 눈물을 펑펑 흘리면서 바닥에 쪼그리고 엎드려 버렸다. J가 뱉어버린 사탕에서 나는 계피향이 국장실에 은은하게 퍼지고 있었다.

"거두절미하고 묻겠다."

"네."

조금은 긴장한 마조는 국장의 말을 경청하기 위해 자세를 바로 앉았다.

"그놈은 어디에 있나."

"그놈이라면 양승을 말하시는 겁니까?"

비렴이 배후 인물이지만 그의 이름은 모르는 것으로 하기로 했기에 마조는 보편적으로 알려진 양승의 이름을 댔다.

"아니, 양승 말고 내 차 끌고 호수에다가 내던진 그 귀신 놈!"

악감정이 그대로 묻어나는 국장의 말에 마조는 그제야 다흰이 J를 데리고 탈출할 때 이용했던 자동차가 국장의 차라는 걸 상기했다.

"대체 어떻게 된 겁니까. 다흰이 설마 여기까지 와서 자동차 키를 가져간 겁니까?"

"그놈이 내 차를 가져간 것은 어떻게 알고 있나."

화가 나서 무작정 소리를 쳤지만 인질로 잡혀 있던 마조가 왠지 그 사정을 아는 것 같아서 국장은 눈을 가늘게 뜨며 노려보았다. 너도 한패냐는 억울한 의심에 마조는 TV로 속보를 보았다고 대답하면서 인질 생활을 슬쩍 이야기했다.

"놀고먹고, 아주 편하고 좋았겠어?"

몸만은 편했던 마조의 인질 생활에 대해 국장은 비아냥거림은 짧았지만 수장된 자동차에 대한 애통한 절규는 길었다.

"국장들 차에 이번에 새로 개발한 프로그램을 깐다고 정보실에서 키를 가져간 게 그날 아침이었지. 그날 모든 국장들 자동차 키를 다 가져간 걸로 알고 있어. 그런데 그것들 중에서 내 것을 콕 집어서 가져갔단 말이지, 그 귀신새끼가!"

자동차 마니아인 국장은 차에 대한 애착이 유독 남다른 사람이었다. 다흰이 호수에다가 빠뜨린 차는 모 자동차 회사가 창립 기념으로 열 대 한정으로 만들어 출시한 제품이었다. 그것을 구하기 위해 출시 며칠 전부터 대기했던 국장의 열정은 '그곳' 내에서도 꽤나 유명한 일화다.

"알고 그랬겠습니까. 귀신이잖습니까."

귀신에게 인간사회의 도리를 따질 순 없지 않느냐고 다흰을 두둔했지만 쉬이 물러설 국장이 아니다.

"하여튼 그놈은 어디에 있는 거냐. 같이 왔는데 제 발 저려서 안 보이는 거 아니야?"

마조와 J의 주변을 살피는 국장에겐 미안하지만 다휜은 이미 혼자서 집으로 돌아간 상태였다. 사실 '그곳' 으로 가서 수배령에 대한 자신의 결백을 외치겠다고 한참 동안 난리를 피우기는 했었다. 하지만 마조의 'TV!' 한마디에 모든 행동과 말을 뚝 그치고 군말없이 얌전하게 돌아간 것이다.

"혹시 그 수배령… 국장님이 내리신 겁니까?"

"더불어 차량 도난도 함께 걸려 있지."

납치범에 차량 도둑까지, 다휜이 얼굴 내밀고 다니기에는 이제 힘들 것 같았다.

"네 동거인이 저지른 일이니 네가 똑같은 걸로 가져다 놔."

"무슨 말씀인지 모르겠습니다. 동거인이라니요. 그쪽은 그저 우리 집에 불법 거주하는 귀신일 뿐입니다. 게다가 우리 J까지 납치한 파렴치한 귀신인데 제가 왜요?"

"그러게 누가 그런 귀신들린 집을 사라고 했나!"

이성을 잃은 국장에게 일 이야기나 하자고 마조가 한참을 달래고 나서도 자동차 배상 문제는 불쑥불쑥 계속 나왔다.

"그러니까 아무것도 기억이 나지 않는다고? 그것을 나보고 믿으라는 거지?"

"안 믿으신다면 어쩔 수 없지만 진실입니다. J가 납치당했다는 속보가 뜨는 걸 보고 있는데 양승이 저를 데리고 백발의 하얀 남자에게 데리고 갔습니다. 가보니 J와 그 귀신 놈이 와 있더군요."

 마조는 다훤이라고 칭하면, 사이 좋아 보인다고 자동차를 배상하라고 나올 것 같아서 계속 귀신 놈이라고 언급했다. 그런데 귀신이란 단어가 나올 때마다 국장의 얼굴 근육이 푸르르 떨렸다.

 "그 자리에서 저를 죽이고 J를 죽이겠다고 했는데 이유는, J의 전생이 뭐라더라. 하여튼 전생 이야기를 하면서 죽이겠다는 걸 귀신이 처음엔 말렸습니다. 이러지 말라고 말렸지만, 백발남자에게 당하고 양승이 귀신을 데리고 그 자리를 떠났었습니다. 그리고 뭔가 있었던 것 같은데 기억이 나지는 않습니다."

 "오호라, 귀신이 목숨을 걸고 너를 구하려 했다는 말이지. 그럼 목숨 구해준 값을 해야겠군."

 "결국에는 아무 도움이 되지 않았고, 오히려 백발남자의 심기만 건드는 꼴이 되었는데도요?"

 "과정보다는 결과를 중히 여겨."

 "그럼 국장님도 결과를 중시 해주십시오. 귀신이 국장님 차를 훔치고 싶어서 그런 것도 아니고 결과적으로 J를 데리고 와서 일이 빨리 풀리기도 했지요. 귀신이 그러더군요, 만약 J를 그곳으로 빨리 데리고 가지 않았으면 일이 더욱 커졌을 거라고요. 오히려 국장님들이 고마워해야 하는 거 아닙니까."

 정확한 이야기는 모르지만 국장회의에서 마조의 일을 어찌 처리했을지는 굳이 듣지 않아도 대충 예상이 갔다. 만약 그대로 계획을 유지했을 경우 사태가 더욱 악화되었을 거라고 꼬집으며 마조는 다훤에게 정당성을 부여해 주었다.

"그래, 그건 그렇다 치자. 그런데 어떻게 둘 다 멀쩡하게 돌아올 수 있었던 거지? 설마 그것도 기억이 안 나는 건가."

국장은 국장회의에 대해서는 할 말이 없으니 화제를 돌려 마조를 취조했다.

"의식을 잃었다가 깨어나 보니 살아 있더군요. 뭔가를 하려고 했는데 실패해서 더는 우리가 필요없게 되었다고 그냥 보내준 겁니다. 저도 자세한 설명을 듣지 못해서 잘은 모르지만 귀신의 말에 의하면 그들이 준비하던 일이 완전히 실패했다고 합니다. 수십 년 동안은 다시 기회가 오지 않을 일이라서 그때까진 더는 아무 짓도 저지르지 않을 거라고 확신을 하던데, 그야 모르는 일이지요."

자신이 죽지 않는 이상 더 이상 그들이 이와 같은 일을 저지르지 않을 거라고 비렴 역시 맹세까지 해주었다. 마조는 속으로 자신의 살날을 예상해 보았다. 평균 연령으로 계산하면 아직도 살아갈 날이야 많지만 인생이란 사건사고를 달고 다니니 장담할 수 없었다. 다만 자신이 죽은 후에야 뭔 상관이 있겠냐는 생각이 들기는 했다.

"어디까지나 그렇게 전해 들었다 이거지? 나는 확신이 필요하니 그 귀신 놈을 여기로 데리고 와."

손가락으로 탁자를 툭툭 치는 국장의 집요함에 마조는 결국 두 손을 들었다. 그래 둘이서 자기들끼리 해결해 보라지. 결국 둘 사이에서 중재하고 싶은 마음이 사라진 마조는 결국 고개를 끄덕였다. 솔직히 그가 다횐을 변호하고 편들어줄 의리는 없으니까 말이다.

“그럼 제가 잘 타일러서 데리고 오겠습니다.”

이제야 표정이 풀리는 국장을 보며 마조는 조금 한심하단 생각이 들었다. 다흰을 귀신이라 하면서 따지는 국장은, 대체 귀신에게 어떻게 배상을 받을 생각인 것일까 하고 말이다.

“그럼 우선 그 일은 일단락하고. 자네가 당했던 일들은 다시 한 번 이야기해 봐, 아주 자세하게.”

이미 한 이야기를 또 하라는 건 뻔하다. 계속 같은 이야기를 반복하게 함으로써 논리에 빈틈이 보이거나 말이 틀려지는 것을 잡아낼 생각인 것이다. 아직 자신의 말을 믿지 못하는 국장에게 마조는 선량한 미소와 함께 아까 했던 말을 그대로 읊었다.

무난해 보이지만 절대 마음을 놓을 수 없는 국장과의 대화에 마조가 치중하는 동안, J는 그의 옆에서 계피 때문에 괴로워했다. 바닥에 구르는 계피 사탕을 마조가 치워줘야 하는데 그렇지 못하니 싫은 계피향이 계속 J의 코를 자극하는 것이다. 저 악마 같은 것을 손으로 직접 만져서 치우게 된다면 욕실에서 일주일은 족히 몸의 냄새를 빼야 할지도 모른다.

“우울해…….”

엎드리고 앉아서 겹쳐 놓은 두 팔에 턱을 괴고 있던 J가 옹알거리는 소리에 국장과 마조는 동시에 ‘그럼 나는!’ 라고 속으로 외쳤다.

한 명은 아끼는 애마가 수장되어 앞으로 달릴 수 없다는 것에, 다른 한 명은 상사에게 의심받는 와중에도 집에 사는 귀신의 재정 상태를 걱정하는 입장에 입안이 썼다. 특히 후자는 계피를 싫어하는 좀 모자란 아이와 드라마와 술을 좋아하는 집 귀신을 건사해야 하는 자신의 처지가 갑자기 암담해졌다.

"다휜은 그냥 양승한테 내주고 왔어야 했어."

국장의 불만과 배상에 대한 집념은 마조가 예상한 것보다 더 깊었다. 상처를 치유하는 능력이 탐이 나서 그냥 데리고 왔는데 아무래도 판단미스 같아서 마조가 혼잣말로 투덜거리며 국장실을 나올 때였다.

"어어어어~!"

"악! 으허허윽."

문을 열자마자 들리는 괴상한 소리에 이어 우르르 앞쪽으로 쏟아져 무너지는 한데의 사람들을 보고 마조는 가늘게 혀를 찼다. 이 사람들은 자신들이 성인에 '그곳'의 요원이라는 자각이 없어 보였다.

"한심한 것들."

"쯔쯔쯔."

마조를 따라 혀를 찬 J는 바닥에 켜켜이 넘어진 사람들의 등을 밟고 그냥 밖으로 나가 버렸다. 마조는 그래도 동료라고 차마 등을 밟을 생각은 못하고 옆으로 피해서 가다가 누군가의 팔을 거하게 밟아버렸다.

"으악!"

왠지 굉장히 귀에 익은 목소리에 마조가 고개를 숙여 아래를 확인하니 아니나다를까, 진이었다. 어차피 사무실에서 둘이 만날 것인데 왜 여기서 저러고 있나.

일부로 발목에 힘을 꾹꾹 주며 진의 팔뚝을 지르밟고 국장실의 문턱을 넘은 마조는 J의 손을 잡고 사무실로 향했다. 국장실을 나오자 복도에 가득 메운 인파들은 홍해가 되어 마조에게 길을 터주었다. 대충 보아도 개중 대부분이 다른 국 요원들이었다. 그나마 1국 요원들은 진과 몇 명만을 제외하고 거의 보이지 않는다는 게 위로 아닌 위로가 되었다.

길을 가다 'J의 저주 VS 1국의 마조'로 돌리는 내기장을 관리하는 요원을 발견한 마조는 잠시 걸음을 멈추고 그에게 말했다.

"배당금 제대로 계산해서 주십시오."

자기 자신에게 돈을 걸었던 마조는 이번 내기에서 자신이 이겼음을 발표했다. 물론 아직은 모르는 일이라고 끝까지 버텨보자는 이야기가 나오겠지만 내기는 확실히 이로써 종결이다. 마조와 J가 사무실 안으로 들어오고 나서 얼마 되지 않아 진이 왼팔을 주물거리며 따라 들어왔다.

"너무하잖아. 알면서 쿡쿡 누르는 건 또 무슨 심보야."

"여기서 이렇게 만날 걸 그곳에서 귀대고 있어봤자 하나도 안 들리는데 무슨 추태야."

"뭔가 재미있잖아. 아이쿠! 우리 J 건강하게 돌아왔구나."

자신을 보자 두 팔을 벌리고 달려드는 진의 가슴팍을 J는 머리통으로 치고 빠져나왔다.

"흥!"

콧방귀를 뀌고 소파에 느긋이 앉은 J는 오랜만에 찾은 사무실을 이곳저곳 둘러보며 무언가를 찾았다. 혹시나 코코아가 있지 않나 찾은 것이다.

"아, 정말 냉정한 것들 같으니라고. 내가 너를 구하자고 일재

한테 대들었다가 전투요원들한테 제압당해서 이틀 동안 구금까
지 당했는데, 이런 나에게 어떻게 이럴 수가 있어. 너희 둘 다 너
무해!"

"구금까지 당했어?"

마조가 눈을 크게 뜨며 묻자 진이 신이 나서 계속 이야기했
다.

"그렇다니까. 일재, 이번에 사람 알아봤다 이거야. 어찌나 피
도 눈물도 없는지. 사람이 그렇게 사니까 귀신한테 차나 도둑맞
고 말이야. 그쯤 되면 스스로 깨닫는 게 있어야지 원한에 사무
쳐서 수배령까지 내리냐. 귀신한테 수배령 내려봤자 뭔 소용이
있다고."

"수고했다."

"그것뿐?"

"그럼 더 이상 무얼 바라는데."

"일재 씨한테 한 이야기 나한테도 토해내야지. 우린 파트너
잖아."

그러니 다른 사람들이 알기 전에 자기한테만 먼저 모든 걸 이
야기해 주라고 달라붙었다.

"그냥 보고서로 읽어."

"나 네 파트너야, 파트너! 그런데 남들과 다 같이 보고서로 읽
으라고?"

"국장실 문에 매달려 엿들으려고도 했잖아. 대신 보고서는
제일 먼저 읽게 해주지."

한 치의 틈도 없이 매정하게 끊어버리는 마조는 차가운 '그

곳'의 요원이었다. 자리에 앉아 보고서를 작성하는 마조에게서 무언가를 얻는 걸 포기한 진은 J에게 슬금슬금 다가갔다. 마조가 아니라면 J라도 공략하자는 작전이지만 매우 회의적인 짓이란 걸 본인만 모른다.

"J야, 다휜하고 호수에 빠졌을 때 무섭지 않았어?"

"웅?"

"호수에 빠졌잖아. 마조 찾아간다고 다휜하고 차 타고 가서는 호수에 빠져서 고생하지는 않았어?"

"아아!"

뭔가 기억이 난다는 듯 고개를 끄덕이는 J의 반응에 진이 반개를 하며 가까이 다가갔다. 하지만 J가 바로 정색하며 노려보는 바람에 다시 원래의 거리를 두고 뒤로 물러나고 말았다.

"물고기 구이 마싯어."

"물고기 구이?"

"마조, 지이는 물고기 구이가 먹꼬 시퍼요."

호수 안에서 보았던 은빛 찬란한 물고기들을 보고 생각나는 게 고작 구이밖에 없는 J는 일하는 마조를 졸랐다. 일 끝나면 사주겠다는 말에 그의 어깨를 주물러 주면서 열심히 일하라고 격려하는 J를 보며 진은 고개를 갸웃거렸다.

J가 조금 모자란 것은 그대로인데 어딘가 야무진 느낌이 났다. 구체적으로 설명할 수 없는 감으로 관찰하듯 바라보는 진의 시선을 느낀 J는 살짝 눈살을 찌푸렸다. 곰곰이 고민하던 J는 이내 한숨을 내쉬며 어쩔 수 없다는 듯 한마디 했다.

"진도 한 마리 줄게."

"내 시선은 그런 시선이 아니라고!"

자신의 시선이 식욕에 전 눈으로 오해받았다며 절규하는 진은 중요한 것을 놓치고 있었다. J가 자신이 먹을 것을 진에게 권했다는 사실을 말이다.

*　　*　　*

잠에서 깨어난 선우연은 하품하는 입을 손으로 곱게 가리면서 양승과 눈이 마주치자 멋쩍게 웃었다.

"제가 오래 잤나 봐요?"

찌뿌드드한 상체를 좌우로 돌리면서 선우연은 자리에서 일어나려다가 다리가 풀려서 다시 침대에 주저앉았다. 어젯밤에 깨우려고 했지만 저녁시간에 애매하게 깨우면 밤에 잠을 설칠 수가 있기에 이제야 깨운 것이다.

"앉아 계세요. 우선 죽부터 드시는 게 좋겠습니다. 오랫동안 누워 있어서 갑자기 몸을 움직이기에는 불편하실 거예요."

선우연이 침대 헤드에 등을 기대고 앉게 도와주고 양승은 미리 준비해 둔 죽을 내밀었다.

"준비하던 일은 잘됐어요?"

선우연은 양승이 수저로 떠주는 묽은 죽을 한입 받아먹으며 자신이 잠들어야만 했던 일의 종결에 대해 몹시 궁금해했다. 비렴과 양승이 추진하는 일이 무언지는 모르지만 그 일에 자신이 필요하고, 그것 때문에 며칠 동안 잠들어야만 했다는 것 정도만 아는 선우연의 물음에 양승은 어설프게 웃으며 고개를 저었다.

"안 됐어요? 왜요?"

비렴과 양승이라면 못할 일이 없을 거라는 근거없는 믿음을 가지고 있던 선우연은 당황해서 입을 벌리며 멍하니 양승을 보았다. 선우연의 벌어진 입에 수저를 갖다 대며 양승은 간단히 일의 전말에 대해 설명해 주었다.

"완전한 실패는 아니고 그저 나중으로 미뤄졌을 뿐입니다. 그에 대해서는 더는 신경 쓰지 않으셔도 됩니다. 그냥 서로가 좋게 끝나게 되었거든요."

"그런데 얼굴이 왜 그 모양이에요."

"왜, 보기 안 좋은가요?"

"얼굴이 말이 아니에요."

선우연의 말에 양승은 벽에 걸려 있는 거울에 자신의 얼굴을 힐끗 비쳐 봤다. 자신이 보기에는 평소와 크게 다르지 않아 보였나.

"눈 밑도 조금 지쳐 보이고 혈색도 하얀 것이 어디 아파 보여요. 양승은 원래가 화려하고 화사한 타입이라서 조금만 안색이 안 좋으면 팍 티가 난단 말이에요."

"그런가요?"

얼굴을 쓰다듬으며 양승은 몰랐던 것을 알았다는 표정으로 조금 신기해했다. 선우연은 양승에게서 수저를 뺏어 자신이 죽을 떠먹으면서 말을 계속했다.

"몸이 좀 찌뿌드드한 것만 빼고는 말짱하니까 죽은 내가 먹을 테니 양승은 가서 쉬세요. 잠 한숨도 못 잔 얼굴을 보면 내가 다 불안하단 말이에요."

“저는 정말 괜찮습니다. 그리고 다 드시면 씻으셔야 하는데 욕실까지 부축해 드리겠습니다.”

죽을 먹던 선우연은 양승의 말에 동작을 멈추고 빤히 그를 쳐다보았다. 그리곤 양승의 장갑 낀 손을 내려다보며 잠시 입술을 오물거리다 어렵사리 입을 열었다.

“혼자서는 못 씻을 것 같으니까 양승이 나 좀 씻어주면 안 돼요?”

“사람을 부를까요?”

“다른 사람은 창피해서 싫고 나는 양승이 해줬으면 좋겠어요.”

“그건 좀 어려울 것 같습니다.”

“장갑 벗는 게 그렇게 싫어요?”

선우연이 양승의 장갑을 대놓고 지적하는 것은 이번이 처음이었다. 처음엔 궁금증을 보였지만 양승이 싫어하는 기색이 역력해서 계속 그에 관한 화제는 피해왔던 것이 사실이다. 하지만 오늘은 웬일이지 선우연도 쉬이 넘어가지 않을 태세였다.

양승이 장갑을 안 낀 맨손을 남에게 보이는 걸 싫어하지만 아예 안 벗는 것은 아니었다. 마조 앞에서 장갑을 벗은 적이 있고, 비렴에게도 맨손을 보여준 적이 있다. 하지만 선우연에게만은 선뜻 보여줄 수가 없었다. 저주를 내린 본인에게 보여주는 것이 왠지 비참했기 때문이다. 그런데 이제는 그 이유가 사라졌다. 오히려 예전에 마조에게 이 손을 보여주었으니 그렇게나 보이기 싫어했던 당사자에게 이미 보여준 셈이 되었다.

양승은 잠시 갈등하다가 장갑을 벗었다. 실은 여전히 보여주는 게 싫었지만 반면에 꽁꽁 숨기는 것이 답답할 때도 있다. 비밀이 지켜지지 않는 것은, 남에게 자신이 아는 지식에 대해 자랑하고 싶은 욕구도 있겠지만 자신만이 아는 비밀의 무게감을 덜고 싶어서 그러는 경우도 있다. 양승은 후자이기도 했지만 선우연이 자신의 손에 계속 관심을 두는 것도 싫었다.

한번 보고 나서 보기 싫은 것을 봤다면서 고개를 돌리더라도 앞으로 관심을 주지 않기를 바라는 심정이 컸다. 장갑에서 나온 맨손을 선우연의 앞에 내보이자 방 안에 가득 피비린내가 진동했다.

핏물이 튀어서 그대로 피부에 스며든 것 같은 손을 보며 선우연은 조심스럽게 질문했다.

"붉은 점 같은 거예요?"

단순한 점이라면 이렇게 지독하게 피비린내가 진동하지 않을 텐데 그것은 무시하고 선우연은 엉뚱한 걸 물어보고 있다.

"저주입니다. 옛날 제 선조께서 저지른 죄의 대가이기도 하지요."

"양승이 한 짓 때문이 아닌 선조가 저지른 죄 때문에 이러는 거라고요? 그런 법이 어디 있어요?"

"여기 있네요."

어렸을 때는 양승 역시 그와 같은 생각을 하고 원망하였다. 하지만 나이가 들면서 체념하게 되고 주눅이 들게 되었다. 선조의 죄가 그만큼 크다면 어쩔 수 없다는 푸념과 어떻게든 벗어나고픈 열망이 무슨 짓이라도 하게 만들었다. 선우연의 말에 가볍게 농담처럼 대꾸했지만 양승의 가슴속에서는 아직까지도 열망과 좌절이 폭풍처럼 휘몰아치고 있었다.

"어떻게 하면 이게 없어져요?"

기분 나쁜 피비린내도 그렇지만 아름다운 양승에게는 너무도 어울리지 않은 핏자국이 선우연은 몹시 속상했다.

"용서를 받으면 됩니다."

"누구한테요?"

"이 저주를 내린 분이 용서해 주셔야 될 겁니다."

만약에 마조가 천부인을 얻어 '그분'으로 각성했다 해도 그가 양승을 용서할 일은 없을 것이다. 이미 지금껏 한 것만으로도 단단히 눈 밖에 나버렸는데, 사실 앞으로 만나는 것도 저어되고 무서웠다. 아무리 아쉬워도 죽을 때까지 마조는 이쪽에서 최대한 피하고 보지 않을 각오였다.

양승이 장갑을 다시 끼려는데 선우연이 갑자기 그의 두 손을 꼭 잡았다. 지금껏 부모님조차도 자신의 손을 잡아준 적이 없는 양승이 놀란 눈으로 선우연을 보았다. 벌써부터 투명한 눈물방울들이 맺혀 있는 선우연의 눈동자에 양승은 말을 잃고 말았다. 그의 손에서 자신의 손을 빼내야 한다는 것도 잊어버렸다.

"저주를 내린 사람 만날 수 있나요? 양승의 선조 때부터 받은 거라면 그 당사자는 이미 없을 테고, 그쪽도 양승처럼 저주를 내린 사람의 후손이 남아서 그에게 용서를 받아야지만 풀리는 저주인 거예요?"

"아마… 그럴 겁니다."

마조는 그 당사자이지만 선우연에게 그런 말까지 할 필요는 없었다. 대충 대답을 얼버무렸는데 이를 그대로 믿는 선우연이 자리에서 일어나 그를 찾아가자고 했다.

"우리 같이 가서 용서해 달라고 해요. 한 번에 안 되면 계속될 때까지 찾아가서 용서를 구해봐요. 나도 같이 옆에서 용서해 달고 빌게요. 진심으로 미안해하는 걸 보여주면 그 사람이 용서해 줄지 모르잖아요."

"용서를 구하고 싶어도 어디에 있는지 몰라서 찾아갈 수가 없습니다."

당장에라도 마조에게 찾아가자고 할까 봐서 양승은 거짓말을 하였다. 이것으로도 그는 충분히 괜찮았다. 생전 처음으로 자신의 손을 잡아준 이가 있고, 그 사람이 자신과 함께 용서를 빌어 주겠다는 것만으로도 양승은 가슴의 응어리가 많이 풀리는 기분이었다.

양승이 그토록 저주가 풀리기를 원했던 것은 지독한 피비린내도 아니었고, 끔찍해 보이는 손의 핏자국도 아니었다. 다흰처럼 그를 보자마자 경원시하던 그들의 태도와 어느 누구도 잡아주지 않는 손이 너무 시리기 때문이었다.

"이젠 저는 괜찮습니다. 그리고 이것은 제 생각이지만 사실 제가 용서해 달라고 빌어야 할 이는 따로 있는 게 아닌가, 항상 생각했었답니다."

"그게 누군데요?"

"저의 선조가 죄를 저질렀던 당사자입니다."

"양승의 선조가 죄를 저질렀던 당사자와 저주를 내린 사람이 다른가요?"

"네."

“와, 어이없다. 당사자가 저주를 했다면 이해가 되는데 자기가 뭐라고 본인도 아니면서 저주를 내렸대요? 정말 웃기는 사람이다.”

“한 가족이나 마찬가지였거든요.”

여자 혼자만 ‘그분’을 가족이라 여겼다는 게 진실이지만 그런 어두운 사실 같은 것은 말하고 싶지 않았다. 오늘따라 거짓말을 많이 한다는 자각에 양승이 쓴웃음을 짓는 사이에, 선우연은 가족이라면 어쩔 수 없겠다고 시무룩해져서 어깨가 축 처졌다.

“그럼 당사자의 후손은요? 그 후손에게 용서를 빌면 들어줄까요?”

“저주를 내린 분의 후손도 찾기 힘들듯 그 역시 마찬가지겠지요.”

그녀의 후손은 맥이 끊어진 지 오래였다. 점점 피가 옅어지면서 어느 순간 이 땅에서 사라져 버린 그녀의 일족과 어떻게든 계속 이어가는 자신의 일족. 참으로 얄궂은 운명이었다. 당장에라도 끊어지고 사라져도 아무도 아쉬워하지 않는데 끊길겨도 이렇게 끈질길 수 없을 정도로 양승의 일족은 지금까지 명맥을 유지하고 있으며, 피 역시 여전히 짙었다.

“정말이지 정말 정말 속상해요.”

“그러지 않아도 됩니다. 저는 정말 괜찮거든요.”

“뭐가 괜찮아요. 자기가 저지르지도 않은 것 때문에 이런 거나 손에 달고 있고, 양승의 손이 얼마나 예쁜데요. 이것 때문에 여름에도 덥고 답답하게 장갑을 끼고 다니는 거잖아요.”

두 손으로 양승의 손을 주물거리며 속상해하는 선우연이었다. 양승이 손을 빼려고 할 때마다 더욱더 힘을 주어 꼭 잡으면서 계속 어떻게 하나, 어떻게 하나만 중얼거렸다.

"내가 당사자라면 이미 용서했을 거예요."

"네?"

"내가 양승의 선조에게 해를 입은 당사자거나 저주를 내린 사람의 후손이라면 당장에 양승을 용서했을 거라고요. 그동안에 많이 힘들어한 것으로 되었어요. 무슨 죄를 지었는지 모르지만 양승은 이제 용서받을 자격이 충분해요."

"좋게 봐주셔서 고맙습니다."

"그냥 하는 소리 절대 아니에요. 정말 양승은 용서받을 자격이 있는 걸요."

선우연이 양승의 양손을 각각 꼭 잡으면서 다시 한 번 용서를 말했다. 그 순간 방 안을 가득 채우던 피비린내가 서서히 옅어지기 시작했다. 절대 익숙해지거나 공기와 바람에 희석되는 일이 없는 피비린내가 사라지자 놀란 양승이 자신의 손을 내려다보았다. 양승을 따라 시선을 내린 선우연도 자신의 손에 꼭 잡힌 새하얀 손을 보며 잠시 말을 잃었다.

방금 전까지 핏자국이 선명하게 찍혀 있던 손은 온데간데없고 깨끗하고 하얀 양승의 손이 거기에 있었다.

"어, 어, 어떻게 된 거예요?"

"……"

"혹시 제가 저주를 내린 사람의 후손인 건가요?"

선우연으로선 당연한 의문이지만 절대 그럴 리가 없었다. 하지만 저주가 풀린 명백한 증거에 뭐라 할 말을 잃은 양승은 문 득 비렴이 했던 말이 떠올랐다.

"조각이다."

그 말뜻은 '그분'이 선우연에게 영혼의 흔적의 일부를 떼어 주었다는 말이었다. '그분'이 아무에게나 자신의 흔적을 주지 는 않았을 것이다. 그래서 과연 선우연의 영혼이 누구인지 내내 궁금했었다. 비렴은 알고 있는 듯했지만 말해주기 싫어하는 눈 치라 굳이 묻지는 않았다.

하지만 이 순간 양승은 선우연의 영혼이 누구인지 깨달을 수 밖에 없었다. 모르려야 모를 수 없는 이 우연에 양승은 감사했 다. 이제야 진정 그녀에게 용서를 받은 것이다.

"양승, 우는 거예요? 왜 울어요, 이렇게 좋은 날에."

해맑게 웃으며 양승의 눈가를 훔쳐 주던 선우연의 눈동자도 이미 젖은 지 오래였다.

*　　*　　*

'그곳'에서는 새로운 내기장이 돌고 있었다. '1국장 VS 마조 네 집 귀신'의 내용은 1국장이 과연 다흰에게서 자동차 값을 받 아낼 수 있는지에 대해서였다.

처음에는 자동차 값이 아닌 똑같은 것으로 내놓으라고 주장 하던 국장이었다. 하지만 수배령 때문에 치욕스러워서 얼굴 내밀고 다니기 싫다는 다휜과의 필담 후에, 그냥 자동차 값이라도 내놓으라고 주장을 선회했다. 그런데 분위기가 그것마저도 제대로 받지 못할 것 같았기에 이런 내기가 도는 것이다.

"어떻게 국장님이 뜻을 누그러뜨린 거지?"

순수하게 자동차 값만으로도 만만치 않은 금액이지만, 같은 것으로 배상할 경우에는 상황이 더 어렵다. 열 대 한정이라는 숫자의 제한과 희소성에 의한 프리미엄까지 더해서 가격이 깡충 뛰었던 것이다. 금전적인 부담은 물론, 장터에서도 잘 나오지 않아서 돈이 있다고 당장 구할 수도 없는 것이었다.

절대로 양보 못할 것 같더니 돈만 받고 끝내겠다는 국장의 변한 입장이 마조는 무척이나 궁금했다.

—그라고 별수있겠나. 이 집을 나와서 국장 네 집에서 살겠다고 하니 식겁하면서 그냥 자동차 값만 주라고 하더군.

"그래서 갚을 생각이냐."

—복권 하나 사면 그거 하나 못 갚을까.

인간들에게 재물 복을 나눠주기도 한 다휜인데 자신이 사는 복권 하나 당첨시키지 못할 무능력자는 아니었다.

"그런 능력이 있으면서 왜 여태껏 내 카드를 몰래 훔친 건데!"

—내 체면이 있지, 어찌……. 내가 만약 그런 짓을 하였다가는 이 일대에 바로 소문이 날 게다.

생각만 해도 끔찍하다고 몸을 떠는 다휜을 보며 마조는 어처구니가 없었다. 집주인의 카드를 훔쳐서 술 사 마시고 케이블에서 결제한 드라마를 보는 게 더 창피한 일 아닌가.

"그렇다면 갚겠다는 거야, 안 갚겠다는 소리야."

매일 국장에게 그 문제로 시달리는 마조는 차라리 자신이 대신 갚아줄까 하는 생각도 아예 없지는 않았다. 그러나 한 번이 두 번이 되고, 두 번이 끝없는 뒷감당이 될 수도 있기에 그냥 모른 척하고 있는 것이다. 하지만 자신이 언제까지 버틸지는 솔직히 모르겠는 마조였다. 내기는 '1국장 VS 마조네 집 귀신'으로 진행될 것이 아니라, 과연 마조가 다휜 대신 자동차 값을 낼 것인지로 했어야만 했다.

―우선 내 수배령을 없애준다면 갚는 것을 조금 생각해 본 셈이라네.

"국장님은 네가 돈을 줘야지 수배령을 거둔다는 의지가 확고하더군."

―쯧쯧, 어찌 사적인 일로 공적 권력을 이용한단 말인가. 정말 실망이야. 실망스러워서라도 당장은 못 주겠네.

"차라리 산삼주나 저기에 있는 술들을 팔아보는 게 어때?"

자신이 직접 갚아주기는 싫지만 이렇게 간접적으로 갚은 것은 괜찮았다. 모두 마조의 지갑에서 나온 것들이지만 어쨌든 지금은 다휜의 소유물이다. 그것들과 최근에 사준 샤또 라피뜨 로칠드까지 팔면 다휜은 국장에게 진 빚을 갚을 수가 있다.

―그건 아니 돼!

"그럼 대체 어떻게 할 건데!"

―시간이 약인 게야.

다휜이야 그때 필담 이후로 국장을 만날 일이 없지만 마조는 다르다. 만날 마조에게 다휜의 반응과 생각을 묻는데 결국 시간이 지난다고 사그라질 집요함이 아니었다.

"그럼 오늘부터 당장 TV는 없는 줄 알아."

—그게 무슨 말이야? 집주인, 미친 게냐!

"나도 참는 데까지 참았단 말이다."

처음엔 마조와 다횐이 다투는 것을 흥미롭게 지켜보던 J는, 마조가 벽에서 TV를 떼어내려고 하자 득달같이 달려와서 그의 허리를 붙잡고 늘어졌다. 다횐은 마조의 오른발에 꼭 매달려서 잔인한 집주인에 대한 원성을 늘어놓았다.

—잔인하고 또 잔인한 집주인 아닌가. 내가 언제 아니 갚는다고 했었나. 조금 늦게 천천히 갚는다고 했지. 그리고 수배령만 거두면 내 당장 내일이라도 갚을 게야. 이 모든 게 내 잘못이 아니라 자네 상사의 옹졸함 때문이라는 걸 왜 모르나.

"마조, 나 쫌 있스면 꼬돈이 봐야 해!"

J의 절규에 마조는 순간 움찔하고 말았다. 다횐은 드라마, J는 꼬돈이 애니메이션 때문에 TV를 사수하려고 필사적이었다. 다횐이 악담을 늘어놓든 발을 잡고 늘어지든 상관없지만 J가 눈물을 글썽이면서 안 된다고 계속 고개를 젓는 모습엔 마음이 약해졌다. 마조가 망설이는 게 자신의 악담 때문이라 착각한 자만심 가득한 다횐은 결국 주제를 잘못 파악하고 말았다.

—집주인, 그리 살면 아니 되는 거야. 남한테 상처를 주면 두고두고, 그 후손에까지 악영향을 주는 거라는 걸 왜 몰라. 집주인이 이리 모질게 나오면 내가 자네 후손한테까지 쫓아가서 행패를 부리지 말라는 법이 어디에 있겠…… 커헉!

다횐은 말하는 도중에 J에게 발로 걸어차이고 허리를 지르밟

히고야 말았다. 말실수했다고 다훤이 도로 주워 담으려 했지만
J는 용서가 없는 여자였다.

—이거 놔. 머리는 잡아당기지 마라!

요즘엔 십대 아이들도 안 하는 몸싸움을 하는 둘을 보며 마조
는 매를 찾았다. 한번 발동이 나서 싸우면 마조가 매들 들고 휘
두르지 않은 이상 멈추지 않기 때문이다.

딩동딩동.

누구도 찾아올 일이 없는 주말의 오후, 집 안 전체에 울리는
벨소리에 마조는 인터폰을 힐끗 보았다. 그리고 잠시 잠깐 얼음
이 되었다. 왜 저 인간이 여기에 있나. 차라리 집에 아무도 없는
것처럼 굴자고 가만히 있는데, 눈치없는 두 어린이가 큰소리를
내며 싸웠다,

—이것 좀 제발 놓으란 말이다. 이 악착스런 여자야!

"이씨, 너는 미운 놈이다! 키도 쪼그만 게."

—너한테는 작다는 소리 듣기 싫다고 했지!

도저히 아무도 없는 척하기 어려운 상황이었지만 마조는 꿋
꿋했다. 하지만 방문객은 그의 심리를 이미 파악했는지 연신 끊
임없이 벨을 눌러대고 있었다. 주변이 온통 집요한 인간들밖에
없는 마조는 이 정도의 집요함 정도는 참아줄 수가 있었다.

"아휴~ 씨끄러워!"

다훤과 엎치락뒤치락 거리며 싸우는 중에도 귀는 열어두고
있었던 J는 벨소리에 짜증을 내면서 자리에서 벌떡 일어나 현관
으로 달려갔다. 별안간에 벌어진 일이라 마조가 급히 J를 말리
려 뒤따랐지만 이미 현관문은 열어진 후였다. 누구인지 확인도

안 하고 문을 열어버린 것에 화를 내기도 전에, 안으로 불쑥 들어온 비렴이 마조에게 환하게 웃으며 꾸벅 인사를 했다.

"요즘은 사라졌지만 예전에는 이사를 오면 떡을 돌리던 풍습이 있었지요."

비렴은 접시에 고이 담은 떡을 두 손으로 내밀었다.

"이사?"

"오늘 바로 앞집으로 이사를 왔습니다."

며칠 전에 앞집이 이사를 간 것은 알았지만 새로 이사 오는 사람이 하필이면……

비렴은 여전히 수배를 받고 있고 그의 몽타주는 온갖 곳에 붙어 있는 상태이다. 수배령에 얼굴 들고 못 다니겠다고 수치스러워하는 다흰은 새 발의 피일 정도였다. 그럼에도 그는 이렇듯 당당하게 활보하고 다녔고 이사까지 왔다.

그럴 수 있는 게 어느 누구도 그의 얼굴을 제대로 기억하지 못하고 있기 때문이다. 몽타주가 있지만, 그와 직접 대면한 진조차 백발남자라고만 기억하고 있을 뿐이다. 몽타주를 보는 순간에만 인식할 뿐 비렴의 외모나 목소리 등등이 머릿속에 남아 있지 않는 것이다. 다흰은 그렇게 사람들의 기억 속에 비렴이 점점 사라져서 어느 순간 그 사건 자체도 잊힐 거라고 자신했다. 그리고 벌써 서서히 그렇게 되어가고 있었다.

마조가 무슨 반응을 보이기도 전에 J는 비렴의 손에 들린 떡을 보고 눈을 반짝이며 그에게 물었다.

"이거 나 주는 고야?"

"그, 그래, 먹어라!"

비렴은 이를 악문 목소리로 대답하며 J가 내민 두 손 위에 떡을 담은 접시를 내려놓았다. 기분이 썩 좋아 보이지 않는 비렴과 마찬가지로 마조 역시 J 때문에 마음이 불편했다. 모르는 사람이 보면 마조가 열흘은 족히 굶기는 거라 오해하기 딱 좋은 먹성 아닌가.

"하여튼 오늘 이사 왔으니 이웃사촌끼리 친하게 지내기로 하지요."

"누구 마음대로!"

악수를 청하는 손을 내치면서 마조가 으르렁거렸지만 비렴은 어깨를 으쓱해 보이며 웃었다.

"뭐, 앞으로 시간은 많으니까요."

담담하게 웃는 비렴의 가슴을 밀어 집 밖으로 내쫓은 마조는 현관문을 쾅 소리 나게 닫아버렸다. 문단속까지 단단하게 한 마조는 진심으로 이사를 가고 싶었다. J만 홀랑 데리고 야반도주라도 하지 않으면 내가 성을 간다며 이까지 갈았다.

거실에 들어서는데 떡을 통째로 들고 야금야금 베어 먹고 있는 J가 눈에 들어왔다. 순간 야반도주는 그냥 혼자서 하는 게 속도 편하고, 앞으로의 인생도 편하지 않을까 하는 생각이 들었다.

하지만 자신과 눈이 마주치자 반달처럼 곱게 눈을 접으며 웃는 게 또 예뻐서, 결국은 마주 바라보면서 웃고 마는 그였다.

Hidden Track
구름이 묻다

인간의 몸은 참으로 이상하다.

나약하고 평균적인 물리력 말고는 아무런 힘도 가지지 않은 이런 몸으로 대체 무얼 할 수 있는지 의심이 들었다. 예전 인간들의 육체는 이 정도로 약하지 않았고, 지금처럼 아무런 힘조차 가지지 못한 쓸모없는 몸은 아니었다.

어느 순간 동물로서의 특성만 남은 인간은 머리와 사고력으로 육체의 단점을 극복하고 있었다. 이게 또 신기하고 재미있어서 운은 앞으로 인간으로 산다는 게 꼭 나쁘지만은 않을 것 같은 기대감이 들기도 했다.

그러나 아쉽게도 운이 처음으로 얻게 된 인간의 몸은 십 일 정도가 한계였다. 그가 인간의 태를 통해 태어난 것이 아니라 이미 목숨을 다한 인간의 몸을 잠시 빌린 것이기 때문이다. 운이 자신의 육신을 버리고 영혼만을 윤회의 굴레에 던지기 전, 운의 기억을 가지고 한 번쯤은 진천군을 만나고 싶어서 내린 선택이었다.

그저 얼굴만 한 번 보면 된다고 생각했다. 진천군이 인간이 된 순간부터 지금까지, 그 오랜 시간을 얼굴 한번 보지 않고 살았기에 한 번이면 모든 게 족할 거라 자신하였다.

다시 만난 진천군은 많이 지쳐 있었다. 진천군의 기억을 가지고 인간으로 살기란 그리 녹록하지 않았을 것이다. 운 역시 처음 인간의 몸을 뒤집어썼을 때 적지 않게 실망하고 당황스러웠다. 이런 몸으로 어떻게 살아갈지 깜깜하기도 했다. 하지만 고작해야 십 일뿐이고, 다음 생부터는 운으로서의 기억이 없을 테니 인간의 몸에 실망하거나 적응하지 못할 일이 없을 것이다.

하지만 진천군은 달랐다. 기억은 물론 힘까지 모두 가지고 있는 상태에서 인간의 껍질은 너무 나약하고 보잘것없으며 갑갑한 형틀과도 같았을 것이다. 진천군의 힘을 마음껏 쓰기라도 하면 견디지 못하고 무너져 내리고, 그와 함께 찾아오는 육체의 고통 역시 감당해야만 했으니 말이다.

"내가 찾아갈게. 운을 찾아서 꼭 알아볼게."

진천군은 다시 삶의 목표를 찾은 듯 반짝반짝 빛나고 있었다. 운은 잠시 갈등을 할 수밖에 없었다. 자신이 기억을 못하더라도 진천군이 자신을 찾아온다, 이것은 꽤나 매혹적인 약속이었다. 그러나 이내 고개를 가로젓고 말았다.

인간이 된 진천군은 모르겠지만 비렴이 그토록 '그분'을 찾아 헤맸었지만 결국은 찾지 못했다. 아마 자신이 인간이 된다면 비슷한 절차를 밟을 게 분명하다. 삼사로서의 힘과 보인을 내버린 운의 영혼은 은하수 속에 흩어져 있는 우주 먼지와도 같은 존재일 뿐이다. 수많은 먼지들을 헤치고 콕 집어서 살펴보지 않는다면 바람결에 스치고 지나가도 모른다.

비렴조차 할 수 없었던 일을 인간이 된 진천군이 가능할 거라 기대하지 않는다. 그렇기에 운은 진천군이 쓸데없는 희망으로 삶을 깎아먹는 걸 원하지 않았다.

"네 말이 맞다."

"뭐가?"

"넌 인간이 아니라 나무가 되었어야 했다. 그랬으면 나도 너를 따라 나무가 되었을 것을."

진천군이 나무가 되었더라면 운도 그 옆에서 뿌리를 내린 나무가 되었을 것이다. 굳이 인간이 되고 싶어서 된 것이 아니니 아마도 그랬을 것이다.

운은 진천군의 작은 머리를 두 손으로 감싸며 앞으로의 일에 대해 이야기했다. 이번 생에서는 이미 틀렸으니 다음 생부턴 어떻게 해야 할지에 대해. 비렴이 그러는 것처럼, 진천군도 쓸데없이 자신을 찾아 헤매는 걸 바라지 않는 운은 진천군이 자신을 잊기 바랐다.

"그리되면 나중에 다시 만나게 되도 서로 알아볼 수가 없잖아."

"서로를 꼭 알아볼 필요가 있을까?"

"필요가 없다니! 서로를 알아보지도 못하는데 다시 만난들 무슨 소용이 있어?"

"서로를 기억하더라도 만나지 못하면 아무 소용이 없는 게 우리다. 그게 언제가 되더라도 만날 수만 있다면 그것으로 되었다. 비록 상대가 누구인지 몰라도 우린 분명 소중한 인연으로 함께할 테니까."

무엇보다 운은 아무것도 기억하지 못할 테니 다시 만난다 한들 진천군이 느낄 기쁨을 이해하지 못할 것이다. 한 명만 기억하는 것보다 둘 다 기억하지 못하는 게 공평하다. 기억의 유무가 둘을 다시 만나게 하는 필수 조건이 아닌 이상 필요없는 옵션은 제거하는 게 맞다.

말로 운을 설득하는 건 애초에 가당치도 않은 시도였으며, 오히려 설득당하고 고개를 끄덕이는 것은 진천군의 몫이었다.

"진작 이렇게 말을 잘 들었으면 얼마나 좋았을까."

장하다며 고개를 쓰다듬어 주는 운을 쳐다보며 진천군은 조금은 기가 죽은 목소리로 웅얼거렸다.

"내가 그렇게 말을 안 듣는 편은 아니었던 것 같은데……."

"인간의 기억은 불안정하다지? 진천군이었을 때도 부족하던 기억력이 인간이 된 지금은 오죽할까 싶은데, 내 말이 틀리냐?"

"야, 얄미운 것은 여전하구나."

"인간이 되었어도 본성이 그대로인 게 너를 보면 알지 않느냐."

포장하는 법을 모르는 진실이 환영받는 경우는 극히 드물다.

"운은 나중에 인간으로 살아가려면 많은 걸 배워야겠어."

"그래서 너는 많은 것을 배웠나?"

"그대로인 거 보면 몰라?"

툴툴거리면서 진천군은 결국 웃고 말았다. 정말 운을 다시 만났다는 게 비로소 실감이 나는 것이다. 운의 원래 형상이 아닌 생전 처음 본 인간의 모습에 조금은 낯설고 이 상황을 쉬이 적응하지 못했지만, 운은 정말이지 변한 게 하나도 없다. 그래서 안심이 되고 미안하고 슬펐다.

"이 몸에서 죽음의 냄새가 나."

코를 킁킁거리며 운이 뒤집어쓴 인간의 냄새를 맡으면서 진천군은 시무룩하게 말했다. 이렇게 다시 만났는데 또 헤어져야 한다. 오래도록 만나지 못할 때는 몰랐는데 이렇게 만나고 보니 자신이 얼마나 그를 그리워했는지 깨닫고야 말았다. 차라리 몰랐으면 좋았을 텐데, 다시 혼자로 돌아갈 시간을 생각하면 벌써부터 아득하기만 했다.

"어떻게 안 되나."

죽은 몸을 살릴 수 있는 힘은 진천군에겐 없었다. 죽음은 새로운 시작을 가능케 하지만, 완전한 생명이 될 수는 없었다.

"애초에 이렇게 찾아오는 것도 허락되지 않았던 것을 내가 억지를 쓴 것이다. 하나가 이뤄졌다고 둘까지 내놓으라고 할 수는 없지 않느냐."

언제나 바른 말만 골라 하면서 남의 속을 뒤집는 것도 여전한 운이다.

"그렇다고 아무것도 소원하지 말라는 건 너무 잔인하잖아."

"우리가 어찌할 수 없는 것을 아쉬워하지 말고 남은 시간에 대해 감사하라는 거다."

운은 헝클어진 진천군의 머리를 손가락으로 쓸어주며 달래주었다. 아름다운 정원은 진천군이 좋아할 만한 것들로 가득했다. 소담하고 정교한 정자, 작은 물고기들이 자유로이 노니는 연못, 철철마다 다른 색들을 보여주는 온갖 종류의 나무들, 정원을 거닐다가도 마음이 내킬 때마다 앉고 쉴 수 있게 곳곳에 배치된 하얀 칠이 된 고풍스런 의자들까지.

정원은 하나의 작은 세계였으며 감옥이었다.

벤치에 앉은 운의 무릎에 머릴 베고 누운 진천군은 종알종알이 정원이 얼마나 아름다운지, 새들과 물고기들, 그리고 나무들때문에 얼마나 시끄러운지, 높게 올라간 돌담과 절대로 열리지 않는 출입문으로 인해 얼마나 갑갑하고 끔찍한지 고자질을 했다.

"아버지란 인간이 너무 소심해. 걱정도 많고 남들 평판에 목을 매지. 이번 생에서 나는 이곳에서 평생을 살다가 결혼도 못하고 혼자서 쓸쓸하게 이내 죽을 거야. 너무 비참하지 않아?"

"지난 생을 생각해 봐라. 네가 남을 탓하기엔 너도 만만치 않은 삶을 살았던 것 같은데."

"아아, 저번 생! 그때는 정말 원도 없이 살아봤었지. 너무 제멋대로 살아서 굵고 짧게 살다 갔지만 말이야. 그런데 운은 은근히 내 인생(人生)에 대해서 많이 아는구나."

게슴츠레 올려다보는 진천군의 눈 위로 차가운 손을 올려놓으며 운은 하늘을 쳐다보았다. 비렴이 '그분' 을 찾는 데 혈안이 되어 이쪽으로는 신경도 쓰지 않는 반면 운은 항상 진천군을 살펴보았다.

"물가에 내놓은 어린애 같아서 어디 안심이 되었어야지."

본인이 말해놓고도 설득력이 부족하단 생각에 운은 설핏 웃고 말았다. 사실 진천군을 찾아서, 인간으로서 살아가는 모습을 지켜보는데 굳이 이유를 대라면 대답은 간단하다. 그러고 싶어서다. 그 밖에 다른 이유가 무에 필요할까. 언제나 하고 싶은 짓만 골라서 제멋대로 하는 진천군을 탓하기만 했었는데 본질을 돌아보니 자신 역시 크게 다르지 않았던 것이다.

"잘했어."

"……?"

의외의 반응에 운이 고개를 갸웃거리자 진천군은 함박웃음을 지으며 자신의 눈을 덮고 있는 운의 손을 치웠다. 앞이 보이지 않으니 운의 몸에서 나는 죽음의 냄새가 너무 생생했다. 이렇게 눈으로 볼 수 있는 시간도 얼마 남지 않았는데 아깝게 그런 거나 맡고 싶지 않았다.

"운이 언제나 나를 찾아서 봐줬으면 좋겠어. 나는 그게 정말 좋아."

비렴에게는 미안하지만 지금 이 순간만은 운이 오로지 자신의 것이어서 정말 좋았다. 그렇게나 오래도록 원하던 소원이 결국에는 이루어진 것이다.

"미안해. 결국 나는 이렇게 생겨먹었는걸."

우울하게 읊조리는 진천군의 입술을 손가락으로 어루만지며 운은 미안할 거 없다고 고개를 저었다. 결국 그런 진천군이 보고 싶어서 이렇게 찾아온 것은 자신이었으니 말이다.

"내가 널 찾은 이유는 결국……. 네가 변하지 않았기 때문이다."

인간의 몸이 버틸 수 있는 열흘이 다 되었다. 진천군은 얼마 남지 않았다는 것만 알고 있을 뿐 정확한 시기를 알지 못하였기에 매 순간순간 두려워하며 운에게서 떨어지지 않으려 했다.

나무가 되어 연리지처럼 살고자 하던 소원을 잠시만이라도 이루고 싶은 모양이었다. 따사로운 햇살 아래, 꽃향기로 가득한 기분 좋은 바람이 잔머리를 간질이는 바람에 진천군은 연신 하품을 하면서도 운의 옷자락을 놓지 않았다. 눈에 가득 잠기운을 품은 주제에 눈꺼풀에 힘을 잔뜩 주고 버티기도 했다.

"잠이 오면 자거라."

"싫어. 그러다 작별인사도 못하고 훌쩍 사라지면 어떻게 해."

뭔가 예감이 있는지 오늘따라 떼를 쓰고 버티는 진천군이 애처로웠다. 운은 진실을 알려주고 제대로 된 작별인사를 해야만 하나 잠시 고민을 하였다. 그러나 오늘이 마지막이라는 것을 알 뿐 정확히 어느 시간에 이 몸이 무너져 내릴지는 운도 모르고 있었다. 지금 당장이 될지, 아니면 오늘의 끝인 열 시간 후가 될지 아무것도 모르기에 굳이 미리 말해서 마지막 순간이 올 때까지 울상을 짓고 있을 진천군을 보고 싶지가 않았다.

이는 오로지 운, 그만의 욕심 때문이다. 이제 마지막이 될지 모르는 순간에 울고 있는 진천군을 보고 싶지가 않았던 것이다.

"그만 자거라. 너에게 작별인사를 하지도 않고 떠나는 일은 없을 테니."

우는 모습을 보고 싶지는 않지만 작별인사도 없이 떠날 마음은 또 없다. 최후의 순간에 우는 모습을 보이기 전에 후딱 이별

하고 떠나자는 계획이다. 자신이 생각해도 얍삽하고 실현가능
성이 극히 낮았지만 마지막 순간이 찾아올 때까지 우울하게 보
내는 것보다는 그게 나았다.

"정말?"

"그래, 나도 잠이 오는데 네가 그렇게 눈을 부라리고 있으면
악몽을 꿀 것 같아서 무섭단 말이다."

악몽은 자기도 싫다면서 고개를 젓는 진천군은 무척이나 아
름다운 모습을 하고 있었다. 운이 처음 이곳을 찾았을 때의 공
허하고 지친 껍데기만 남아 있던 것과는 많이 달랐다. 생기있는
머리카락이 바람에 따라 나부끼고 말을 할 때마다 쫑긋거리는
붉은 입술이 아름답다. 무엇보다 새까만 눈동자는 눈꺼풀을 깜
박일 때마다 해변의 반짝이는 조약돌보다 더욱 빛났다.

운은 진천군이 이런 모습으로 계속 살아가기를 바랐다. 자신
이 없더라도, 앞으로 더는 만나지 못하더라도, 어딘가에서 누군
가와 함께 이렇게 빛나는 모습으로 살아주기를.

"옆에 있을 테니 너는 행복한 꿈만 꾸어라."

운의 무릎을 베고, 운의 목소리를 자장가 삼은 진천군은 눈을
감자마자 깊고 평안한 잠에 빠졌다. 운의 바람과는 다르게 꿈도
꾸지 않은 달콤한 잠이었다.

자고 싶다는 거짓말로 진천군을 안심시킨 운은 계속 빠져나
가는 모래알 같은 시간에 안타까워하기보다는 이 순간을 기꺼
이 즐겼다. 진천군도 그렇지만 당분간 비렴은 괜찮을 것이다.
그가 어찌 마음먹는가에 따라 다르겠지만 잘해 나가리라 믿었
다. 이 역시 억지에 가까운 기대일지 모르겠지만 바라는 마음이

멈추지 않는다.

문득 이 몸이 무너지고 인간으로 태어나게 된다면 자신은 어떤 삶을 살아가게 될지 궁금하기도 했다. 궁금해 봤자 자신이 이런 호기심을 가졌다는 것도 모른 채 인간으로 살아갈 텐데, 무의미한 기분이 들기도 하다.

감고 있던 눈을 가만히 뜬 운은 정원의 담벼락으로 이어지는 길 쪽으로 시선을 주었다. 뜻밖에도 정원을 찾아온 이가 있었다. 정확히는 침입자에 가까운 이의 등장에 미간을 살짝 찌푸렸다. 혹여 진천군이 깨어날까 조심하게 머리를 들어 올리며 그 아래에서 무릎을 빼고 자리에서 일어난 운은 침입자에게 다가갔다.

"누구냐?"

운은 정원을 가로지르며 걸어오는 남자의 앞을 막고 조용히 물었다. 몰래 침입했다고 자신하고 있었는지 남자는 갑작스런 운의 등장에 놀라 비명도 못 지르고 호흡만 거칠게 토해냈다.

"누구냐고 물었다."

다정하지도 차갑지도 않은 목소리로 재차 물어보자 남자는 그제야 번뜩 정신이 돌아온 사람처럼 허둥지둥 입을 열었다.

"아, 안녕하세요. 저는 앙드르 바작이라고 합니다."

남자가 오른손을 내밀며 악수를 청하였지만 운은 그를 빤히 보기만 할 뿐 손을 마주 잡지 않았다. 거절당한 손을 보며 멋쩍게 웃던 남자는 앞 머리칼을 뒤로 넘기면서 횡설수설하였다.

"제가 원래 직업이 화가랍니다. 뭐 유명세도 없고 화실에서

도 인정받지 못해서 안 팔리는 그림을 가지고 끙끙거리며 사는
게 고작이지만요. 그래도 화가라는 게 저는 자랑스럽답니다. 내
가 원하는 장면을, 원하는 방법으로 영원히 기록하고 남길 수
있다는 게 굉장히 매력적이거든요. 이런 능력을 제게 주신 주님
께 항상 고마워하고 있지요."

남자, 그러니까 앙드르는 두 손을 꼭 모아 기도하는 자세로
하늘을 올려다보며 무어라 혼자 감사기도를 드렸다.

"그래서?"

뭐 어쩌라고, 하는 냉랭한 뒷말은 하지 않았다. 그저 이 수상
한 남자를 계속 노려보며 이곳에 온 진정한 이유와 방법에 대해
물었다.

"사실은 제가 오래전부터 이 정원을 주제로 그림을 그리고
있었답니다. 물론 저 아가씨도 제 그림의 주인공 중에 하나지
요. 사연을 이야기하자면 이렇습니다. 그때는 화창한 어느 날이
었지요. 사실 술도 조금 마셨더랬습니다. 길게 늘어지는 돌담
너머로 보이던 붉은 장미가 어찌나 눈이 시리던지. 그거 하나만
있으면 제가 싫다던 그녀도 한 번쯤은 저를 돌아봐 줄 것 같았
거든요."

결론은 장미꽃 한 송이를 훔치기 위해 담을 넘었다가 우연히
발견하게 된 이 정원에 한눈에 반했었다는 것이다. 나뭇잎 하
나하나, 작은 돌에 붙은 이끼까지도 사랑하게 되어서 화폭에
담지 않고는 견딜 수 없게 되었노라, 앙드르는 그럴싸한 변명
을 늘어놓았다. 화가라서 그런지 감성이 풍부해 보이는 그는
짧은 이야기를 길게 늘어뜨려 놓으면서 두 팔로 휘적휘적 일인

극을 펼쳤다.

자신의 이야기에 심취한 나머지 잠시 동안 아무 말도 못하고 부르르 떨던 앙드르는, 돌연 호기심 가득한 눈동자를 굴리며 운에게 당신이야말로 누구냐고 물었다.

"제가 여기를 드나들면서 저 아가씨 말고는 누구도 본 적이 없어서 말이죠. 게다가 저렇게 행복해하는 모습 역시 말입니다. 사실 며칠 전에 왔으면 이 아름다운 모습을 담을 수 있었을 텐데 하필 오늘에서야 파리에서 돌아온 바람에 기회를 놓쳤지 뭡니까."

앙드르는 정말 아쉽다는 듯 오른손으로 콧대를 지그시 누르며 '크흑' 거리다가 자신이 파리에 갔다 온 이유와 무얼 했는지에 대해서도 일장 연설을 했다. 간단히 정리하자면 안 팔리는 그림 팔러 갔다가 퇴짜 맞고 온 이야기다.

운은 자신이 지금 무얼 하고 있는지 갑자기 회의가 들었다. 일분일초가 아까운 시간에 이 남자와 뭐 하고 있는 것일까. 운은 지금까지 시간이 아깝다 여긴 적이 없었다. 무한에 속했던 그가 유한한 시간에 매달리고 구애받을 일이 없었기 때문이다. 그러나 이제 입장이 바뀌니 초를 다투는 시간이 절실하게 느껴졌다.

또한 자신이 떠난 후에 이런 이상한 남자가 계속 이 정원을 들락거릴 거라 생각하니 불편한 것도 사실이다. 불안의 요소는 싹부터 제거하는 게 좋다. 비록 나약한 인간의 몸이지만 이런 남자 하나 없애지 못할 정도는 아니다. 운이 앙드르 바작을 어떻게 죽여 없앨까 고민하는 동안,

"그래서 말인데요. 제 모델이 되어주셨으면 합니다."

앙드르는 자신을 죽이려 결심한 운의 마음도 모르고 천진하게 부탁했다. 역시나 두 손을 꼭 모아 가슴 위에 올리고 눈을 깜박깜박 하는 게 귀여운 강아지가 애교를 부리는 것 같았지만, 어디까지나 상대가 자신에게 호감을 느끼고 있을 때나 통하는 방법이었다. 제 딴에도 무리한 짓을 했다 여긴 앙드르는 얼른 자세를 바로 하며 다시 운에게 정중하게 제의했다.

"제가 비록 유명하지도 않고 유명세도 없지만 원래 화가란 죽어야 제맛, 아니, 평가를 제대로 받는 직업 아니겠습니까. 제 그림의 모델이 된 것을 절대로 부끄럽지 않을 날이 언제가 꼭~ 먼 훗날 생길 테니 부디 한 번만 해주십시오."

남자의 간절한 바람은 운의 마음을 흔들지 못했다. 만약 그랬대도 운에게 모델이 될 시간이 남아 있지도 않았기에 그의 바람은 이해를 구하지도, 사정의 여유도 없는 무리한 부탁인 셈이었다.

"정말 한 번만 부탁하자고, 운!"

"……!"

소모적인 대화는 여기서 끝내고 앙드르를 죽이자 결심한 찰나에 남자에게서 들은 자신의 이름에 운의 눈에 경악이 깃들었다.

"나는 그리고 싶은 건 그리지 못하면 정말 몸에 좀이 쑤시거든요. 한 달 정도만 모델이 되어주세요. 뭐 그 정도면 둘이서 회포를 푸는데도 넉넉할 것 같고, 아가씨의 남은 인생에 좋은 추억거리가 되겠지요. 둘은 시간을 더 가질 수 있고 나는 원하는 그림을 그릴 수 있고 이런 것을 동양에서는 일석이조라고 한다지요, 아마!"

"누구지… 너는. 어떻게 그 이름을?"

"아휴~ 뭘 그런 것을 다 알려고 그래요. 내가 굳이 말 안 해도 이미 알고 있으면서."

앙드르는 눈을 찡긋해 보이며 주먹으로 운의 가슴을 살짝 치는 시늉을 해 보였다.

"그래도 입 밖으로는 말하지 말아주세요. 나를 찾아 쫓아다니는 끈질긴 한 명 때문에 굉장히 조심해야 하거든요. 그리고 아가씨에게도 비밀."

손가락을 입에다 갖다 대며 비밀을 외쳐 대는 앙드르 바작을 멍하니 바라보며 운은 슬며시 자신의 볼을 꼬집어보았다. 인간들이 믿기지 않은 일을 당할 때 자신의 몸을 꼬집으며 현실을 인식하던 걸 따라 해본 운은 조용히 중얼거렸다.

"아프군."

"한 달. 내가 당신에게 줄 수 있는 시간이지요. 우리 그 시간 동안 아름다운 예술을 창조해 보자고요."

또다시 두 손을 모아 빙글빙글 돌면서 감정에 취해 있는 앙드르를 보며 운은 자신의 기억에 남아 있는 '그분'의 인상을 떠올려 보았다. 그 어디에도 저런 모습의 '그분'은 없었기에 운은 혼란에 빠졌다. 정말 저 인간이 '그분'이 맞는지, 혹시나 자신이 이상한 꿈에 빠져 악몽을 꾸고 있는 게 아닐까 다시 한 번 볼을 꼬집었다.

이번에는 아까보다 더 세게 꼬집으며 꿈과 현실의 경계를 분

명히 느껴보려 했다. 그러나 앙드르가 손을 올려 운의 행동을
제지하면서 상큼하게 웃어 보였다. 그 미소부터가 운에게는 혼
란을 안겼다. '그분'이 저리 밝고 가볍게 웃은 걸 본 적이 그는
한 번도 없었다.

"인간은 말이죠. 타고난 성품이란 게 있지만 나고 자라면서
후천적으로 생겨나는 성격이 많은 걸 좌우하기도 한답니다. 이
번 생에서는 이런 성격이었다가도 다음에는 또 다른 인격이 형
성되지요. 아무리 같은 영혼이라고 해도 절대로 같은 인간일 수
가 없어요."

"……"

"그래서 모델이 돼주기는 할 거죠?"

입술을 쭉 내밀며 보채듯이 묻는 앙드르를 보며 운은 고개를
끄덕였다.

"내게 불리한 게 없는데 사양할 이유는 없겠지요."

한 달이라는 시간이 주어진다는데 마다할 이유가 없었다.

"좋았어! 우리 세상에 길이 남을 뛰어난 예술 작품 하나 만들
자고요! 나는 자신할 수 있거든요."

주먹 쥔 두 손을 허리에 두르고 하늘을 쳐다보며 광소하는 앙
드르를 보며 운은 아직 완성이 되지도 않은 그림이 벌써부터 싫
어지기 시작했다.

"그런데 이왕 하는 김에 제 부탁 하나 더 들어주실래요?"

"뭡니까."

"사실 절 쫓아다니는 녀석 때문에 편할 날이 없거든요. 전에
정말 가까스로 도망친 전적도 있어서 그때를 생각만 해도 가슴

이 벌렁벌렁거릴 때가 많아요. 난 정말 돌아가기 싫은데 자기 좋으라고 그렇게 집착하고. 정말이지 이쪽 입장은 생각도 안 하는 게 너무 이기적이라고 생각하지 않아요?"

이기적인 걸로 치자면 당신 역시 막상막하 아니냐고 말하려는 운의 마음을 알았는지 앙드르는 손을 들어 말을 막았다. 분위기상 자기한테 유리한 말은 못 들을 것 같으니 아예 아무 말도 듣지 않겠다는 태도다.

"그래서 하는 말인데 우리 바꾸지 않을래요?"

"뭘 바꾸자는 겁니까."

"사실 이렇게 쫓기며 사는 것도 조금 지치기 시작했거든요. 그런 와중에 운을 보니 한 가지 방법이 딱 생각나는 거 있죠. 아우~ 나 천재인가 봐!"

설마 인간이 되면 모두 저렇게 되는 것일까. 운은 고개를 돌려 벤치에 누워 자고 있는 진천군을 보았다. 인간의 삶에 지쳐 있는 것을 빼면 진천군은 지독하게도 그대로인데 왜 '이분'은 이렇게까지 망가진 것일까 몹시 궁금했다.

"철저히 준비하고 희망했던 자와 계획도 없이 무작정 저지른 자와의 차이죠."

진천군을 향한 앙드르의 눈빛은 철없는 자식을 꾸짖는 어버이 같으면서도 저런 게 어디서 나왔나 신기해하는 구경꾼 같기도 했다.

인간들이 제각각 성격이 다르듯, 인간이 된 자들의 삶 역시 모두 제각각일 것이다. 꼭 똑같은 길을 가라는 법이 없으니 어느 한쪽만 보고 지레 겁먹을 필요도 포기할 이유도 없는 것이다.

"바꾸자는 게 무얼 말하는 겁니까."

"영혼에 새겨진 흔적."

"그게 가능한 일입니까."

영혼에 새겨 있는 흔적은 각각의 고유한 마크와도 같은 것이다. 영혼을 바꿀 수 없듯이 흔적 역시 마찬가지다.

"일종의 속임수라고나 할까. 아까 말했듯이 내가 좀 천재라서요!"

앞머리를 쓸어 올리는 폼이 자기 잘난 맛에 깊이 심취해 있었다. 이럴 땐 어떻게 반응해야 하는지 솔직히 운은 잘 몰랐다. 본래는 그냥 무시하는 쪽인데 상대가 상대이니 마냥 무시하는 것도 눈치가 보였다.

"대, 대단하군요."

"그렇죠? 내가 좀 하지요!"

대단한 것은 인정해 주었으니, 어서 본론과 방법이나 이야기했으면 좋겠다 싶었다. 진천군이 일어날 시간이 다 돼가는데 언제까지 이러고 있을지 한심하기도 했다. 이대로라면 곧 진천군이 깨어나 이러고 있는 둘을 볼 것이다.

"저이에게는 알리지 말아달라고 하지 않았습니까?"

운이 진천군을 가리키며 말하자 아차 싶은 앙드르는 진중한 표정을 지으며 자신의 계획을 설명하였다.

"영혼은 그대로 두고 흔적만 떠서 옮기는 겁니다. 그 흔적이란 게 자세히 보면 얇은 거미줄처럼 서로 엉켜 영혼에 붙어 있는 것이라서 세밀한 작업을 요하지요. 그걸 할 수 있는 이도 나말고는 없지만, 흔적을 서로 교환할 수 있는 대등한 입장의 영혼을 찾는 것은 그보다 더욱 힘들답니다.”

앙드르는 손가락으로 자신과 운을 번갈아 가리키면서 우리가 평범한 인물들은 아니지 않느냐고 덧붙였다.

“우리가 대등하다고 생각한 적이 한 번도 없는데요.”

“원래라면 그 말이 맞지만 육신을 버리고 인간이 된 마당에 크게 차이가 있는 건 아니랍니다. 아주 요오~ 만큼 정도?”

앙드르가 엄지와 검지로 3cm가량의 간격을 만들어 운 앞에 보여주었다. 그 정도가 얼마만큼의 차이를 말하는지 이해가 가지 않는 운이 고개를 갸웃거리며 불신을 보였다.

“만약 제 영혼의 흔적을 인간에게 씌운다면 그 인간은 자칫 영혼까지 소멸할 가능성이 클 겁니다. 아무리 우리 둘이 ‘인간’이 되었다고 해서 둘 사이의 차이가 거의 없다고는 할 수 없을 겁니다. 설마 저를… 소멸시키시려는 겁니까?”

운과 인간과의 차이만큼은 아니겠지만 그래도 버젓이 존재하는 둘 사이의 차이를 무시하고 영혼의 흔적을 옮겼다가는, 앙드르는 괜찮지만 운은 자칫 영혼이 소멸할 수가 있었다. 운이 눈을 가늘게 뜨며 자신에게서 두어 걸음 떨어지자 앙드르는 난처한 듯 고개를 저으며 해명했다.

“설마요! 어휴~ 언제부터 이렇게 겁이 많아졌는지 몰라. 사실은 내가 예전에 한 인간에게 영혼의 흔적을 조금 떼어서 준 적이 있거든요. 결론부터 말하자면 성공이었답니다. 물론 그이도 평범한 인간이라 할 수는 없겠지만 하여튼 성공했다는 게 중요하겠지요. 그때의 노하우에, 조금은 가벼워진 내 영혼의 흔적을 운이 받아내기에는 결코 무리가 없을 겁니다. 내가 자신한다니까요. 이 천재 앙드르를 한번 믿어봐요!"

워낙에 자신하는 앙드르를 보며 운은 팔짱을 끼며 진지하게 물었다.

"그래서 그렇게 하면 저에게 좋은 게 뭡니까."

둘 사이가 결코 이익을 따지는 사이는 아니지만, '이분'의 영혼의 흔적을 받았다가는 자신이 비렴의 추적을 받을 수가 있다. 그 집요한 추적질을 오래도록 옆에서 지켜만 봐왔던 운이기에 '이분' 좋으라고 선뜻 나서기가 저어되는 게 사실이었다.

"내 힘을 쓸 수가 있다는 장점 정도?"

"모든 힘을 흩어버리신 줄 알았는데 그게 아니었던 겁니까."

'그분'이 인간이 되고자 할 때 버린 것은 천부인만이 아니라 그가 가지고 있던 힘까지 그대로 자연에 흩어버렸다. 그런데 새삼 힘을 쓸 수 있다는 말에 운은 의문이 들었다. 아니, 애초에 영혼의 흔적을 인간에게 떼어주고, 서로 교환하자는 것부터가 평범한 인간의 힘만 가진 이에게는 불가능한 일이다.

"그랬었죠. 그런데 일부가 자연스럽게 다시 돌아왔지 뭡니까. 하아, 정말 너무 잘나도 이럴 때는 곤란해요."

말은 난처하고 곤란해하는 내용인데 표정은 전혀 그게 아니다. 운은 아예 신경을 쓰지 말자고 결심하였다. 들어주고 반응하다간 이 이야기만으로 하루를 다 보낼 것 같은 불안한 예감이 든 것이다.

"어차피 인간이 되기로 결심한 이상 힘에 대한 미련은 버렸습니다. 그저 평범하게 살아가는 게 제 바람입니다."

"인간의 삶이 그리 녹록한 게 아니라는 건 운도 잘 알고 있잖아요, 특히 힘도 없고 행운도 없는 인간이 얼마나 비참한지. 무엇보다 내 힘은 삼사가 가지고 있는 힘과는 달리 특정한 한 요소의 성질을 가진 게 아닌, 자연 그대로를 이루는 거라서 크게 표시 나지 않게 쓰면 비렴에게 걸릴 일은 절대 없어요"

여러 번 써봐서 안다고 앙드르는 개구지게 웃었다. 하지만 그 유용한 것을 버릴 정도로 비렴의 추적이 귀찮고 집요했다는 건 은근슬쩍 피하려고 했다.

"그러다가 걸리게 되면 어찌합니까."

"흔적만 교환한 것이라 영혼이 다른데 자기가 어쩌겠어요. 그냥 허탕인 게지. 결국엔 아무것도 할 수 없을 걸요."

비렴이 바라는 대로 보인 세 개를 모아 다시 천부인을 완성한데도 '그분'이 없으면 다시 흩어져서 각자의 주인에게로 돌아가 버린다. 운이 '그분'의 영혼의 흔적을 지녔다고 해도 정작 '그분'이 아니니 천부인은 쓸모가 없어진다. 비렴이 그토록 원하는 일은 이뤄질 수가 없는 것이다.

"그럼 기억을 가지고 다시 태어나는 겁니까?"

"그건 아닐 걸요. 기억에 대해서는 운이 이미 봉인해 버렸잖아요. 흔적은 영혼 자체가 될 수 없으니 영혼의 기억에 제약을 건 봉인까지는 어쩌지 못할 거예요. 하지만 간혹 계기가 있어서 어느 생애에선 기억이 돌아올 가능성이 아주 없지는 않겠지만. 그래도 다음 생에선 다시 봉인이 될 거예요. 삼사인 운이 봉인한 영혼의 기억을 인간이 된 운은 절대 풀 수가 없으니까."

　사실 앙드르가 운과 영혼의 흔적을 바꾸고자 하는 것은 이런 점까지 포함하고 있었다. 영혼의 기억을 봉인해 버린 운은 비록 힘을 가지고 있다고 해도, 어떠한 영혼의 특성도 드러내 보이지 않을 것이기 때문이다. 앙드르는 인간이 되고자 했을 때 자신이 가진 모든 것을 버릴 순 있었지만 기억만큼은 포기할 수가 없었다.

　그래서 결국 영혼의 기억을 봉인하지 않고 그냥 인간으로 태어나 버렸다. 그래서 모든 것을 보고 기억할 수 있어서 좋았지만 불쑥불쑥 튀어나오는 영혼의 특성 때문에 난처했던 적이 한두 번이 아니었다. 그리고 그가 끝까지 완전한 인간이 되는 것을 방해하기도 했다.

　앞으로도 그럴 일은 계속될 것이고 그는 그때마다 간담이 서늘해질 것이다. 운과 영혼의 흔적을 바꾸면 나중에 그런 일이 또 일어나고, 재수가 없어서 비렘에게 들키게 될 경우에 운이라고 끝까지 주장하는 게, 본래의 자신을 들키는 것보다는 나았다.

　"제에에~ 발!"

　갈등하는 운에게 손을 모아 애걸하며 앙드르는 이게 모두 서로를 위한 거라고 악마의 속삭임을 해댔다. 사실 곰곰이 생각해 보면 딱히 운에게 나쁠 것은 없었다. 이상한 운명을 타고 태어났다가 한 평생 지지리 고생하다 가는 건 운도 싫었다.

　"그런데 행운이 뒤따른다기에는……."

　운은 앙드르의 위아래를 훑어보았다. 안 팔리고 인정도 못 받는 화가의 인생에 과연 행운이란 게 있을지 의문이 든 것이다.

"나 집은 잘 산다."

"······."

한 점 거짓 없이 당당하게 말하며 앙드르는 자신의 지갑을 꺼냈다. 돈이 철철 넘치다 못해서 손에 대는 사업이나 투자마다 항상 대박을 친다면서, 화가로서의 재능 역시 우수하다고 자랑했다. 단지 시대가 자신을 알아주지 않을 뿐이라며 침울하게 속상해하는 것도 잊지 않았다.

"저······."

"응, 뭐든지 물어봐요."

"혹시 제가 당신의 영혼의 흔적을 가지게 되면 설마··· 지금의 당신처럼 되는 것은 아니겠지요?"

오늘로서 항상 마음에 품고 있었던 '그분'에 대한 환상과 기대, 그리고 아름다웠던 추억들이 왠지 서서히 퇴색되어 변질될까 무서웠다. 비렴에게 지금의 그를 보여준다면 아마 비슷한 반응을 보이지 않을까 하는 기대마저 생길 정도다.

"어우~ 야! 나 같은 인간이 어디 흔할라고."

다행히 본인도 알고는 있는 듯했다.

불현듯 잠에서 깨어난 진천군은 자리에서 벌떡 일어나 주위를 둘러보며 운을 찾았다. 이토록 지독하게 고요한 정원을 진천군은 잘 알고 있었다. 운이 찾아오기 전까지 자신이 살고 있던 세상이다.

"운······."

크게 불렀는데도 그에게 대답이 돌아오지 않으면 어떻게

하나 두려운 나머지, 겨우 자신에게 들릴까 말까 한 목소리로 운을 찾았다. 그를 찾으러 가야 하는데 찾아도 그가 없으면 견딜 수 없을 것 같아서 진천군은 한 발짝도 움직일 수가 없었다.

제자리에서 고개를 숙인 채로 눈물만 뚝뚝 흘리고 서 있었다. 다시 암흑 같은 시간 속에 혼자 남겨진 것이다. 차라리 이렇게 혼자 두고 떠날 것이면 찾아오지나 말지. 아니, 그래도 다시 만날 수 있었던 건 좋았다. 그리고 앞으로 희망이란 게 생겼다. 살아가다 보면 어떻게든지 다시 운을 만날 수 있는 기회와 가능성이 생긴 것이다.

그것만으로도 감사해야지, 감사하는데도 눈물이 멈추지 않았다.

"왜 그렇게 우는 것이냐."

"아……!"

"완전히 토끼눈이 되어버렸구나. 이리 보니 굉장히 못나게 생겼다."

"어디 갔었어! 정말 무서웠단 말이야……."

"아아, 옛 기억의 흔적을 만나고 왔다."

선뜻 무슨 말인지 이해하지 못하고 불만스레 입술을 오물거리는 진천군의 얼굴을 두 손으로 감싼 운은 이마에다 입을 맞추었다.

"조금은 변질되고 퇴색되어 버렸지만 사실 그것도 꼭 나쁘지만은 않더구나. 그래, 그리 만날 수 있다는 것 자체가 기쁘고 고마운 일인 게지. 부디 바라건대, 언제가 되어도 꼭 우리도 다시

만나자꾸나. 그때는 내가 변하였거나 아니면 네가 변했을 수 있
겠지만……. 그래도 아마 나는 무척이나 기쁠 것 같다.”

토끼눈이 되어 보기 흉한 얼굴을 하고 있어도, 미쳐 버린 정
신으로 허망하게 시간을 죽이고 있는 지금도 진천군은 여전히
운에게는 참으로 어여쁜 이였다.

발갛게 물든 진천군의 코끝에 입을 맞추며 운은 영혼의 흔적
을 서로 바꾸고 나서 ‘그분’에게 했던 질문을 떠올렸다.

“행복하십니까?”
“아니.”

생각할 것도 없다는 듯 바로 나온 대답과 그 내용 때문에 운
은 허망하고 슬펐다. 모든 걸 버리고 떠난 그였으니 언제나 행
복하기를 바랐건만 아니란다.

“하지만 만족하고 있어. 그리고 가끔은 행복하기도 하고 말이야.
만날 행복하지는 않지만 만날 불행하지도 않으니 다행인 것이지.”

운보고 인간으로 살아가다 보면 언젠가는 알게 될 거라며
앙드르는 가볍게 웃었다. 행복하지 않아도 불행한 것은 아니
라고 말하고 싶은 듯했다. 그런 것은 이미 오래전에 알고 있었
다.

“내게 있어 네가 그런 존재이니까.”
운의 작은 고백은 그가 진천군의 작고 붉은 입술에 입을 맞추

는 바람에 무의미하게 흩어졌다.

　너는 나의 행복이자 불행이었음을, 운은 알고 인정하고 있었다.

　아주 오래전부터……

Hidden Track
만족

“제보한다던 그 영상은 잘 넘겨줬어?”

“응! 네 팔촌에 사돈의 사촌동생이 ‘그곳’ 요원이라서 정말 쉽게 해결됐지 뭐야. 덕 좀 봤다, 고마워.”

“뭐 그것 가지고. 그런데 대체 어떤 영상이었기에 제보하네 마네 고민이었던 거야?”

“그냥 저냥.”

“야, 그러면 궁금하잖아.”

제발 자기도 좀 보자고 매달리는 친구에게 박설민은 ‘그곳’ 요원과 약속한 것도 있지만 원본이나 복사본이 이미 자기 손에는 없다고 말했다.

“우리같이 평범한 사람들은 괜한 일에 끼어들지 않는 게 상책이라는 걸 몰라?”

매사에 맺고 끊는 게 확실한 박설민이 이렇게까지 말하면 더는 아무리 졸라도 안 된다는 걸 친구도 잘 알고 있었다. 궁금하지만 포기할 줄도 아는 게 현명한 인간관계의 시작이라는 모토를 가진 친구는, 이내 박설민이 가지고 있는 폴라로이드 사진기에 관심을 보였다.

"오늘은 무지하게 비싼 카메라가 아니네. 이런 사진기 별로라고 하지 않았어?"

프로 지향은 아니지만 사진의 화질과 예술성에 지나치게 민감한 박설민은 폴라로이드의 흐릿함을 좋아하지 않았다. 그래서 그가 이런 사진기를 가지고 있다는 것 자체가 어쩌면 신기한 일이기도 했다.

"그게 오늘은 왠지 이런 것도 좋을 것 같아서."

사진기를 정성스럽게 닦으며 박설민은 하늘을 올려다보았다. 맑은 날씨와 청쾌한 공기가 왠지 심장에 술렁술렁 말을 거는 듯했다, 오늘은 왠지 기분 좋은 일이 있을 것 같다는.

"그럼 오늘도 혼자 사진 찍으러 갈 거야?"

박설민은 사진을 찍을 때면 철저히 혼자만의 고독을 즐기는 타입이었다. 작업을 할 때는 피사체를 예외하고 친구 아닌 다른 사람하고도 같이 있는 걸 싫어했다. 미안한 얼굴로 두 손 모아 사과하는 박설민에게 친구는 불만 어린 투정을 하며 손을 내저었다.

"그래. 가서 너 좋아하는 사진이나 잔뜩 찍어라."

"다음에 내가 맛있는 거 살게."

"당연한 소릴 사과처럼 하지 마."

친구와 헤어진 박설민은 사람들이 많이 모이는 장소를 찾아 돌아다녔다. 그는 자연을 피사체로 잡는 것도 좋아하지만 인간 자체가 피사체일 때가 가장 의욕이 넘쳤다. 번화한 길거리에서 북적거리는 다양한 사람들이 품고 있는 그들의 사연이 순간적으로 잡히는 게 좋았다. 가끔 사진을 찍는 그에게 다가와서 시비를 걸거나 초상권에 대한 법률적인 충고를 들을 때도 있지만, 그 정도는 그가 견딜 수 있는 소소한 장애에 불과했다.

"모자를 가지고 왔으면 써야지. 모자가 장식이라도 돼?"

사람들 사이로 들리는 낮으면서 듣기 좋은 한 남자의 목소리에 박설민은 고개를 이리저리 둘러봤다. 목소리가 근사한 것이 촉이 바로 왔다. 목소리만큼이나 인물도 근사한 피사체일 것이라는 예감 말이다. 그리고 예감은 적중했다.

박설민은 대로가 가운데에 있는 분수 난간 근처에서 남자를 발견하며 혼자서 폭풍눈물을 흘렸다. 목소리만큼 괜찮은 피사체였다. 남자는 난간에 기대앉아 있는 소년의 머리에 모자를 씌워주며 작게 투덜거렸다. 아마도 하얀 피부결의 소년이 강력한 햇살에 피부라도 상할까 걱정되는 걸 저런 식으로 표현하는 듯했다.

"지이는 가슴하고 등짝, 그리고 머리도 장식인데."

소년은 자신의 두 손으로 가슴과 등을 가리키다가 모자 쓴 머리를 꼭 감싸며 자랑하듯 이야기하고 있었다. 마치 장식이란 게 자랑거리라도 되는 듯이 말이다.

"너 장식이 무슨 뜻인지는 알고 하는 소리야?"

"장식품은 예쁘고 비싸다고 했어, 닥터 홍이."

“너는 은유라는 걸 모르는구나.”

포기했다며 남자는 소년의 어깨를 맥없이 토닥여 주었다. 하지만 봄이라 해도 아직은 조금 쌀쌀한 바람에 옷깃을 여며주는 손길은 한없이 다정했다.

“마조, 나 아이스크림 먹고 싶어요!”

“너는 꼭 이럴 때만 높임말을 쓰지.”

어처구니없어하는 남자나 배시시 웃는 소년이나 봄에 흐드러지게 피었다가 날리는 꽃잎들보다 가볍고 향기로웠다.

“저기요!”

박설민은 마구잡이로 손을 흔들며 둘을 불렀다. 그의 커다란 목소리와 시선을 사로잡는 행동에 그들만이 아닌 다른 이들도 걸음을 멈추고 쳐다보았다. 하지만 박설민의 시선은 오로지 둘에게만 고정되었고 그의 바람대로 두 사람은 동시에 그를 바라봤다.

찰칵!

자신을 바라보는 두 사람을 한 번에 찍은 박설민은 폴라로이드 사진기에서 나오는 즉석필름을 흔들면서 둘에게 다가갔다. 경계하는 걸 숨기지 않는 둘에게 박설민은 마침 잘 나온 사진을 건넸다.

“저 이상한 사람은 아니고요. 그냥 지나가다가 두 분이 보기가 좋아서 한 장 찍었습니다. 여기 사진은 드릴게요. 이건 원본이 따로 저장되는 폴라로이드가 아니니 걱정하지 않으셔도 돼요.”

믿지 못하겠으면 카메라 기종을 확인하라며 내보였지만 두 사람은 그와 카메라보다는 사진에 더 관심을 보였다. 박설민의 손에서 냉큼 사진을 빼앗은 소년은 한참을 살펴보더니 엄지손가락을 추켜올리며 말했다.

"좋은 놈이구……."

소년의 말은 남자의 손바닥에 막혀 침몰했다.

"사진은 고맙습니다."

당신이 마음대로 찍은 것이니 크게 고맙지는 않지만 그래도 예의상 한다는 게 역력한 얼굴이었다. 남자는 이제 더는 볼일없다는 듯 살짝 고개를 끄덕이고는 소년을 데리고 가버렸다.

"마조, 이것 봐. 나 이런 거 처음이야."

"진이 전에 사진 찍어줬잖아."

"하지만 마조하고는 이게 처음인걸."

"…앞으로 많이 찍자."

"정말?"

둘이서 찍은 사진이 없다는 말에 남자는 조금은 미안했는지 수그러진 목소리로 다음을 약속했다. 소년은 손뼉을 치면서 좋아하다가 남자의 허리에 두 팔을 두르며 큰소리로 웃기까지 했다. 행복해서 행복하게 웃는 두 사람이 거기에 있었다.

"잘사는 모양이네."

폴라로이드 사진기를 매만지며 박설민은 역시 오늘 이걸 가져오기 잘했다 싶었다. 두 사람은 그가 무척이나 찍고 싶어하던 사람들이었지만 사진을 남기고 싶지는 않았기에 역시나 잘되었다고 웃었다.

카메라 끈을 어깨에 메고 터덜터덜 무작정 앞으로 걸어가던 박설민은 자기 쪽으로 달려오던 사람을 미처 피하지 못하고 부 딪치고 말았다.

"아, 죄송합니다!"

이제 갓 성인의 경계에 들어선, 소년과 청년의 중간에 서 있 는 남자애가 넘어진 박설민에게 손을 내밀며 연신 사과를 하였 다. 정말 미안해하는 게 보였기에 박설민은 바지를 털면서 괜찮 다는 손짓을 해 보였다.

"아니요. 나도 앞을 안 보고 걸었던 것은 마찬가지인 걸요. 양쪽이 잘못한 건데 한쪽만 사과할 일은 아니죠."

"하지만 제가 더 잘못할 걸요. 앞도 안 보고 무작정 뛰어왔으 니까요. 아, 혹시 카메라 고장 안 났을까요?"

"한번 확인해 보고요."

박설민은 카메라를 들고 망설임없이 남자애를 찍었다. 바로 나오는 즉석필름을 흔들자 두 눈을 크게 뜨고 바라보는, 조금은 멍청해 보이게 찍힌 남자애의 얼굴에 박설민은 그만 웃음을 터 뜨리고 말았다.

"사진이 잘 찍힌 걸 보면 고장은 안 났나 보네요."

박설민이 내민 사진을 받은 남자애도 사진 속의 자기 얼굴을 보고는 그만 웃고 말았다. 귀를 쫑긋거리며 놀란 얼굴로 쳐다보 는 토끼가 연상되는 사진이 자기가 봐도 웃긴 모양이었다.

"쿡쿡! 이거 저 가져도 돼요?"

"가져요, 가져!"

마음대로 하라고 고개를 끄덕이던 박설민은 누군가 그의 어 깨를 밀치고 끼어드는 바람에 하마터면 길거리에서 넘어질 뻔했다.

"연님, 괜찮으십니까!"

"아이씨, 어떤 새…… 오오! 미인?"

가까스로 균형을 잡고 넘어지는 걸 모면한 박설민은 자신을 밀친 사람에게 한마디 하려다가 상대의 미모에 그만 말을 잃고 말았다. 남자인지 여자인지 구분이 가지는 않았지만 박설민 생애 최고의 미인을 오늘 만난 것이다.

"그냥 연이라고 부르라니까요. 이름에 님을 붙이니까 너무 어색하잖아요. 아, 괜찮으세요?"

미인에게 편안하게 이름만 부르라던 남자애는 박설민을 보며 무척이나 미안해했다. 넘어지지 않아서 다행이라고 안심하며 은근히 미인의 옆구리를 툭툭 치며 사과하라고 종용했다.

"미안하게 됐습니다."

"미안하면 사진 한 장만 찍읍시다."

"왜?"

"양승도 한 장 찍어요. 이것 좀 보세요, 저 진짜 웃기게 나왔죠!"

방금 전 찍은 사진을 미인에게 보여주며 남자애는 또 배를 잡고 웃었다. 그 정도로 웃기게 나온 건 아닌데, 사진을 찍은 박설민은 어색하게 웃으며 참 밝은 성격인가 보다고 혼자 고개를 끄덕거렸다.

"그러니까 양승도 사진 한 장 찍어봐요."

"아니, 전 사진은 안찍……."

찰칵!

　　미인답게 까다롭게 굴며 사양하는 것을 박설민은 양해도 구하지 않고 바로 셔터를 눌러 버렸다. 대번에 인상을 쓰며 노려보는 미인에게 박설민은 왼쪽 눈을 찡긋해 보이며 사진을 건네주었다.

　　"굉장히 아름다운 얼굴인데 길이길이 후세에도 남겨야죠. 이건 오늘 만난 기념으로 제가 드리는 겁니다."

　　사진은 수줍게 사양하는 미인과 그의 팔을 붙잡으며 한 장만 찍자고 설득하는 남자애가 함께 찍혀 있었다. 원래의 사연을 모른다면 떠나려는 미인을 붙잡고 남자애가 애걸복걸하는 장면으로 착각할 요지가 많았다.

　　"우와! 이것도 잘 나왔네요. 정말 사진 잘 찍으세요."

　　"프로는 아니지만 내가 이 바닥에서 좀 유명하기는 하죠."

　　"이거 두 장 그냥 주시는 거 맞죠?"

　　"그럼요. 저런 미인을 한번 찍어봤다는 것으로도 평생의 원을 충분히 이뤘으니까요."

　　자못 진지하게 평생을 언급하는 박설민에게 남자애는 밝게 웃으며 고맙다고 인사했다. 사진에 찍혔다는 게 마음에 들지 않은지 미인은 샐쭉한 표정으로 박설민을 노려보았다. 하지만 남자애가 팔을 끌며 배고프다고 말하자 미인은 애써 얼굴을 풀며 따라나섰다.

　　미인과 전에 갔던 곳이 정말 맛있었다고 말하던 남자애는 박설민과 눈이 마주치자 예쁘게 웃으면서 손을 흔들었다. 마치 오래전부터 알고 있던 친구에게 하는 것처럼 스스럼없는 행동이 참 밝은 아이다 싶었다.

"오늘 입학식에 못 가서 죄송합니다."

"양승은 안 오는 게 도와주는 거예요. 등장만 하면 시선집중이잖아요."

"이번 대학교는 저번에 다니던 곳보다 더 좋지요?"

"네! 시설이 어찌나 좋은지…….

박설민은 남자애에게 같이 손을 흔들어주다가 멀어져 가는 두 사람의 뒷모습을 몰래 한 장 더 찍었다. 대화를 나누며 나란히 다정하게 걸어가는 두 사람의 뒷모습에 박설민은 설핏 웃으며 기지개를 활짝 켰다.

"아아, 날씨 좋다."

겨울인가 싶더니 어느새 봄이 성큼 다가와 햇살도 바람도 그저 따사롭기만 하다.

"용서했나 보네."

이젠 보이지 않는 미인과 남자애가 사라진 길 건너를 바라보며 박설민은 조금은 다행이라는 듯 혼잣말을 했다. 사방에 진동하던 피비린내가 더는 나지 않았고 미인은 이젠 장갑을 끼지 않고 있었다. 그의 선조로부터 이어져 온 저주가 드디어 사라진 것이다.

선조가 지은 죄이자 그의 전생이 저질렀던 죄는, 피해 당사자에게 직접 용서를 받아야지만 사라진다.

해맑게 웃던 남자애를 떠올리며 박설민은 미안하다는 생각만 들었다. 그리고 미인에게도. 사실 '그'에게 미인의 전생을 단죄하고 저주를 내릴 권한 따윈 없었다. 단죄와 용서는 오로지 피해자였던 그녀만의 몫이자 권리였다.

　그래서 ‘그’가 그녀를 찾아 자신의 영혼의 흔적을 떼어주었던 것이다. 그것은 그 옛날 ‘그’가 저질렀던 실수에 대한 미안함과 월권을 그녀에게 사과함과 동시에 그녀의 뜻에 모든 것을 맡긴 것과 같았다.

　사실 저주를 푸는 데 꼭 천부인으로 각성한 ‘그’만이 가능한 건 아니었다. 저주를 내린 자의 말 한마디면, 그리고 저주를 내린 자가 위임한 자의 용서면 된다. 피해자가 가해자를 용서하였으니 제삼자가 불만이 있을 리가 없다.

　“이것으로 모든 게 다 잘된 것인가.”

　물론 비렴의 추적은 여전하겠지만 조금은 마음의 짐을 벗은 듯해서 오늘따라 유독 어깨가 가벼웠다. 역시 오늘 폴라로이드 사진기를 가져온 것은 매우 탁월한 선택이었다.

　“역시 마음에 들어!”

『Mr. 마조』 완결

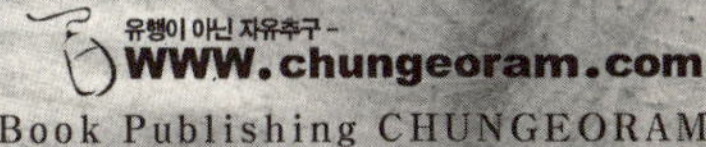

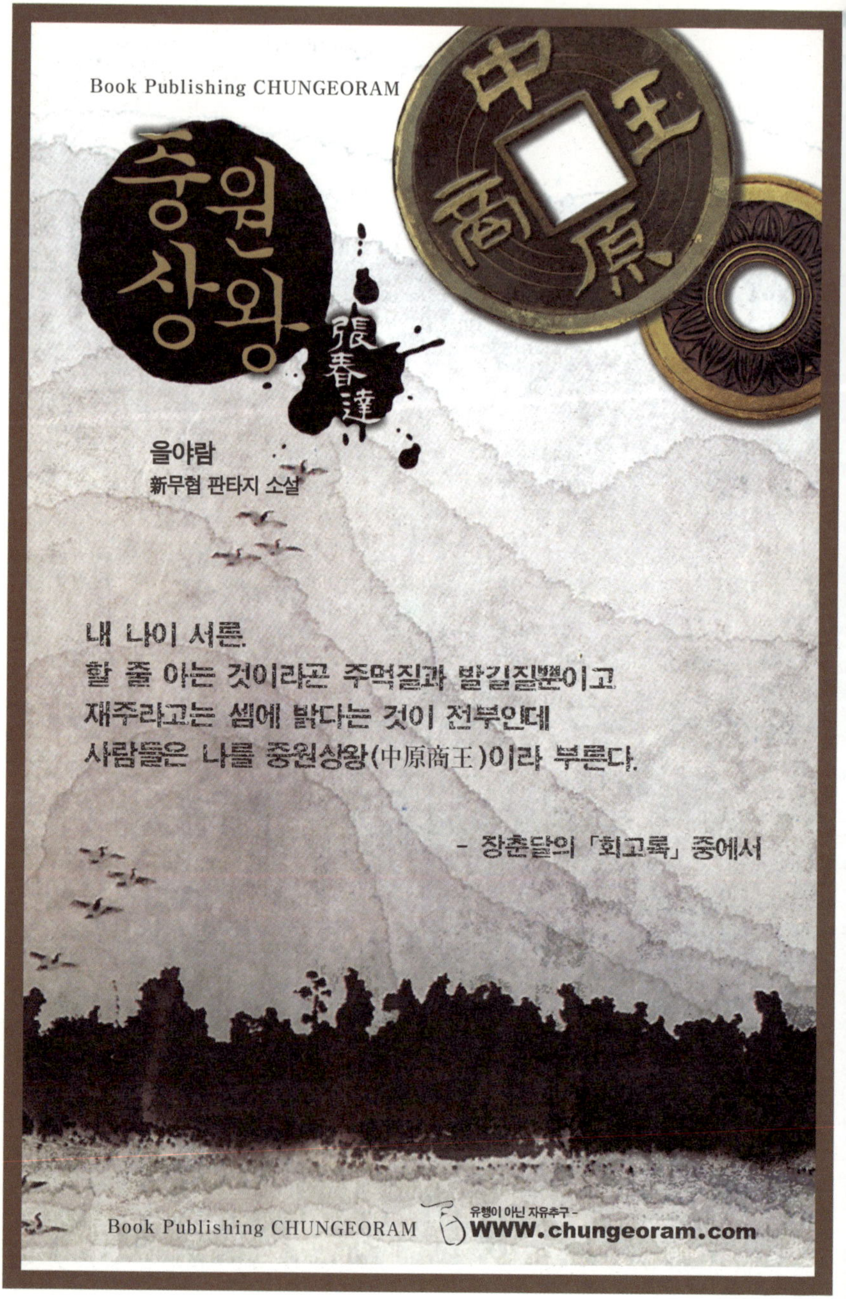

중원상왕

張春達

을야람
新무협 판타지 소설

내 나이 서른.
할 줄 아는 것이라곤 주먹질과 발길질뿐이고
재주라고는 셈에 밝다는 것이 전부인데
사람들은 나를 중원상왕(中原商王)이라 부른다.

— 장춘달의 「회고록」 중에서